NORDIC CRIME FICTION

蟑螂

尤・奈斯博

謝孟蓉 譯

Kakerlakkene

Jo Nesbø

《蟑螂》媒體好評

哈利在城市惡名昭彰的紅燈區晃蕩，尋找案情線索的同時，情節有著令人滿意的轉折，而酒品和毒品的誘惑將使他在接下來的系列故事中不斷迷失。我們也看到哈利對於演繹推論有著福爾摩斯般的天分，他的感性則讓他露出弱點……迷人突出的懸疑小說。——《書單》

奈斯博用殘酷的趣味探索黑暗至極的犯罪心理，把筆下的凶手藏在最讓你意想不到的地方……他的小說會讓人瘋狂上癮。——《浮華世界》

如同《蝙蝠》中的哈利首次出任務來到澳洲，這次他又踏進未知領域（亞洲）。《蟑螂》在情節安排上比前作更為集中，將是奈斯博最成功的作品之一。——Barry Forshaw，《金融時報》

在北歐犯罪小說裡，世界既黑暗又冷酷，人心也是如此。但是奈斯博運用這個類型的修辭施展魔法，這才是作品的關鍵……奈斯博可能是我最愛的北歐犯罪作家。——Michael Robbins，《芝加哥論壇報》

奈斯博成功地勾勒出哈利這個角色……他把眾多人物和複雜的情節交織在混亂的東南亞地帶，集合成一個爆發貪腐、剝削與殘酷、引人入勝的故事。——Siobhan Murphy，英國《地鐵報》

作品中複雜的敘事和大量的角色都經過嚴謹處理……奈斯博把他筆下的英雄丟入一個與北歐截然不同的環境裡，曼谷和泰國生動的陰暗面，也成了哈利這個主人翁的自然元素。——英國《獨立報》

哈利．霍勒快速崛起，成為本星球大受喜愛的刑事偵查員。他心裡的惡魔也成為傳說，幾乎和他的觀察力與分析能力一樣聞名遐邇。——英國《鏡報》

如同前作一樣令人陶醉……絕對令人享受。——Deirdre O'Brien，英國《星期天鏡報》

精彩之作……奈斯博早期作品中最受歡迎的一部，對身處亞洲的某些歐洲人流放的生活現實，有著冷酷的描繪。——《愛爾蘭獨立報》

《蟑螂》這部犯罪小說，徹頭徹尾地提供了刺激感。但這不是閱讀這本書的唯一樂趣；奈斯博是語言大師，並靠著詳實的研究交出栩栩如生的描繪。——挪威《每日新聞報》

奈斯博以一個真正的北歐英雄作為主角，寫了一個真實且建構完整的犯罪小說……。情節非常複雜，讀者必定直到最後才能搞清楚命案真相。——丹麥《Alt for Damerne》雜誌旅泰挪威人的圈子裡有流言傳來傳去，說他們的某任大使並不是死於曼谷街頭的車禍，而是死於謀殺，而且案情疑雲重重。這種說法沒有證據，卻是很好的故事題材。

讀者切勿將本書提及的人事與真實人事混淆，真實要比小說怪異得多。

曼谷，一九九八年二月二十三日

第一部

1

一月七日，星期二

號誌轉綠，大卡車、轎車、摩托車、嘟嘟車吼聲隆隆，愈來愈響，蒂姆看見羅賓森百貨公司的玻璃都抖了起來。接著車陣開始移動，那面展示紅綢長洋裝的櫥窗就消失在他們身後的黑暗中。

她搭的是計程車，不是擠滿人的公車，也不是鏽跡斑斑的嘟嘟車，而是一輛有空調、司機嘴巴閉得緊緊的計程車。她往後靠上頭枕，盡力享受這趟車程。沒問題的。一輛小綿羊從他們旁邊衝出去，後座的女生穿著緊身紅T恤、戴著擋風鏡安全帽，茫茫然看了他們一眼。抓緊呀，蒂姆心裡想。

他們在拉瑪四世路，司機在一輛大卡車後面停下來。卡車冒出來的廢氣又濃又黑，遮得車牌都看不清楚。廢氣通過空調系統以後冷卻了，變得幾乎沒有味道。幾乎。她含蓄地擺了擺手，露出她的反應；司機瞄了瞄鏡子，把車切到外線。沒問題的。

她的人生向來如此。出身農家，家裡有六個女兒；多了六個，她父親說的。七歲的時候他們站在黃沙中一邊咳嗽一邊揮手，目送載著大姊的牛車顛顛簸簸走上和土色水圳並行的鄉間小路；人家給了姊姊乾淨的衣服、一張往曼谷的火車票，還有寫在名片背面的帕蓬街地址。姊姊的眼淚像瀑布一樣落下，就連蒂姆用力揮手揮得手要斷了也沒用。她母親摸摸她的頭，說那是不輕鬆，但也沒那麼糟，至少姊姊不必在一個又一個農家之間流浪，像她母親嫁人之前一樣，做人家的**夸埃**（kwai）。再說，黃小姐已經答應了，會好好照顧她。她父親點了點頭，從黑黑的牙齒之間吐出檳榔汁，又補了一句話，說酒吧裡的**發郎**（farang）願意花大錢買新來的女孩子。

蒂姆本來不明白母親說的**夸埃**是什麼意思，但她不打算問。她當然知道**夸埃**就是牛，他們家和周圍大多數的農家一樣買不起牛，該犁田的時候就雇用在附近一帶四處出租的水牛。後來她才知道牽牛的女孩子也叫**夸埃**，因為她的服務也是交易的一部分。那是傳統。她希望自己可以儘早遇到願意要她的農夫，不會等到過了年紀。

蒂姆十五歲的某一天，父親叫了她的名字；那時他在稻田裡踩著水走，太陽在身後，斗笠在手上。她沒有馬上應聲。她直起腰，細細看著小農地四周的青山，閉上眼睛，聽著葉間喇叭鳥的聲響，呼吸桉樹和橡膠樹的氣味。她知道輪到她了。

頭一年她們四個女孩住一間房，床也好，食物、衣服也好，什麼都共用。衣服又特別重要，因為沒有漂亮衣服，就攬不到最好的客人。她自己學跳舞，自己學微笑，自己學著看哪些男人只想喝酒，哪些想買春。她父親已經跟黃小姐談好錢寄回家裡，所以頭幾年她沒見過幾個錢。不過黃小姐對她很滿意，時間一久，也就多留了一些給蒂姆。

黃小姐滿意有理。蒂姆工作賣力，而且客人會點酒。她還待著沒辭職，黃小姐就該慶幸了，有幾次就差那麼一點。有個日本人想娶她，但是她一開口要機票錢，他就收回提議。有個美國人帶她去普吉島，為她推遲了歸期，還買鑽戒給她；他走的隔天，她把鑽戒拿去當了。

有些人給錢很小氣，要是她抱怨，就會叫她滾。有些人叫她做這做那，要是她不全部照做，就會跟黃小姐投訴。他們不知道一從酒吧買走她的時段，黃小姐那份錢就入袋、蒂姆就是自己的老闆了。她自己的老闆。她想起櫥窗裡的紅洋裝。母親說的沒錯，是不輕鬆，但也沒那麼糟。

而且她做到了保持天真的笑容和開懷的笑聲。他們喜歡。可能就是因為這樣，她才會得到王利在《泰國日報》刊登的那份工作，職稱叫「客戶關係專員」。王利是個皮膚黑的小個子中國人，在市郊的素坤逸路上開汽車旅館，客戶主要是有特殊要求的外國人；說是特殊，也不到她應付不來的地步。坦白說，她喜歡這工作，多過在酒吧跳幾個鐘頭的舞，而且王利給錢大方，唯一的缺點是從她住的邦蘭普區公寓到那裡，要花好長時間。

該死的塞車！車子又完全停住了。她跟司機說要下車，雖然這樣她得穿越塞得滿滿的六個車道，才到得了馬路另一邊的旅館。一下計程車，空氣就像一條又熱又濕的毛巾裹上來。她尋找能走的空隙，一手摀著嘴；她知道摀著也一樣，曼谷沒有別種空氣可以呼吸，不過至少可以擋擋臭味。

她在車陣中穿梭，　度得避開一輛皮卡；那上面坐了滿滿一貨斗的男孩子，都在吹口哨。又有一度她差點被一輛豐田神風勾掉高跟鞋的帶子。然後她到了馬路對面。

王利抬起眼，看著她走進空蕩蕩的接待區。

「晚上沒生意？」她說。

他點頭表示不高興。過去一年有過幾次這種情況。

「妳吃過沒有？」

「吃過了。」她騙他。他是好意，但是她沒心情吃他在裡間煮的稀稀糊糊的麵條。

「妳要等等，」他說，「那個**發郎**想先睡一覺，他好了會打電話。」

她唉聲嘆氣。「利，你明知道我午夜之前要回到酒吧。」

他看看手錶。「給他一個鐘頭。」

她聳聳肩，坐下來。要是一年前她這樣講話，可能早就被他轟出去，但是現在，能賺的錢他每一塊都得賺。沒錯，她大可走人，只是走掉的話，這一趟大老遠的就是白來了。而且她欠王利人情，比他差的皮條老闆她都遇過。

捻熄第三根菸以後她用王利的苦中國茶漱口，站起來用櫃臺上面的鏡子最後一次檢查妝容。

「我去把他叫醒。」她說。

「嗯。有沒有帶冰鞋？」

她提起她的袋子。

她走在旅館一棟棟矮房之間空蕩的碎石車道上，鞋跟咯吱咯喳響。一二〇號房就在最裡面，她沒看見外頭有車，但是窗戶裡有光，所以他可能已經醒了。一股微風掀起她的短裙，卻沒讓她涼快一些。她渴望季風，渴望雨水，就像經歷幾個星期的水災、泥濘和洗晒之衣物發霉後，她會渴望乾燥無風的季節。

她用指節輕輕敲門，掛上她的靦腆笑容，「你叫什麼名字？」已經備在嘴邊。沒人應門。她再敲一次，然後看看手錶。那件洋裝應該可以砍個幾百銖，就算是羅賓森百貨賣的也可以。她轉轉門把，驚訝地發現門沒鎖。

他趴在床上，她乍看之下以為他在睡覺。接著她看見藍色玻璃的反光，玻璃刀柄從那件俗豔的黃外套上突出來。很難說腦海裡閃過的念頭哪一個最早，但肯定有一個是「這一趟大老遠的終究是白來了」。然後她終於動得了聲帶，不過那聲尖叫被洪亮的喇叭聲淹沒，素坤逸路上有輛大卡車正在鳴笛閃避粗心大意的嘟嘟車。

2

一月八日，星期三

「國家劇院。」喇叭傳出懶洋洋帶著鼻音的報站聲音，輕軌電車的門彈開，達格芬．涂魯斯踏入濕冷的黑暗中。空氣刺痛剛剛刮過鬍子的臉頰，藉著奧斯陸市內儉省的霓虹燈光，他可以看見嘴裡呼出凝結的水氣。

現在是一月初，他知道這冬天再過一陣子就會好過些，到時候峽灣結冰，空氣就會乾燥起來。他開始沿著德拉門路往外交部走。孤零零的計程車從他身旁駛過，就那麼兩三輛，此外街道彷如空城。對面大樓的互利人壽大鐘在黑暗的冬日天空中亮著紅光，告訴他現在才六點。

他在門口拿出他的門禁卡。「職務：處長」這行字印在達格芬．涂魯斯十年前的大頭照上方，照片裡鋼邊鏡框後面的眼睛盯著相機，下巴突出，眼神堅定。他刷了卡，按了密碼，推開維多利亞露臺大樓沉重的玻璃門。

將近三十年前，二十五歲的他來到這裡，此後並不是每一扇門都這麼好開。在外交部為有志公僕設置的外交學院裡，他沒有完全融入周遭人事，因為他一口濃重的艾斯特丹口音，又一身鄉土味（有個同期進來的貝蘭姆市公子哥就這樣說過他）。其他有志於外交官職的人都是政治、經濟、法律科班出身，父母不是學者、政治家，就是他們夢想躋身其間的外交部菁英；他自己卻是農家子弟，拿的是奧斯區高職農科的學歷。他倒也不覺得多困擾，只是心知肚明，有力的朋友對他的仕途很重要。涂魯斯努力學習社交禮儀，又更加努力移植嫁接，彌補不足；不管差了別人多少，有件事他們總跟他一樣：他們對人生的目的地都還只有模糊的想法，都知道唯一有出路的方向，就是向上。

涂魯斯簽了名，對警衛點點頭。警衛把他的報紙和一枚信封從玻璃窗底下推過來。

「有別人……？」

警衛搖頭。

「你最早到，涂魯斯，向來都是。信封來自通訊處，昨晚送過來的。」

大樓電梯一路往上，涂魯斯看著樓層號碼閃過一個又一個。他認為每一個樓層代表自己生涯的一個時期，所以每個早上都要回顧一遍。

二樓是外交學程的頭兩年，那些漫長又沒有明確答案的政治、歷史研討，還有懸梁刺股熬過的法文課。三樓是分發駐外。他在坎培拉待過兩年，之後墨西哥市三年。說起來算是很棒的城市了。對，沒得抱怨。他是把倫敦和紐約列為第一志願沒錯，但這兩個派駐地是人人爭著申請的寶座，所以他也打定了主意，不把這件事看作失敗。

四樓，他回到挪威，少了豐厚的駐外加給、房屋津貼，和隨之而來的富裕無憂生活。他認識了貝莉特，貝莉特懷了小孩，等到可以申請外派職務的時候，她又懷了第二胎。貝莉特跟他出身同一個地區，每天都要跟她媽媽聊天。他決定再等一等，決定賣力工作，連篇累牘地寫報告分析與開發中國家的雙邊貿易，替外交部長擬演講稿，隨著一路往樓上爬，得到他應得的認可。國家體制裡沒有任何一個地方的競爭像外交部這麼激烈，這裡的階級分隔好明顯，達格芬上班就像士兵上前線，頭低低的，背掩護好，看到人就開槍。有幾次也有人拍拍他的肩膀，他知道他已經得到「關愛的眼神」，所以努力跟貝莉特解釋，自己可能弄得到巴黎或倫敦，但是貝莉特在他們平淡的婚姻有史以來第一次堅持己見，執意不讓。他屈服了。

他往上爬升的態勢消失得幾乎無聲無息。某一天早上他突然在浴室鏡子裡看見一個被推進支線軌道的處長，一個稍微有點影響力但永遠到不了六樓的官員；再過十年左右就要退休的人，怎麼可能到得了。當然啦，如果他能搞一條大的，那就另當別論，可是那種把戲弄得好是升遷，弄不好是滾蛋。

無論如何，他還是一如既往，努力搶在別人前面。每天早上他第一個到辦公室，可以安安靜靜讀報看傳真；開晨會的時候，別人剛坐下來揉揉惺忪睡眼，他已經想好結論，好像打拚的精神已經進入他的血液一樣。

他打開辦公室門鎖，猶豫了一會才開燈。這個，也有它的由來，倒楣的是這事已經傳出去，變成部裡的傳奇故事。許多年前某一天，當時駐奧斯陸的美國大使一大早打電話給涂魯斯，問他對卡特總統前一晚的談話有什麼想法。那時涂魯斯才剛進門，還沒讀報、還沒看傳真，絞盡腦汁也給不出答案。不用說，這件事毀了他的一整天。後來更慘，隔天早上大使又問他前晚的事件會對中東情勢造成什麼影響，電話打來的時候，他才剛打開報紙。再隔天早上，同樣的事又發生。涂魯斯在滿腹疑問和缺乏資訊之下，回答得結結巴巴、語無倫次。

他開始提早到辦公室，但是大使好像有第六感一樣，每天早上他才坐進椅子裡，電話鈴就響起來。一直到他發現大使住在外交部正對面的阿克爾旅店，他才弄懂中間的關聯。大使喜歡早起，大家都知道的，他當然會注意到涂魯斯的辦公室總是最早亮燈，於是想捉弄捉弄這個工作狂外交官。涂魯斯出去買了個頭燈，隔天早上在打開辦公室的燈之前，就看完了所有的報紙和傳真。他這樣搞了將近三個星期，大使才作罷。

但是此時此刻，達格芬．涂魯斯沒空管那個愛開玩笑的大使了。他已經打開通訊處送來的信封，加密傳真的還原文稿蓋了「極機密」三個字，文中的訊息害他灑了咖啡，波及桌上四散的文件。短短的內文留下許多想像空間，但是箇中要義基本上是這樣的：挪威駐泰國大使奧特樂．墨內斯陳屍曼谷一處妓院，背上插著一把刀。

涂魯斯把傳真再讀了一遍才放下來。

奧特樂・墨內斯，前基督教民主黨政治家，前金融委員會主席（現在不管什麼身分都得冠上「前」字了）。實在太難以置信，他免不了往阿克爾旅店瞥一眼，看看窗簾後面是不是站著人。發文者是曼谷的挪威大使館，相當合理。涂魯斯罵了聲髒話。這事什麼時候不發生，偏偏是現在？哪個地方不發生，偏偏是曼谷？該不該先通知內閣大臣歐斯基德森？不用，他很快就會知道了。涂魯斯看看手錶，拿起話筒撥給外交部長。

畢悠納・莫勒輕輕敲了敲門然後打開，會議室裡的聲音都安靜下來，一張張臉轉過來對著他。

「這位是畢悠納・莫勒，犯罪特警隊隊長。」警察局長一邊說，一邊招手讓他坐下。「莫勒，這位是首相辦公室內閣大臣歐斯基德森，還有外交部人事處處長達格芬・涂魯斯。」

莫勒點點頭，拉出一把椅子，想辦法把那雙不可思議的長腿塞進橢圓大橡木桌底下。他好像在電視上看過歐斯基德森那張年輕光滑的臉。首相辦公室？一定出了大事。

「你這麼快趕過來真是太好了。」內閣大臣捲著他的捲舌音，用手指神經兮兮地敲著桌子。「局長，請妳簡報一下我們剛才討論的內容。」

二十分鐘前莫勒接到警察局長打來的電話。她一句解釋都沒有，只是限他十五分鐘內趕到外交部。

「奧特樂・墨內斯被人發現陳屍在曼谷，可能是謀殺。」局長開始說。

莫勒看見涂魯斯處長正在鋼邊鏡框後面翻白眼，等到聽完全部的敘述，他就明白了處長的反應。只有幹警察的才會把一個人背脊側邊插了一把刀、穿過肺臟又刺進心臟，說成「可能」是遭到謀殺。

「陳屍地點是旅社房間，發現屍體的是一名女性——」

「妓院房間，」戴鋼邊鏡框的人插嘴，「一名妓女。」

「我跟一個曼谷的同僚聊過，」警察局長說，「他是個明白人，已經答應暫時把消息壓下來。」

莫勒的第一個直覺是質疑，為何要延後公開謀殺案？讓媒體馬上報導，通常都可以引來線報，因為大家記憶猶新，證據都還乾淨新鮮。可是直覺告訴他這個問題會被看作幼稚得可以。他改問他們指望消息能壓多久。

「至少夠我們整理出端得上檯面的事件報告，」內閣大臣說，「現在這個版本不能用，你懂吧。」

現在這個？所以他們考慮過後，把真實版本否決掉了。莫勒這個犯罪特警隊隊長算是新官上任不久，目前為止還不必跟政客打交道，但是他知道職位升得愈高，就愈難跟他們保持距離。

「我懂現在這個版本很尷尬，但你說『不能用』的意思是？」

警察局長對莫勒使了個告誡的眼色。

內閣大臣看起來不為所動。「我們沒多少時間，莫勒，不過我給你上一堂政治實務速成課。當然，我現在說的每一件事都要嚴格保密。」

歐斯基德森想都不想就調整了一下領帶的結，莫勒記得在他的電視訪問中看過這動作。「打從大戰結束以後，我們第一次有中間路線的政黨得到夠大的機會存活下來。這不是因為有國會的基礎，而是因為首相剛好就快要成為本國最不討人厭的政客。」

警察局長和外交部的處長露出微笑。

「可是呢，他的民望高低建築在一個易碎的基礎上，也就是他們的主力商品：信任。所有政壇人士都是這樣，最重要的不是討人喜歡或展現領袖魅力，而是獲得信賴。你知道為什麼前首相布倫特蘭（Gro Harlem Brundtland）那麼受歡迎嗎，莫勒？」

莫勒不知道。

「不是因為她迷人，而是因為民眾相信她言行合一。信賴，信賴是關鍵詞。」

同桌其他人都點頭，這顯然是課綱的一部分。

「再來，墨內斯大使和我們現任首相關係密切，兩人不但是好朋友，政治之路也緊密交織。他們一起求學，一起在黨內崛起，從現代的青年運動打出生路；當時他們年紀輕輕就一起選上議員，兩個人甚至還合租一間公寓。兩個都成為黨主席熱門人選的時候，墨內斯自願退出聚光燈焦點，全力支持首相，我們才免去了一場折磨人的黨內對決。以上這些意思很明顯，就是首相欠墨內斯人情。」

歐斯基德森舔了舔嘴脣，往窗外看出去。

「換句話說，墨內斯大使沒受過任何外交訓練，要不是首相使力，他也不會去曼谷。這話聽起來可能有裙帶關係的味道，但是這種裙帶關係還是可以接受的，始作俑者是國家社會黨，廣為應用的也是國家社會黨。瑞夫．斯特恩（Reiulf Steen）當上駐智利大使的時候，也沒有任何外交部資歷。」

那雙眼睛重新聚焦到莫勒身上，一絲調皮的神色正在裡面閃耀。

「我確定我不必多加強調，你也知道這件事會如何破壞人民對首相的信賴，我是說萬一大家知道他的好友兼黨內同志、他親自任命的大使，被人發現身在妓院，而且還死於謀殺。」

內閣大臣擺擺手請警察局長繼續說，但是莫勒忍不住。

「誰沒有朋友去過妓院？」

歐斯基德森的微笑捲起嘴角。

戴鋼邊鏡框那個外交部處長咳了幾聲。「你該知道的都知道了，莫勒，請相信我們的判斷。現在需要有人來確保調查方向不會轉到……不恰當的方向。不用說，我們大家都希望緝凶歸案，一個也好，有共犯也好，但是謀殺案相關情節必須保密，到將來另行通知為止。為了國家好，你懂了嗎？」

莫勒低頭看著手。為了國家好。去你的。他家的人從來就不擅長聽命行事，他父親的警階從來沒有往上升。

「經驗告訴我們，真相通常很難隱藏，涂魯斯先生。」

「確實。我會代表外交部負責這項任務。你也知道，這件事有點難辦，需要跟泰國警方密切配合。因為事涉大使，所以我們多了一些緩衝空間，有外交豁免權什麼的，但我們走的還是條高空鋼索。所以我們希望派去的人辦案技巧熟練，有跨國警務經驗，又辦得出結果。」

他停下來看著莫勒。莫勒正在思考，為什麼自己對這位下巴很有衝勁的外交官莫名地就是沒好感。

「我們可以弄一個小組——」

「不要小組，莫勒，太顯眼。而且你們局長覺得派大隊人馬去，對於跟當地警方打好關係沒什麼幫助。派一個人。」

「一個？」

「局長已經有建議的人選，我們認為不錯，現在想問問你對這個人的看法。局長跟雪梨的同僚聊過，據說這個人去年冬天在那裡辦英格・霍爾特謀殺案，表現出色。」

「我在報上看過案情，」歐斯基德森說，「讓我印象深刻。應該就是他了吧？」

莫勒吞了吞口水。所以局長已經建議派哈利・霍勒去曼谷，叫他過來，只是要讓他保證哈利是最優秀的警力，是這件差事的最佳人選。

他環視會議桌。政治，權力，影響力。這是一場他根本沒辦法了解的遊戲，但是他知道這件事最後總有辦法替他加分，知道他現在說的任何一句話都會左右他的仕途。警察局長建議了人選，就是把脖子伸了出去，可能他們哪一個人就要求找霍勒的直屬長官背書吧。他看著他的大老闆，想解讀她的表情。當然啦，哈利的狀況也可能會順遂起來，而且如果他建議不要派哈利，不是會害局長倒楣嗎？他自己也會被他們要求提出替代人選，結果換成「他的」頭在砧板上，如果那個警員搞砸的話。

莫勒看著掛在警察局長頭上的畫。特呂格韋・賴伊（Trygve Lie），首任聯合國祕書長，挪威人，一副傲慢跋扈的樣子俯視著他。又一個政客。透過窗戶，他看見冬季微弱日照中的公寓屋頂、阿克修斯堡壘，還有佇立歐陸飯店頂端、在寒風中顫抖的公雞風標。

莫勒知道自己是個稱職的警察，但是這門遊戲不一樣，而且他不知道規則。他父親會建議他怎麼做？嗯，當時莫勒警員從來不需要應付政治，卻知道如果自己想要讓人家把他放在眼裡，什麼事情最重要，而且還規定兒子要完成第一階段法律學程，才能進入警察學院。他乖乖照父親說的做，畢業典禮結束後，父親情緒激動，一直清喉嚨，一直拍著兒子的背，拍到他不得不叫停為止。

「好建議。」莫勒聽到自己用清楚響亮的聲音說。

「很好，」涂魯斯說，「我們想要這麼快聽到意見是因為……當然啦，一切都很緊急。他得放下手上所有事情，明天就走。」

好吧，或許此刻哈利需要的就是這種工作，莫勒希望如此。

「抱歉，我們得拿走你的一員大將。」歐斯基德森說。

犯罪特警隊隊長畢悠納．莫勒得克制自己，才不會爆出笑聲。

3

一月八日，星期三

他們在沃瑪川奈街的施羅德酒館找到他。這家莊嚴古老的酒館位在東西奧斯陸交接的十字路口，說實話是古老多過莊嚴。莊嚴的部分主要仰賴當局的決策，他們針對煙霧瀰漫的廳室下達了古蹟保護令，但是保護令並不把顧客納入範圍內，就是那些被追殺、瀕臨絕種的老酒鬼，萬年學生，還有玩膩了也早過了保存期限的花花公子。

趁著門口吹來一陣風，兩名警員的視線暫時穿透重重煙霧，看見他們要找的人正坐在奧克教堂的畫底下。他的金髮削得極短，一根根站得直挺挺；瘦臉上的膚色不均，鬍子有三天沒刮；雖然不太可能超過三十五歲，鬍子卻已經露出一絲灰白。他自己一個人坐，直著腰背，身上穿著那件雙排扣外套，彷彿隨時要離開。彷彿面前那杯啤酒不是快樂泉源，而是不得不做的差事。

「我們聽說這裡可以找到你，」年長的那個開口，在他對面坐下來，「我是湯姆．沃勒。」

「看到那個坐在角落的人嗎？」哈利頭也不抬就說。

湯姆轉頭看見一個骨瘦如柴的老人盯著一杯紅酒，身體一直前後搖著，看起來凍壞了。

「人家叫他最後的莫希干人。」

哈利抬起頭，露出燦爛笑容。他的眼睛好像藍白色大理石，前面遮著一層血絲。那雙眼睛現在聚焦在湯姆的襯衫上。

「商船船員，」他的咬字一絲不苟，「幾年前這裡好像很多，現在幾乎沒半個。他在打仗的時候被水雷打中兩次，自以為是不死之身。上個星期，打烊以後我看到他睡在葛立思達街的雪堆裡。路上空蕩蕩，一片漆黑，氣溫零下十八度。我把他搖活了以後，他只是看著我，然後叫我滾。」他大笑。

「你聽我說，霍勒——」

「昨天晚上我過去他那桌，問他記不記得發生什麼事——我是說我救了他一命，讓他不至於凍死。你猜他說什麼？」

「莫勒要見你，霍勒。」

「他說他死不了。他說：『我可以忍受在這個鳥蛋國家當個沒人要的商船船員，可是如果連聖彼得都不要跟我沾上邊，就太淒慘了。』你聽到了嗎？『連聖彼得——』」

「我們奉命帶你到局裡。」

再一杯啤酒落在哈利面前的桌上，發出砰一聲。

「結帳吧，莉塔。」他說。

「兩百八。」她不必看她的單子就答得出來。

「耶穌基督。」年輕的那個警員喃喃自語。

「可以了，莉塔。」

「哦，謝謝。」她走了。

「本市最好的服務，」哈利解釋，「有時候你不必把兩隻手舉起來揮個老半天，她就可以看到你。」

湯姆的額頭一緊，浮出一條血管，像一條藍色長滿疙瘩的蟲。

「我們沒那個時間坐在這裡聽你胡扯醉話，霍勒，我說你就省了那一杯……」

哈利已經小心地把杯子舉到唇邊，喝了起來。

湯姆往前靠過去，努力壓低音量。「我知道你的事，霍勒，而且我不喜歡你。我覺得他們幾年前就應該把你踢出去，你這種人會害警察失去民眾的敬意。不過我們來這裡不是為了那個，我們是來帶你回去，隊長是個好人，他可能會再給你一次機會。」

哈利打了嗝，湯姆又往後靠回去。

「幹嘛用的機會？」

「給大家看你有多少能耐。」年輕警員露出孩子氣的笑容說。

「我就給你看我有多少能耐。」哈利微笑，舉杯就口，頭往後仰。

「夠了，霍勒！」看著哈利的喉結在鬍子拉碴的下巴底下一上一下，湯姆的臉頰紅了起來。

「高興了嗎？」哈利一邊問，一邊把空杯子放回面前。

「我們的任務——」

「我管你什麼任務。」哈利把雙排扣外套扣上。「莫勒想幹嘛可以自己打電話給我，要不就等到我明天上班。我現在要回家了，希望接下來十二個小時我不會看見你們的臉。失陪……」哈利挺起一百九十二公分的身高，往側邊踉蹌一步。

「你這個自大狂，」湯姆往後一仰，搖起椅背，「你這個廢物，要是報導澳洲事件的那些記者知道你沒種——」

「幹嘛用的種？沃勒？」哈利還在笑，「把喝醉的十六歲小孩關起來，因為他們剃了莫希干頭？」

年輕警員看了湯姆一眼。去年警察學院有流言一傳再傳，說有一些年輕龐克族在公共場所喝酒，被抓進拘留室用包著柳橙的濕毛巾毆打。

「你從來就不懂團隊精神，」湯姆說，「你就只想到你自己。每個人都知道芬倫區那次是誰開的車，知道為什麼一個好警察會一頭撞上圍欄。因為你是個酒鬼，霍勒，因為你酒駕。局裡把事實掩蓋起來，你就該感激不盡了，要不是他們顧慮家屬還有警局的名聲——」

陪著湯姆來的年輕警員每天都學到新東西，例如這天下午，他學到一邊侮辱人、一邊搖椅背，是很蠢的行為，因為如果被侮辱的人走過來，把一記右直拳送進你的兩眼中間，你根本無從防備。施羅德的顧客經常跌到地上，所以酒館裡安靜不到一兩秒，就恢復了嗡嗡的談話聲。

他把湯姆扶起來，眼角瞄到哈利的外套下襬已經出了門口，消失無蹤。「哇，喝了八杯有這樣的身手還不賴，哦？」他才說著，一看見湯姆的眼神，就閉了嘴。

哈利兩腿邁開大步，漫不經心地走在多弗列街結冰的人行道上。他的指節並不痛，要到明天清早以後，疼痛或後悔才會來敲門。

他值勤的時候不喝酒（雖然以前這樣幹過），可是奧納醫生主張，每一個新的發作期都是在舊發作期結束的時候開始。

這個白頭髮、胖嘟嘟的彼得・尤斯汀諾夫複製人[1]笑得好厲害，雙下巴都抖起來了；當時哈利正在跟他解釋，自己已經跟死對頭金賓威士忌保持距離，規定只能喝啤酒，因為他不太喜歡啤酒。

「你陷進爛泥淖裡過，只要一打開酒瓶，就會再掉回去。這種事沒有中途之家的，哈利。」哎。他正在靠兩條腿辛苦苦走回家，大致上能做到脫掉衣服，隔天能去上班。情況不是一直都這樣的。哈利把這個叫做中途之家；他只不過是需要幾杯入喉即倒的黃湯，讓他可以睡覺，如此而已。

一個戴黑色毛帽的女人經過，跟他說了聲哈囉。是認識的人嗎？去年很多人跟他說哈囉，尤其是接受電視訪問以後。那次上電視，安娜・葛羅斯伍（Anne Grosvold）問了他射殺連續殺人犯的心情如何。

「喔，心情比坐在這裡回答這種問題好。」他說完歪嘴笑了一下，結果這句話在去年春天紅極一時，

1 Sir Peter Alexander Ustinov，1921-2004，以偵探白羅一角出名的英國演員。

引用次數僅次於某政客針對一項農業政策的辯護詞：「綿羊是滿好的動物。」

哈利把鑰匙插進蘇菲街公寓的門鎖。他已經想不起來為什麼搬到畢斯雷區住，可能是因為德揚區的鄰居開始用奇怪的眼神看他，還跟他保持距離；一開始他還解釋成尊敬的表現。

很好，這裡的鄰居不會煩他，只是偶爾會出現在走廊上，看看是不是一切平安。如果他又沒踩好臺階，往後滾到了底下的樓梯平臺。

後滾翻是一直到十月才開始，在辦小妹的案子遇到瓶頸、撞到牆之後。那一撞撞得他喘不過氣，又開始做夢。把夢擋開的方法，他只知道一種。

他嘗試過振作起來，帶小妹去拉伍蘭的山屋度假，可是她從遇襲之後就變得內向退縮，也不像以前那麼常笑。所以他打過幾次電話給父親，但是對話的時間不太長，只足夠透露出父親想要平靜的生活。

哈利關上公寓的門，大喊說回到家了；他滿意地點點頭，因為沒有人應話。妖魔鬼怪什麼形狀大小都有，不過只要他們別在他回家的時候等在廚房裡，他就有機會睡個安穩的好覺。

4

一月九日，星期四

哈利踏出門口，冷空氣猛然撲面而來，他不自覺地喘了口氣。他抬頭看看屋宇之間漸紅的天空，張口呼出膽汁和高露潔的氣味。

他在霍勒伯廣場搭上沿著維哈文街轆轆行駛的電車，找到座位，打開《晚郵報》。又一起姦童案。最近幾個月已經有三起，全都是挪威人現行犯，在泰國當場就逮。

報紙社論請讀者不要忘記，首相在競選期間承諾加強性犯罪的偵查，包括挪威人在外國的犯行在內。社論還質問什麼時候可以讓民眾看到成果。

內閣大臣歐斯基德森代表首相辦公室出面表示，此刻正與泰國政府商討如何取得進一步的調查權。

「此事刻不容緩！」《晚郵報》的主筆寫道，「人民期望看到行動，身為基督徒的首相不應放任此種暴行繼續肆虐。」

「進來！」

哈利打開門，畢悠納．莫勒打呵欠的嘴直接映入眼簾。他靠在椅背上，桌子底下長長的腿突了出來。

「你來啦。我昨天在等你，哈利。」

「聽說了。」哈利坐下來。「我喝醉的時候不工作，反之亦然。這是我的原則。」這句話應該要有諷刺的效果。

「身為警察，一天二十四小時都是警察，哈利，不管是不是清醒。我還得說服湯姆不要告發你，你知道嗎。」

哈利聳聳肩，表示這個話題他言盡於此。

「好啦，哈利，現在不講這個。我有個任務要給你，照我的意見你沒資格出這個任務，但是我反正都會派給你。」

「如果我說不接，你會高興嗎？」

「少來偵探馬羅那一套了，哈利，不適合你。」莫勒粗魯地說。哈利得意地傻笑，他知道隊長喜歡他。

「我還沒告訴你是什麼任務。」

「你在我下班後的時間派車來接我，看起來應該不是要我去指揮交通。」

「沒錯，所以就讓我講完好嗎？」

哈利乾笑一聲，往椅子前面靠，「我們就把腦袋裡想的說出來好嗎，隊長？」

什麼腦袋？莫勒差點要問出口，不過克制自己只點了個頭。

「我現在不是幹重要任務的人，老大，我想你也看到了目前的發展，或者應該說目前的沒發展，或是勉強發展。我做我的工作，那些例行公事，努力不要礙到別人，努力在清醒的狀態打卡上班、打卡下班。如果我是你，我會把任務派給別人。」

莫勒嘆了口氣，費了點工夫把兩腿收回來，然後站起身。

「我可以說說**我**腦袋裡想的嗎，哈利？這件事要是讓我來決定，任務就會是別人的，可是他們要你，所以這算是幫我一個大忙，哈利……」

哈利抬頭小心戒慎地看著。去年畢悠納．莫勒幫他解決夠多麻煩了，多到他知道遲早都得開始還債。

「等一下！**他們**是誰？」

「上面的人。得不到想要的東西就會讓我生不如死的人。」

「我接這個任務又可以得到什麼？」

莫勒盡力皺起眉頭，不過他老覺得要在自己那張坦率稚氣的臉擺出嚴肅的樣子，實在很難。

「**你**可以得到什麼？你得到你的薪水，這段期間的薪水。拜託，**你**可以得到什麼！」

「啊，我現在懂了，老大，上頭的人覺得，破了去年雪梨那案子的警察一定是頂尖好手，你分內的工作就是要那個警察乖乖聽令。我沒說錯吧？」

「哈利，拜託不要太過分。」

「我沒說錯。我昨天看到湯姆那張臉的時候也沒做錯，所以我才回去想了一晚。現在我的提議是這樣：我是好孩子，我會乖乖出勤，任務結束以後，你給我兩個警探，兩個月全歸我，還有我們所有資料的完整取用權。」

「你在說什麼？」

「你知道我在說什麼。」

「如果是你妹妹的強暴案，恐怕我只能拒絕，哈利，那個案子已經結了，徹底結了，記得吧？」

「我記得，老大，我記得那份報告，上面說：因為她有唐氏症，有可能被隨便一個認識的人弄大了肚子，就捏造強暴事件來隱瞞事實，這種情節並不難想像。對，沒錯，我記得。」

「沒有具體的——」

「她沒有隱瞞任何事情，天啊，我去了她松恩區的公寓，在浴室洗衣籃看到她的胸罩都被血浸透了。他威脅過要割掉她的乳頭，她很害怕。她以為每個人都像她一樣，這男的穿著西裝帶著晚餐來，問她想不想到他的飯店房間一起看電影，她以為他只是親切友善而已。而且就算她記得房間號碼，房間也早就吸塵打掃過，從她被強暴以後床單也換過不下二十次，不會有多少具體的證據。」

「沒有人記得看過沾血的床單——」

「我在飯店工作過，莫勒，你想不到兩個星期可以換掉多少沾到血的床單，大家一天到晚都在流血。」

莫勒猛力搖頭，「抱歉，你之前也有過證明的機會了，哈利。」

「不夠，老大，還不夠。」

「永遠都不夠。可是你總得在某個地方畫下那條線。我們的資源——」

「那，給我一個有空的人，一個月。」

莫勒突然抬起頭，瞇起一隻眼睛。

哈利知道自己被識破了。

「你這狡猾的王八蛋，你一直都想接這個任務，對不對？你只是一定要先做一點交易。」

哈利把下脣嘟起來，來回搖頭。莫勒往窗外看出去，然後嘆了口氣。

「好吧哈利，我看看我能使多少力，但要是你搞砸了，我就得做幾個隊上某些人認為我早該做的決定。你也知道是什麼意思，對吧？」

「知道，屁股吃一腳，老大。」哈利露出微笑。「什麼任務？」

「希望你的薄西裝已經乾洗過、還記得護照放在哪裡。你的班機十二小時後起飛，前往遙遠的目的地。」

「愈遠愈好，隊長。」

哈利坐在松恩中心那間窄小公寓靠門的椅子上，他的妹妹坐在窗邊，藉著底下街燈的光看雪花飄落。她吸了幾次鼻子，因為她背對哈利，所以哈利看不出來是因為冷，還是因為他馬上要遠行。她住在庇護公寓已經兩年了，在這種狀況下過得還算不錯。發生強暴和人工流產以後，哈利曾經帶著幾件衣服和一個盥洗包住進來，但是沒多久她就告訴他夠了就是夠了，她已經是大女孩了。

「我很快就會回來，小妹。」

「什麼時候？」

她離窗戶很近，所以每次講話，呼出來的氣就凝成一朵玫瑰。

哈利坐到她後面，把手放到她背上。他從微微的震動感覺到她快哭了。

「我抓到壞人以後就立刻回家。」

「是……」

「不是，不是他。抓完這個我就會抓他。妳今天跟爸講過話嗎？」

她搖搖頭。他嘆口氣。

「他不打來，妳就打給他。這件事幫我做好不好，小妹？」

「爸爸每次都不講話。」她低聲說。

「爸爸很傷心，因為媽媽死了，小妹。」

「可是已經過很久了。」

「所以我們現在應該讓他再開口講話了，而且妳得幫我。可以幫我嗎？可以幫我嗎，小妹？」

她不發一語，轉身過來抱住他，把頭埋進他的肩膀。

他摸摸她的頭髮，感覺到自己的襯衫愈來愈濕。

行李箱打包好了。哈利已經打過電話給史戴．奧納，說他要飛去曼谷出差。奧納沒說什麼，哈利也不太知道自己為什麼要打電話去，也許是跟一個可能會好奇他人在哪裡的人講，感覺還不錯？哈利不覺得打電話給施德羅的酒保會是好主意。

「把我給你的維他命B注射液帶去。」奧納說。

「為什麼？」

「這樣如果你想戒酒，口子會好過一點。新環境呀，哈利，會是個好的開始，你知道。」

「我會想一想。」

「光想還不夠，哈利。」

「我知道，所以我不需要帶那些注射液。」

哈利把行李箱仔細放進計程車後車廂的時候，住在這條街前頭學生宿舍的一個男生，穿著太緊的牛仔外套，正靠著牆打顫，一邊呼著煙圈。

「出門啊？」

「對。」

「往南？」

「曼谷。」

「一個人？」

「對。」

「好了不用說了。」

他對哈利比了大拇指，眨了眨眼睛。

哈利跟報到櫃臺後面的女人拿了機票，然後轉身。

「哈利．霍勒？」戴鋼邊眼鏡的男人打量著他，露出苦笑。

「你是？」

「達格芬．涂魯斯，外交部。我們想祝你順利，還有，確定一下你已經了解這項任務的……敏感之處，畢竟所有事情都進行得很匆忙。」

「謝謝你的關心，就我所知我的工作是找到凶手，但是不要引起太多注意。莫勒已經給我指示。」

「好，謹慎很重要，不要相信任何人，就算自稱替外交部做事的人也不能相信，他們可能其實是……呃，比如說《每日新聞報》派來的。」

涂魯斯張口好像要笑，但哈利看得出來他是認真的。

「《每日新聞報》記者不會在翻領上別外交部徽章，涂魯斯先生，也不會在一月穿西裝外套。對了，我從文件裡看到，你是我在外交部的聯絡人。」

涂魯斯點頭，多半是對自己點。然後他伸出下巴，把嗓子壓低半個音。

「你的班機很快就要飛了，不耽誤你太久，你就聽聽我要說的這些話。」

他把兩隻手從外套口袋拿出來，交握在身前。

「你今年貴庚，霍勒？三十三？三十四？你還有大好前程。我做了一點調查，你有才幹，高層的人顯然也喜歡你，而且護著你，只要一切順利的話，要多久就有多久。不過你要一屁股摔得四腳朝天也不是太難，而且可能三兩下就拖著你的弟兄一起下去，然後你會發現你所謂的朋友突然間都遠在天邊。所以你最好想辦法站穩腳步，霍勒。為了每個人好。這是溜冰老手給你的忠告。」他用嘴巴擺出笑容，眼睛卻在仔細觀察哈利。「你知道嗎，霍勒，我每次到扶那布機場，都會有這種非常沮喪的感覺，好像有個東西結束了。有東西結束了，有新的東西開始了。」

「是嗎？」哈利說著，心裡在想來不來得及在登機門關閉之前，到酒吧喝一杯啤酒。「嗯，偶爾這樣一次也是好事。我是說重新來過。」

「但願如此，」涂魯斯說，「但願如此。」

第二部

5

一月十日，星期五

哈利扶了扶墨鏡，看著廊曼國際機場外面一整排的計程車。他覺得好像走進浴室，而且有人剛剛打開燙死人的蓮蓬頭熱水。他知道應付高濕度的祕訣就是忽略它，隨汗水去奔流，想別的事就好。相較之下光照才是麻煩，陽光穿透便宜的黑色塑膠墨鏡，直達他那雙發亮的酒鬼眼睛，害得他頭痛加劇；原本只是太陽穴隱隱作痛而已。

「先生，跳表還是兩百五十銖？」

哈利努力把注意力放在計程車司機講的話。這趟飛行像地獄一樣，蘇黎世機場的書店只賣德文書，飛機上播的電影是《威鯨闖天關》第二集。

「跳表好了。」哈利說。

先前坐他旁邊那個喋喋不休的丹麥人無視他已經醉醺醺的事實，對他建議了一大堆遊泰免受騙的竅門；這個顯然是講都講不完的話題。他一定以為挪威人都無知得可愛，每個丹麥人都有責任拯救他們免於受騙。

「什麼都要殺價，」他說，「這就是重點，知道吧。」

「如果我不殺價呢？」

「你會害了我們。」

「什麼？」

「你會變成幫他們哄抬價格的共犯，害其他人來泰國都要花更多錢。」

哈利研究了那個男人，他穿著象牙白Marlboro的襯衫和嶄新的真皮涼鞋。研究完，他決定再多喝幾杯。

「蘇拉薩路一一一號。」哈利說完，司機露出笑容，把行李箱放進後車廂，然後打開門等著哈利上車。

他進了車子，發現方向盤在右手邊。

「我們挪威人會抱怨英國人堅持靠左開車，」開上高速公路以後他說，「可是最近我聽說世界上靠左開的人比靠右的多，你知道為什麼嗎？」

司機瞥了瞥後照鏡，咧嘴笑得更開。

「蘇拉薩路，對嗎？」

「因為在中國得靠左。」哈利一邊咕噥，一邊慶幸這條穿過霧濛濛高樓市景的高速公路直得像一根灰色的箭；他可以感覺到，只要一兩個急轉彎，他就會把瑞航的蛋捲發射到後座椅子上。

「為什麼計程表不動？」

「蘇拉薩路，五百銖，對嗎？」

哈利往椅背靠過去，抬頭看天空。呃，他抬頭，是因為沒有天空可看，只有一片被看不見的太陽照亮的霧霾罩頂。曼谷，天使之城。天使戴著口罩，揮刀劃過空氣，努力想記起來古時候的天空是什麼顏色。

他一定睡著了，因為張開眼睛的時候，車子沒在動。他坐直起來，看見四周都是車子。沿路露天小店和工坊一家緊挨著一家，人行道上人潮來來往往，看似漫無目的，卻好像都知道要往哪裡去，而且趕著到。

司機已經打開窗戶，嘈雜的市井噪音和電臺聲混在一起，滾燙的車裡有股車輛廢氣味和汗臭味。

「塞車嗎？」

司機帶著笑容搖頭。

哈利咬咬牙。是不是在哪裡讀過，說你吸入的鉛遲早會跑到大腦裡？而且會讓你記憶力減退。不對，還是會讓你精神異常？

好像奇蹟一樣，車陣突然開始移動，摩托車和小綿羊蜂擁而上，衝向十字路口，命也好、手腳也好，完全不放在眼裡。哈利就看到了四次千鈞一髮、差點肇事的情況。

「沒出車禍真是不可思議。」哈利開口打破車裡的沉默。

司機看著鏡子微笑，「有車禍。很多。」

等到他們終於抵達蘇拉薩路的警察局，哈利已經作出結論：他不喜歡這個城市。他想要屏住呼吸，做完工作，跳上第一班回奧斯陸的飛機，不是最好的班機也沒關係。

到了警局，有名年輕警員來迎接哈利，他自我介紹，說名叫阿諾。阿諾身材瘦高，短髮，臉長得親切友善。哈利知道，過不了幾年那個表情就會變了。

電梯載滿了人，而且有臭味，感覺好像被人塞進裝著汗臭運動服的袋子裡。哈利比其他人高出兩個頭，有一個人抬頭看著這個高大的挪威人，驚訝得笑了出來。還有一個人問了阿諾問題，然後對哈利說：

「啊，挪威，是……是……那個叫什麼名字去了……幫我想一下。」

哈利露出微笑，想要攤攤手表示歉意，可是沒空間攤手。

「有啦，有啦，很有名的！」那個男人不放棄。

「易卜生？」哈利猜測，「南森？」

「不是不是，更有名！」

「漢姆生？葛利格？」

「不是，不是。」

那人板著一張臉看他們在五樓走出電梯。

「歡迎來曼谷，哈利。」

警察局長個子小，皮膚黑，顯然打定主意要表現給他看，他們泰國人也知道西方人打招呼的方式。他握緊哈利的手，熱切地搖了搖，臉上帶著燦爛的笑容。

「不好意思沒去機場接你，只是曼谷的交通……」他指了指身後的窗戶，「地圖上看起來不遠，可是……」

「我明白你的意思，長官，」哈利說，「大使館也這樣說。」

他們面對面度過接下來的沉默。局長微笑。門上傳來叩叩聲。

「進來！」

一顆光頭從門後探出來。

「進來，柯蘭利，挪威的警探已經來了。」

「哦，那個警探。」

那顆頭長出了身體，但是哈利得眨兩次眼睛才能確定不是出現幻覺。柯蘭利長了一副寬肩，幾乎跟哈利一樣高，光禿禿的頭顱上有搶眼的下巴肌肉，兩隻極藍的眼睛，和又薄又直的嘴巴；身上的制服是淺藍色襯衫，大尺碼耐吉運動鞋，還有裙子。

「麗姿．柯蘭利，凶案組督察。」局長說。

「聽說你是辦凶殺案的頂尖高手啊，哈利。」她站在他前面，兩手叉腰，美國口音很明顯。

「這個嘛，未必吧……」

「未必嗎？你一定有兩把刷子，他們才會從半個地球外送你到這裡來，你不覺得嗎？」

「大概吧。」

哈利垂下眼簾。他現在最不需要的就是過度武斷的女人。

「我是來幫忙的，**如果**幫得上忙。」他擠出一個微笑。

「這樣的話，你大概是時候戒酒了，嗄？哈利？」

局長突然在她背後爆出響亮尖銳的笑聲。

「他們就是這樣，」她一字一句大聲地說，彷彿局長不在場，「他們為了不讓任何一個人沒面子，什麼都做得出來，譬如假裝我在開玩笑。但我不是在開玩笑，凶案組歸我管，有什麼看不順眼的我就會說，在這個國家這樣做是沒禮貌，但是我照做不誤已經十年了。」

哈利闔上眼睛。

「我從你臉上的顏色看得出來你覺得難為情，哈利，可是醉醺醺的偵查員對我一點用都沒有，我相信你也知道。明天再來吧，我找人帶你去你的公寓。」

哈利搖頭，清了清喉嚨。「怕飛。」

「抱歉，再說一次？」

「我有飛行恐懼症。喝琴通寧會有用。還有我臉紅是因為酒精開始從毛細孔蒸發了。」

麗姿．柯蘭利仔細打量他，然後搔搔她的光頭。

「真可憐。時差還好嗎？」

「非常清醒。」

「很好，你正好趕上鑑識組簡報進展，之後我們會去案發現場，順路先去一趟你的公寓。」

「這是你的辦公室。」麗姿經過時順手一指。

「那裡有人坐。」哈利說。

「不是那裡。那裡。」

「那裡？」

他看到一張塞進長桌下的椅子，桌邊有人一個挨一個坐著。那張椅子前面的桌面只夠放一本筆記本和一具電話。

「我看看能不能弄到別的地方給你，如果你在這裡的時間拉長的話。」

「我真心希望不會。」哈利喃喃自語。

督察把她的部隊召進會議室，「部隊」成員精準地說有阿諾，舜通（娃娃臉、一本正經的年輕人），朗山（部門內年紀最大的警探）。

朗山坐在那裡看報紙，看得渾然忘我，但是偶爾會用泰語插嘴說幾句話，麗姿會仔細速記在她的小黑本子上。

「好，」麗姿闔上本子說，「我們五個人就盡力破案吧。既然我們有一位同僚是挪威人，現在開始所有對話都用英語。朗山是我們跟鑑識組的窗口，你可以開始了。」

朗山小心翼翼地折好報紙，又清了清喉嚨。他頭髮漸稀，眼鏡戴在鼻梢，還掛了條眼鏡繩，讓哈利聯想到厭倦教書的老師，看著周遭一切，有一點目中無人，有一點冷嘲熱諷。

「我跟鑑識組的蘇帕瓦迪問過，不意外，他們在旅館房間找到一大堆指紋，但是沒有任何一個屬於死者。」

其他指紋也沒有辨識出相符的人。

「而且這不好辦，」朗山補充說，「就算那家汽車旅館生意不好，起碼也有一百個人的指紋在裡面。」

「門把上有沒有找到指紋？」哈利問。

「恐怕太多了，而且沒有完整的。」

麗姿把她那雙耐吉腳放到桌子上。

「墨內斯可能是直接到床上，他沒必要在裡面轉來轉去、到處留指紋。凶手碰過門把之後至少還有兩個人碰過，那個妓女蒂姆；還有旅館老闆王利。」

她對朗山點點頭。朗山又拿起報紙。

「驗屍結果跟我們的假設相符，致命凶器是那把刀。刀穿過左肺以後刺進心臟，整個心包膜裡都是血。」

「心包膜填塞。」哈利說。

「不好意思，你說什麼？」

「這種情況叫做心包膜填塞，就好像在鈴鐺裡面塞棉花，心臟沒辦法跳動，被自己的血悶死。」

麗姿做了個鬼臉。

「好，我們暫時放下鑑識報告，去看看實物吧。哈利，我們先讓你安頓好，要去汽車旅館的路上再接你。」

在擁擠的下樓電梯裡，他認出一個人的聲音。

「我想起來了，我想起來了！索爾斯克亞！索爾斯克亞！」

哈利伸長了脖子，微笑肯定他的答案。

所以他才是全世界最知名的挪威人呀，一個在英國工業城市當替補前鋒的足球員，打敗了所有探險家、畫家、作家。再仔細一想，哈利認為那個男的或許是對的。

大使館給他的公寓在香格里拉飯店對面的時髦大廈裡，非常窄小，四壁蕭條，但是有一間浴室，有一架電扇在床邊，還有一窗昭披耶河景致。大河流過，廣闊，黃濁，哈利站在窗邊，看著河上一艘艘狹長的木舟來來往往，長篙上的螺槳沿途攪起髒水。河對岸新建飯店和百貨公司拔地而起，在一大片沒有明確界線的白磚屋之間，顯得高高在上。你很難估計這個城市究竟有多大，因為視線只要往幾個街區以外探索，就會發現城市消失在一團金褐色的霧靄裡。不過哈利相信這是個大城，非常大。他推開窗戶，喧囂撲天蓋地而來，航空公司給的耳塞已經遺落在電梯裡，他卻到現在才聽到這城市的噪音有多麼震耳欲聾。遠遠的底下可以看見麗姿的巡邏車停在人行道旁，像一只火柴盒玩具車。他打開一罐熱熱的啤酒，從飛機上帶下來的，然後確認了勝獅不像挪威啤酒那麼糟，頗感欣慰。現在看起來，這天剩下的時間會好過得多。

6

一月十日，星期五

督察使勁全身的力氣按喇叭。真的就是全身的力氣。她往前把胸部壓到豐田大吉普車的方向盤上，喇叭聲大鳴。

「泰國人不會這樣，」她大笑，「反正也沒用，你按喇叭他們也不讓你過，這個跟佛教有關。可是我忍不住，管他的，我美國來的。」

她又往前靠到方向盤上，周圍的機車騎士裝出看向別處的樣子。

「所以他還在旅館房間裡？」哈利忍住呵欠問。

「最高層下的令。通常我們會盡快進行解剖，隔天就火化，但是他們希望你先看過。不要問我為什麼。」

「我可是辦兇殺案的頂尖高手啊，還是妳都忘了？」

她用眼角瞄他，突然把車子切進一個空隙，然後大力踩下油門。

「別想裝可愛，這裡可不是你想的那樣，大家不會因為你是個**發郎**就認為你是什麼了不起的人，比較可能是反過來。」

「**發郎**？」

「洋人，老外，意思半貶抑半中性，看你怎麼用。你就記住這點，就算泰國人對你客客氣氣，也不代表他們的自尊有什麼問題。你算走運了，今天有舜通和阿諾值班，我相信你有辦法給他們好印象；為了你好，我希望如此。如果你要白癡，以後要跟這個部門共事問題可就大了。」

「我怎麼有印象這個部門是歸妳管？」

「那是我以為。」

他們已經上了高速公路，而且她不顧引擎的抗議，把油門踩到底。天色已經開始變暗，西邊一顆櫻桃紅的落日正在摩天大樓之間下沉。

「汙染至少還帶來美麗的夕照。」麗姿回應了他的思緒。

「跟我講講這裡的娼妓業。」哈利說。

「跟交通一樣嚴重。」

「我見識到了。但是這裡是什麼說了算？怎麼運作的？是傳統那種派人在街上拉皮條，還是妓女自己獨立營業？她們去酒吧、跳脫衣舞、在報紙上登廣告，還是在購物中心拉客？」

「以上皆是，但是不只；曼谷沒試過的就是在哪都沒試過。不過她們大多在 Go Go Bar 工作，跳跳舞，哄客人買酒，當然她們可以抽成。酒吧老闆不負責這些女孩子，最多就是給她們一個地方行銷自己，換到的好處就是她們同意待到酒吧打烊，如果有客人想帶小姐出場，就得掏錢買她那一晚。錢歸老闆，但是通常那個女孩子會很樂意，可以不必整晚在臺上扭來扭去。」

「聽起來對酒吧老闆很划算。」

「時段賣掉之後，那女孩子再到手的錢就全進自己的口袋了。」

「發現大使屍體的女孩也是在這種酒吧工作？」

「對，在帕蓬街的其中一家王冠酒吧。我們還知道汽車旅館老闆經營應召站，專門替有特殊癖好的外國人叫小姐。不過要讓她開口很難，因為在泰國賣淫其實違法，目前為止她的說法就是她住那家旅館，不小心走錯門。」

麗姿解釋，奧特樂．墨內斯大概是在到達旅館的時候叫了小姐，可是櫃臺那個接待員（其實就是老闆），一口否認跟租房以外的事有任何關係。

「到了。」

她在一棟白磚矮建築前面停車。

「曼谷的一流妓院好像偏愛希臘名字。」她刻薄了一句，然後下車。哈利抬頭看見一塊霓虹招牌，上面說這家汽車旅館叫做「奧林帕濕山」。「帕」字愛亮不亮的，「林」已經永遠放棄，給這個地方增添一股淒涼，讓哈利想起挪威郊區的燒烤餐廳。

這家汽車旅館跟美國的一模一樣，一間間相連的雙人房圍著一個天井，每間房外面有一個停車位。沿牆有一條走廊，客人可以坐在有水漬的灰色藤椅上。

「好地方。」

「你可能不相信，但是這裡似乎是越戰期間城裡最熱鬧的地方，為飢渴的休休美軍蓋的。」

「休休？」

「休息休養計畫，不過大家都說『買買』，買春買醉計畫。他們用飛機把人從西貢送過來度假兩天。要是沒有美軍，這個國家的性產業不會有今天的規模，曼谷甚至有一條街正式的名稱就叫牛仔街。」

「那他們為什麼不待在那裡就好？這裡幾乎是鄉下了。」

「那些想家的士兵連上床也偏好全美式作風，就是在車子裡，或是汽車旅館裡，所以他們才蓋了這個地方。他們可以在停車場租美國車，房間迷你吧裡甚至還有美國啤酒。」

「哇，妳怎麼知道這麼多？」

「我媽媽告訴我的。」

哈利轉頭看她，但即使「奧林帕濕山」還亮著的那幾個字在她頭上投下藍色霓虹光，天還是太暗，看不清楚她的表情。她戴上帽子，然後走進接待區。

旅館房間陳設簡單，但是骯髒的灰色地毯透露出從前的輝煌。哈利打了哆嗦，不是因為那件讓認屍變成多此一舉的黃色西裝（只有基督教民主黨和進步黨黨員才會出於自願穿這種衣服），也不是因為那把有東方風格裝飾的刀子（刀子把西裝釘在大使的背上，讓外套的肩片突得很難看）。他打哆嗦的原因很簡單，就是房間冷得要命。麗姿解釋過，這種氣候下屍體的保存期限非常短，他們又聽說至少得等挪威的警探四十八小時，所以把冷氣設定成最低溫十度，還把電扇風力開到最強。

儘管如此，蒼蠅還是不屈不撓，而且有一大群就在阿諾和舜通仔細把屍體翻成仰躺的時候飛了出來。奧特樂．墨內斯呆滯的眼睛盯著自己的鼻子，好像想要看到腳上那雙 ecco 的鞋尖。男孩子氣的瀏海讓大使看起來比五十二歲還年輕。瀏海翻落，髮色被陽光晒得淡了，彷彿裡面還有生命。

「他老婆和十幾歲的女兒，」哈利說，「她們來看過嗎？」

「沒有，我們通知了挪威大使館，他們說會轉告家屬。目前接到的消息就只有禁止任何人進來。」

「使館的人呢？」

「代辦來過，名字不記得了。」

「彤亞．魏格？」

「對，她一直冷著一張臉，一直到我們把屍體翻過來讓她指認，才變了臉色。」

哈利仔細觀察大使。他生前長得好看嗎？撇開可怕的西裝和肚子上的幾條游泳圈不看，是個會讓大使館年輕女性代辦心跳加速的男人嗎？他晒黑的皮膚已經開始變得蠟黃，藍色的舌頭彷彿想從齒間鑽出來。

哈利在椅子上坐下，環顧四周。人死以後外表變化很快，他見過的屍體太多，已經知道盯著屍體盯不出多少東西。奧特樂．墨內斯已經把自己這個人可能透露的祕密都帶走，留下來的就是一副蛻掉的空殼。

哈利把椅子往床邊推過去。兩名年輕警員俯身在他頭上。

「你看到什麼？」麗姿問。

「我看到一個挪威色鬼正好是個大使，所以為了國王和國家，不能不保護自己的名聲。」

她驚訝地抬起眼，仔細端詳哈利。

「空調再厲害，還是蓋不住那股惡臭，」他說，「不過那是我自己的問題。至於躺在這裡這傢伙，」哈利抓住大使的下巴，「屍僵，他僵掉了，但是已經開始軟化，都過了三天，這是正常的。他的舌頭發青，可是有那把刀子，看起來發青的原因不是窒息，這要查。」

「已經查了，」麗姿說，「大使喝過紅酒。」

哈利咕噥了幾聲。

「墨內斯在午休時間離開辦公室，」她繼續說，「那個女人發現他的時間是晚上將近十一點。我們的法醫說死亡時間在四點到十點之間，所以範圍縮小了一點。」

「四點到十點？有六個小時欸。」

「沒錯，警探。」麗姿把兩手抱在胸前。

「嗯。」哈利抬頭看她，「這種幾個小時後就發現的屍體，我們在奧斯陸推斷死亡時間，通常前後誤差只有二十分鐘。」

「那是因為你住在北極。這裡氣溫三十五度，屍體溫度不會下降太多，死亡時間是根據屍僵來判斷，所以很不精確。」

「屍斑呢？三小時後就該出現斑點。」

「很抱歉，就像你看到的，大使喜歡日光浴，所以我們沒辦法分辨。」

哈利的食指在西裝被刀刺穿的地方摸了一遍，有一種灰色像凡士林的東西留在指甲上。

「這是什麼？」

「凶器顯然上過油，已經採樣送去化驗。」

哈利把口袋翻了一遍，掏出一個磨舊了的褐色皮夾，裡面有一張五百銖鈔票，一張外交部識別證，還有一張女孩子微笑的照片，看起來在病床上。

「在他身上還有找到別的東西嗎？」

「沒。」麗姿已經把帽子拿下來趕蒼蠅，「我們看過以後，就留著沒動。」

哈利鬆開他的皮帶，拉下褲子，把他翻回趴著的姿勢，然後拉開外套和襯衫。「看，有血沿著背流下來過，」他把那條多威樂內褲的鬆緊帶拉開，「還流到股溝裡。也就是說，他不是躺著的時候被捅死，他站著。量量看刀刃進去的深度和角度，就可以算出凶手的身高。」

「前提是凶手行凶的時候站的位置和死者同一個高度。」麗姿補充，「也可能死者在地板上被捅，血是在他被移到床上的時候流下來。」

「真是那樣，地毯上就會有血跡，」哈利一邊說，一邊拉起褲子，繫好皮帶，轉過來看著麗姿的眼睛，「而且妳也不必猜測，妳會很確定，你們鑑識的人會發現他的西裝上到處都是地毯的纖維，不是嗎。」

她沒有移開視線，但是哈利知道她的小測試已經被他揭穿。她點點頭，於是他轉回去面對屍體。

「從被害者心理學的角度，有一個細節可以證明他等的人是女性。」

「哦？」

「看到皮帶了嗎？我解開之前，皮帶扣在平常磨舊的那個孔後面兩格。這種腰圍大很快的中年男子，往往會在見年輕女性之前勒緊小腹。」

很難看出來他們對此佩不佩服，那些警員把重心從一隻腳換到另一隻腳，面無表情的臉什麼都沒透露。

麗姿咬掉一大片指甲，嘛著嘴吐出來。

「所以迷你吧在這。」哈利打開小冰箱的門，勝獅啤酒，約翰走路和加拿大會所威士忌的迷你瓶，一瓶白酒。看起來都沒動過。

「還找到什麼？」哈利轉向兩名年輕警員。

他們交換眼色，其中一個指了指外面車道上的車。

「車子。」

他們走出去，車道上停了一輛比較近期的古董深藍色賓士，上面掛著使節車牌。一個警員打開駕駛座的門。

「鑰匙？」哈利問。

「在他外套口袋找到……」警員朝房間的方向點了點頭。

「指紋？」

年輕人朝上司投了一個無奈的眼神。她咳了一聲。

「我們當然已經對鑰匙採過指紋，霍勒。」

「我不是問你們採過指紋沒有，我是問你們有什麼結果。」

「他的。否則我們一開始就會告訴你了。」

哈利閉嘴沒說話。

賓士的座椅和地板散落雜物，哈利注意到幾本雜誌、幾個錄音帶和空的香菸盒，一個可樂罐，還有一雙涼鞋。

「你們還找到什麼？」

阿諾拿出一張清單開始念。

「停，」哈利說，「最後一樣可以再說一次嗎？」

「賽馬的彩票，長官。」

「顯然大使喜歡偶爾下個注，」麗姿說，「泰國流行的消遣活動。」

「這又是什麼？」

哈利已經在駕駛座這邊彎下腰，從座椅調整桿和腳踏墊之間的地毯底下，撿起一小粒膠囊。

警員垂眼看著他的清單，最後不得不放棄。

麗姿靠過來看了以後說：「液態搖頭丸是這種膠囊包裝。」

「搖頭丸？」哈利搖頭，「中年基督教民主黨員有可能到處亂搞，但是他們**才不會**用E。」

「我們要送去化驗。」麗姿說。哈利從她的臉色看得出來，漏掉了這粒藥丸，她很不高興。

「我們看一下後面。」他說。

車子裡面有多髒亂，後車廂就有多整潔。

「喜歡整潔的男人。」哈利說，「車子裡面絕對是歸家裡的女人管，但是他沒讓她們碰後車廂。」

一只配備齊全的工具箱被麗姿的手電筒照得反光，箱子裡一塵不染，只能從其中一把螺絲起子的尖端沾著灰泥，看出使用過的痕跡。

「再來一點被害者心理學，各位。我猜測墨內斯不是自己動手型的人，這個工具箱從來沒靠近汽車引擎過，螺絲起子頂多是用來鑽洞掛全家福照片。」

一隻蚊子在他耳邊鼓掌。哈利出手打牠，感覺到自己濕淋淋的皮膚摸起來涼涼的。太陽下山了，熱度也沒有減低，現在風已經停歇，濕氣好像從他們腳下的地面透出來，把空氣凝住，幾乎可以喝了。

備胎旁邊擺了千斤頂，顯然也沒用過。還有一只扁扁的真皮公事包，就是你想得到會出現在外交官車子裡的那種。

「公事包裡有什麼？」哈利問。

「鎖住了。」麗姿說，「因為這輛車正式來說是大使館的領土，不在我們的管轄範圍內，所以我們沒試過開鎖。現在既然有挪威代表在場，或許我們可以……」

「抱歉，我沒有外交身分。」哈利說著，把公事包從後車廂拿出來，放到地上。「但是我可以說這個公事包已經不在挪威的領土上，所以我建議你們，在我去櫃臺找旅館老闆講話的時候把它打開。」

哈利一派悠閒地穿過停車場。坐飛機後他的兩隻腳就腫起來，襯衫內有一滴汗水滾落，讓他發癢，而且他想酒想得要命。除此之外，再回來辦大案子，感覺還不差，上次辦案已經是很久以前。他注意到「帕」字已經熄滅了。

櫃臺後面那個男人遞給哈利的名片印著「王利．經理」，大概是溫和地暗示他改天再來。這個骨瘦如柴、穿花襯衫的男人睡眼惺忪，一臉絕對不想跟哈利扯上任何關係的樣子。他用手指唰地翻過一疊紙，抬眼看見哈利還杵著，就嘟嘟噥噥起來。

「看得出來你很忙，」哈利說，「所以我說我們愈快解決愈好。我知道我是外國人，不是你們國家的——」

「不是泰國人，中國人。」他聽到了，又多一句嘟噥。

「好吧，那，你也是外國人。重點是——」

櫃臺後面傳出幾聲吸氣，可能是嗤之以鼻的聲音。反正旅館老闆還是開口了。

「不是外國人，中國人。我們讓泰國運轉起來，沒有中國人，沒有生意。」

「好吧，你是生意人，王，我就來跟你談個生意。你在這裡開妓院，你要怎麼翻你的紙隨便你，但是事實就是這樣。」

王利堅決地搖頭。「沒有妓女。汽車旅館，出租房間。」

「別緊張，我只對凶手有興趣，把皮條客關起來不是我的職責，除非我私下行動，所以我才說有生意可以談。泰國這裡沒有人會來查你這種人，太多了，查不勝查。跟警察檢舉你也不夠，我猜你可以用牛皮紙袋裝幾銖錢給出去，那種事就不會來煩你，就是因為這樣你才不怎麼怕我們。」

汽車旅館老闆重複搖頭的動作。

「沒有給錢。非法。」

哈利微笑。「我上次看到泰國的貪腐情況，在全球排行榜還是名列第三。拜託你好心點，不要把我當白癡。」

哈利刻意壓低了嗓子。通常威脅的話語用中性的聲調說出來效果最好。

「可是呢，你的問題，還有我的問題，就是房間裡面發現的那個男人是我的國家來的外交官。如果我得回報上去，說我們懷疑他死在妓院裡，事情馬上就會變成政治問題，你的警界朋友也幫不了你。當局會有壓力，不能不關掉這個地方，把你拉進大牢裡，好表示善意，表示他們努力在維護法律和秩序，對吧？」

從那張沒表情的臉，實在不可能看出來他究竟打中要害沒有。

「換個情況呢，如果我回報說，女的本來就跟男的約好見面，這家汽車旅館只是隨便挑的地方……」

那男人看著哈利。他眨了眨眼睛，擠眉弄眼的樣子彷彿有灰塵跑到眼裡，然後他轉身拉開一道簾子，招手要哈利跟著。簾子後面藏著一扇打開的門，有個擺著一桌二椅的小房間，男人示意哈利坐下，然後把一個杯子放在哈利面前，拿茶壺倒水。一股強烈的薄荷味刺痛他的眼睛。

「屍體在這裡，那些小姐都不想工作，」王利說，「你什麼時候可以弄走？」

生意人就是生意人，全世界都一樣，哈利想著，點燃一根香菸。

「那個男的大概晚上九點來開房間。他翻菜單，說要叫蒂姆，但是他要先休息，等她到了再跟他說。我說他還是得按時數付錢，他說可以，就拿了鑰匙。」

「菜單？」

男人拿了個確實長得像菜單的東西給他。哈利快快翻閱，裡面有年輕泰國女孩的照片，穿護士制服的，穿網襪的，穿皮革緊身胸衣拿鞭子的，穿學生制服格子裙的，甚至還有穿警察制服的。照片底下有個標題寫著「重要數據」，下面列的是每個女孩的年齡、價格、背景資料。哈利注意到每個人自稱的年齡都介於十八到二十二歲之間，價格從一千到三千銖不等，而且幾乎每個女孩都上完了一種語言課程、當過護士。

「他自己一個人？」哈利問。

「對。」

「車子裡沒有別人？」

王利搖搖頭。

「你為什麼這麼肯定？那輛賓士裝了深色車窗，你又是坐在這裡。」

「我通常會走出去看，說不定他有朋友一起來，他們就要付雙人房的錢。」

「了解。雙人房，雙倍價？」

「不是雙倍價，」王利又露出牙齒，「分攤比較划算。」

「後來呢？」

「不知道。那個男的開車到一二〇房，就是他現在在的那間。房間在後面，黑夜裡我看不到。我打電話叫蒂姆，她就過來等著，過一會兒我就叫她過去找他了。」

「蒂姆穿什麼衣服？列車長制服？」

「不是不是，」王利翻到菜單最後一頁，得意地給他看一個年輕泰國女孩的照片，女孩穿著縫滿銀色亮片的連身短裙和白色冰鞋，露出大大的笑容。她兩腿交叉，雙手往兩旁擺，做出行禮的姿勢，彷彿剛剛完成一首自選曲。她的臉上有點點紅雀斑。

「這是在扮……」哈利讀著照片底下的名字，不可置信地說。

「對對，沒錯，唐雅・哈丁，殺了另一個美國女生那個，漂亮的那個。」[2]

「我想她沒有真的——」

「蒂姆也可以扮她，你喜歡的話……」

「不用了，謝謝。」哈利說。

「這個很流行，尤其是美國人，她也可以哭，如果你喜歡的話。」王利的手指頭在臉頰上比了往下滑的動作。

「她在房間裡發現他背上插了一把刀，之後呢？」

「蒂姆尖叫著跑過來。」

「穿著溜冰鞋？」

王利責備地看了他一眼。「溜冰鞋是脫掉內褲以後穿的。」

哈利可以理解這項安排切合實際，揮揮手要他繼續說。

「沒有別的可以說了，警察先生。我們過去房間再看了一次，然後我把門鎖起來，打電話報警。」

「那麼，蒂姆說過，她到房間的時候門沒鎖，她有沒有說門是打開的，或者只是沒鎖？」

王利聳聳肩，「門關著可是沒鎖。這個重要嗎？」

「這可說不定。那天晚上還看過別的人靠近那個房間嗎？」

王利搖搖頭。

「住房登記簿在哪裡？」哈利問。他開始覺得累了。

2 Tonya Harding，1970-。前美國女子花式溜冰運動員。她在一九九四年冬季奧運前夕，涉嫌與前夫密謀僱人用鐵棍擊打同胞對手南希・克里根（Nancy Kerrigan）的膝蓋，罪名成立後遭到終身禁賽處分。

老闆的頭突然抬起來。「沒有登記簿。」

哈利默默看著他。

「沒有登記簿，」王利又說一次，「我幹嘛要登記簿？登記姓名地址的話，就沒有人要來了。」

「我不是白癡，王，沒有人知道自己被登記，你就是會記一下，以防萬一。偶爾都會有重要人物來，哪天你遇到麻煩，把登記簿捧到桌子上，可能會有用，對吧？」

旅館老闆像青蛙一樣眨眼睛。

「不要那麼難搞，王，跟凶殺案無關的人就沒什麼好怕的，尤其是公眾人物。我跟你保證。好了，給我簿子，麻煩你。」

那是一本小筆記本，哈利掃過密密麻麻寫著泰文字母的紙頁。

「之後會有人來影印。」他說。

三名警察在賓士旁邊等他。車頭燈開著，照亮躺在陽臺上的公事包。公事包已經打開。

「有沒有找到什麼？」

「看起來大使有特殊性癖好。」

「我知道，唐雅．哈丁。在我看**那個**叫做特殊情趣。什麼時候可以跟蒂姆問話？」

「我們明天找她，她今天晚上要工作。」

哈利在公事包前面停下來。那些黑白照片的細節在車頭燈的黃光下歷歷在目，他呆住了。他當然聽過這種事，他甚至讀過報告，還跟風化隊的同事討論過，但這是哈利生平第一次**看到**小孩被大人上。

7

一月十日，星期五

他們開上素坤逸路，沿路上三星級飯店和豪華別墅和木板鐵皮屋肩並肩挨在一起。這些哈利都沒看見，他的視線似乎定在正前方的某個點。

「現在路況好多了。」麗姿說。

「是啊。」

她抿嘴微笑，「抱歉，我們曼谷人談交通，就像別地方的人談天氣一樣。你不用在這裡久住也想得到原因。天氣從現在一直到五月都不會變，然後看季風的狀況，夏末某個時候開始下雨，一下就是三個月。天氣不管怎麼說都是那個字，熱，我們一年到頭都互相說這個字，可是要聊天的話，這不是最有趣的話題。」

「嗯。」

「另一方面，交通呢，卻是比什麼該死的颱風都還容易影響曼谷的日常生活。我從來不知道上班通勤時間要多久，可能四十分鐘，可能四個小時。十年前是二十五分鐘。」

「後來發生什麼事？」

「擴張。過去二十年裡景氣長期大旺，工作機會都在這裡，人就從鄉下湧進來了。每天早上通勤上班的人變多，要養活的人口變多，對交通運輸的需求也變大。政客答應我們開闢道路，然後就得意洋洋搓著手旁觀情勢大好。」

「繁榮沒什麼不好吧？」

「我不是看不得竹片屋裡裝電視，只是這些發生得太快了。還有要我說的話，為了發展而發展，那是癌細胞的邏輯。有時候我很慶幸去年開始停滯了，從交通狀況就可以感覺出受到影響。」

「妳是說以前還要更塞？」

「當然啊，你看那裡……」

麗姿指著一處巨大的停車場，裡面一排排停了數百輛水泥車。

「一年前那個停車場幾乎是空的，可是現在沒有人在蓋房子了，水泥車隊就像你看到的那樣，被擱在一邊。現在大家去購物中心只是為了吹冷氣，不會真的買東西。」

他們繼續開車，沉默無語。

「妳覺得這鳥事的幕後黑手是誰？」

「炒匯的人。」

他看著她，一臉不解。「我在說那些照片。」

「哦，」她瞄他一眼，「你看了不爽，對吧？」

他聳聳肩。「我心胸狹窄。沒辦法不想到死刑。」

督察看了看手錶。「到你公寓的路上可以經過一家餐廳，來個傳統泰國菜速成教學，你說怎麼樣？」

「好。可是妳沒回答我的問題。」

「那些照片的幕後黑手？哈利，泰國的變態人數是全世界密度最高的，那些人來這裡，就是因為我們的性產業可以滿足所有的需求，我說**所有**可不是隨便說說。就那幾張照片，我怎麼會知道背後有誰？」

哈利做了個鬼臉，把頭從一邊擺到另一邊。「問問而已。幾年前不是鬧過一陣子，某個大使有戀童癖那件事？」

「對，我們破獲一個兒童色情集團，有幾個大使館的人牽連在內，其中就有澳洲大使，可尷尬了。」

「警方不尷尬吧？」

「開什麼玩笑？我們等於贏了世界杯又贏了奧斯卡。總理也來祝賀，觀光部長欣喜若狂，獎牌一面又一面地發下來。那件事對警局的威信大有幫助，你知道。」

「既然這樣，從那裡查起如何？」

「我不知道。第一，跟那集團有關的人不是在牢裡就是已經被驅逐出境。第二，我不認為那些照片跟謀殺案有任何關係。」

麗姿轉進一處停車場，有個管理員指著兩輛車中間可能塞得進去的空位。她按了個按鈕，車子兩邊的大窗降下來，電子設備發出嗡嗡聲。接著她讓車子就位準備倒退，然後把腳踩在油門上。

「我看不……」哈利才開口，督察已經把車停好。兩邊後照鏡在搖晃。

「我們怎麼下車？」他問。

「煩惱這麼多對你不好，警探。」

她兩手撐著，把自己盪出吉普車的大窗外，然後一腳踩著擋風玻璃，跳到車子前面。哈利費了好大的勁才順利完成這門特技。

「你慢慢就會了，」她邊走邊說，「曼谷很擠。」

「音響怎麼辦？」哈利回頭看著車窗誘人地大敞著，「妳覺得等我們回來音響還會在嗎？」

她對管理員亮了一下警徽，那個人嚇了一跳，挺直起來。

「會。」

「刀子上沒有指紋。」麗姿滿意地咂咂嘴。**鬆打姆**（Sôm-tam），也就是青木瓜沙拉，味道沒有哈利想像的奇怪。其實這道菜好吃，而且好辣。

她把啤酒的泡沫吸掉，呼嚕嚕地很大聲。他轉頭看其他顧客，但是似乎沒人注意，可能是被後面舞臺上管弦樂隊表演的波卡舞曲蓋過了，但樂隊的聲音又被外面的車聲蓋過。哈利決定要喝兩杯啤酒，然後就不喝了。他可以在回公寓的路上買一手六罐裝。

「刀柄上的裝飾，有線索嗎？」

「阿諾覺得刀子可能來自北部，清萊府或附近那一帶，說是裡面嵌的彩色玻璃什麼的。他不確定，不過反正不是你在這裡的商店買得到的那種普通刀子，所以我們明天要送到大理石寺博物館請教一位美術史教授，古董刀的事他無所不知。」

麗姿揮手招服務生過來，從大湯碗裡舀了一些冒著煙的椰漿濃湯。

「小心那些白色的小東西，還有那些紅色的小東西。會把你燒掉。」她用湯匙指著說，「哦，還有綠色的也是。」

哈利半信半疑地盯著浮在碗裡的各種東西。

「這裡面有任何我**可以**吃的嗎？」

「南薑根可以。」

「妳有什麼理論嗎？」哈利大聲地問，好蓋住她喝湯的聲音。

「你是說凶手可能是誰嗎？有啊，當然有，多著呢。第一，可能是那個妓女，或者旅館老闆，或者兩個都是。」

「動機呢？」

「錢。」

「墨內斯的皮夾裡有五百銖。」

「如果他在櫃臺拿了皮夾出來，姓王的很有可能看到他身上有點錢，那麼誘惑有可能大到讓他心生歹念。姓王的不會知道那個人是外交官，不知道事後會有這麼多麻煩。」

麗姿把叉子舉在空中，激動地往前靠。

「他們一直等到大使進了房間才去敲門，然後趁他轉身的時候把刀子插進他的背。他往前倒在床上，他們搜刮他的皮夾，但是留了五百銖，才不會看起來像財殺。然後他們等了三個小時才報警，而且王利一定有警察朋友，會幫他確定一切順利無事。在沒有動機、沒有嫌犯的情況下，每個人都急著把一樁跟妓女有關的意外事件塞到地毯底下，然後接著辦下一個案子。」

哈利的眼睛突然從頭上爆出來，他一把抓住啤酒杯湊到嘴邊。

麗姿露出笑容。「吃到紅的那種？」

他總算恢復呼吸。

「這理論還不差，督察，可是有一個漏洞。」他喘著氣啞著嗓子說。

她皺起眉頭，「什麼漏洞？」

「王利有一本私下記錄的住房登記簿，裡面大概滿滿都是官員政要的名字。每一次有人入住他都登記了時間日期，算是買個保險，如果有人要對他的店找碴就可以派上用場。可是萬一客人的長相他認不出來，他也不可能跟客人要證件來看，他的辦法就是跟客人一起走到外面，假裝要確定車裡沒有別人，對不對？其實是要查出他的身分。」

「我聽不懂了。」

「他把車牌號碼寫下來，懂嗎？事後再去比對車籍資料。所以他一看到賓士的藍色車牌，就知道墨內斯是外交官了。」

麗姿若有所思地打量他。接著她突然轉身對著鄰桌，眼睛張得老大；那對客人在椅子上抖了一下，開始忙著專心對付食物。

她用叉子搔搔腿。

「三個月沒下雨了。」她說。

「什麼？」

她招手要帳單。

「那跟案子有什麼關係？」哈利問。

「關係不大。」她說。

時間凌晨將近三點。市井喧囂被床邊桌上電扇規律的嗡嗡聲蓋過去了，不過哈利還是聽得見偶爾一輛重噸大卡車通過鄭王橋，還有獨自從昭披耶河碼頭轟隆隆開走的汽艇。

稍早打開公寓門鎖以後，他看見電話有顆紅燈一直在閃，於是按了幾個鈕，聽了兩通留言。第一通是挪威大使館打來的，彤亞·魏格，那個代辦，講話有濃重的鼻音，聽起來好像出身西奧斯陸，或是渴望住在那裡。她告訴哈利隔天十點到大使館一趟，後來發現自己十點十五分有會要開，又把時間改到十二點。

另一通是畢悠納·莫勒留的。他祝哈利順利，就這樣。聽起來他不喜歡對答錄機講話。

哈利躺在床上，對著黑暗眨眼。結果他沒買那一手啤酒，那些B12注射液也還在他的行李箱裡。在雪梨玩過逛吧狂歡，那次他上床睡覺的時候腿都沒了感覺，但是一針維他命下去，他就像伯大尼的拉撒路一樣瞬間復活。他嘆了口氣，他什麼時候真的下定決心的？知道曼谷這項任務的時候？不是，要更早，幾個星期前他就設了期限：小妹的生日。天知道他為什麼做了這個決定，可能他只是厭煩了行屍走肉的感覺，日子一天天過去，自己卻渾然不覺，諸如此類的。他也不想再討論為什麼老酒鬼巴道夫[3]現在不想喝酒了，

3 Bardolph，莎士比亞戲劇《亨利五世》裡的配角，是亨利的兒時玩伴兼酒友。

哈利這個人說一就是一，說二就是二，絕不動搖，不妥協，不搪塞。「我想停就可以停。」他多常聽到施羅德那些人費盡脣舌，要自我說服說自己並不是徹頭徹尾的老酒鬼？他就跟他們任何一個一樣，是貨真價實的醉鬼，但就他所知，他是唯一一個真正可以想停就停的人。小妹的生日再幾個星期就到了，雖然奧納醫生說的沒錯，這趟旅行可以是個好的開始，但哈利決定再晚一點。哈利呻吟了兩聲，翻身側躺。

他好奇小妹在做什麼，她晚上敢不敢出門。她依約打電話給爸爸沒有。如果她打了，他有沒有勉強跟她說幾句話，而不只是應個好、不好。

過三點了。雖然現在挪威時間才九點，但是過去三十六個小時裡他沒睡多少覺，應該毫無障礙立刻睡著才對。可是每次他閉上眼睛，眼底就會出現一個裸體泰國男孩被車頭燈打亮的身影，所以他寧願再睜著眼睛一會。或許他還是該買那一手啤酒的。等到他終於睡著，已經是鄭王橋的早晨壅塞時間。

8

一月十一日，星期六

在八樓通過一扇橡木門和兩道安檢之後，哈利找到刻著挪威獅子國徽的金屬牌。接待員是個年輕優雅的泰國女子，圓臉上長著小小的嘴巴、更小的鼻子，和溫柔的褐色眼睛，她看著哈利的證件，眉頭深鎖。後來她拿起電話，低聲吐了三個音節，然後放下電話。

「魏格小姐的辦公室是右邊第二間，先生。」她的笑容如此燦爛，哈利不得不考慮當場墜入愛河。

哈利敲門，聽到一聲「進來」。彤亞．魏格在裡面埋首大柚木桌，顯然忙著做筆記。她抬頭，掛上一抹微笑，穿著白色絲質套裝的苗條身材從椅子上直起身，然後伸出手朝他走過來。

彤亞．魏格是接待員的反面，長臉上鼻子、嘴巴、眼睛都在搶占空間，看起來是鼻子勝出。那隻鼻子長得像大大的塊莖，不過至少在兩隻化了濃妝的大眼睛中間保留了一點空白。這話不是說魏格小姐長得醜，不是，某些男人說不定還會說這張臉有一種古典美。

「總算見到面了，警察先生。可惜是這麼悲傷的情況下。」

哈利還沒怎麼碰到那些全是骨頭的手指，她就把手收回去了。

「我們非常希望忘掉這個案子往前看，愈快愈好。」她一邊說，一邊小心地揉著一個鼻孔，免得把妝弄花了。

「我了解。」

「這段日子我們不好過，聽起來可能比較冷酷，不過世界還是繼續運轉，我們也一樣。有些人以為我們的工作就是參加雞尾酒會玩一玩，我得說那是大錯特錯。此時此刻我就有八個挪威人在醫院、六個在監獄，其中四個持有麻醉藥品。你看過這裡的監獄嗎？恐怖！《世界之路報》每天打來，原來除了那一堆事之外，他們其中有一個還懷孕了。還有上個月在芭達雅有個挪威男人被人扔出窗外送了命，一年內第二起了。煩得要命！」

她絕望地搖頭。

「還有如果有人掉了護照，你以為他們都有旅遊險還是有錢可以買新的機票回家？沒有，我們要處理每一件事。所以，你也知道，我們一定要讓這裡繼續運轉才行。」

「據我所知，既然大使過世了，現在妳是這裡的主管。」

「我的職位是代辦，沒錯。」

「任命新大使要多久？」

「我希望不久。通常是一兩個月。」

「留妳一個人擔這麼多責任，他們不擔心嗎？」

彤亞露出苦笑。「我不是這個意思。其實他們派墨內斯來之前，我就在這裡當了六個月的代辦。我的意思是希望盡快有個固定的安排。」

「所以妳指望成為新任大使。」

「這個嘛，」她露出冷冷的微笑，「那也不奇怪吧。不過你恐怕永遠不會知道外交部的打算。」

一個影子閃了進來，哈利面前出現一只杯子。

「你喝不喝**查浪**（chaa ráwn）？」彤亞問。

「我不知道。」

「哦，對不起，」她笑出聲，「我老是馬上忘記別人剛到這裡不久。就是泰國紅茶。我在這裡會喝下午茶，雖然嚴格來說，應該照英國傳統，兩點以後再喝。」

哈利說他喝，之後再往下看，已經有人把他的茶杯斟滿。

「我還以為那種傳統跟著殖民者死了。」

「泰國從來都不是殖民地，」她微笑，「不是英國的，也不是法國的，跟鄰國不一樣。這一點泰國人非常自豪，如果你問我，我會說有點自豪過頭了。來一點英國的影響不會有什麼壞處。」

哈利拿起筆記本，問她人使有沒有可能捲入什麼曖昧可疑的事情。

「可疑？」

他簡單說明了一下「可疑」的意思，謀殺案的被害者有七成跟非法事物有牽連。

「非法？墨內斯？」她猛搖頭，「他不是那種人。」

「知不知道他有沒有仇人？」

「沒辦法想像，他人緣很好。為什麼問這個？他該不是被暗殺的吧？」

「我們目前知道的還很少，所以每一種調查方向都不排除。」

彤亞說墨內斯死的那個星期二，他吃完午餐就直接赴會去了，沒說去哪裡找人，但這種情形並不少見。

「他向來隨身帶著手機，有事我們就會聯絡他。」

哈利要求看他的辦公室。彤亞得再開兩道門才進得去，說是「為了安全起見」裝的。照哈利離開奧斯陸之前的要求，辦公室沒動過，裡面亂七八糟堆著報紙、文件，還有還沒擺到架上、掛到牆上的紀念品。

挪威王室那對夫婦模樣威風凜凜，視線越過一堆堆紙張往下對著他們，又投向窗外的綠地，魏格說那是詩麗吉王后公園。

哈利找到一本行事曆，但是上面沒多少筆記。他查了命案那天的行事曆，上面寫了「曼U」，如果他不是錯得太離譜的話，那是「曼聯」的意思。也許是一場他想看的足球賽，哈利一邊想，一邊盡責地翻看了幾個抽屜，但是他很快就想通了，自己一個人搜查大使的辦公室卻不知道要找什麼，根本是白費工夫。

「我沒看到他的手機。」哈利說。

「我剛才說了，他總是隨身攜帶。」

「我們在犯罪現場沒找到手機，但我不覺得凶手是小偷。」

彤亞聳聳肩。「可能被你的泰國同僚『沒收』了？」

哈利選擇不回應，改而詢問那一天有沒有人打電話到大使館找他。她覺得應該沒有，但是答應查一查。

哈利最後再看了一眼整間辦公室。

「大使館裡最後一個見到墨內斯的人是誰？」

她努力回想。「那一定是司機桑沛，他跟大使是很好的朋友，難過得很，所以我放他幾天假。」

「既然他是司機，為什麼命案那天不是他開車載大使？」

她又聳肩。「我也覺得奇怪，大使又不喜歡在曼谷開車。」

「嗯，可以跟我講講司機這個人嗎？」

「桑沛？他在這裡很久了，久得沒人記得。他從來沒去過挪威，但是每一個市鎮都倒背如流，還有歷任國王。對，而且他熱愛葛利格，我不知道他家裡有沒有唱盤，可是我想他應該每一張唱片都有。實在是個老好人。」

她歪歪頭，露出牙齦。

哈利問她知不知道去哪裡找希麗達．墨內斯。

「她在家。現在恐怕是心亂如麻，我想我會建議你等一陣子再找她問話。」

「謝謝妳的建議，魏格小姐，不過我們現在沒有那個餘裕可以等。可以勞煩妳打電話通知她，我在路上了嗎？」

「我了解，抱歉。」

「妳是哪裡人，魏格小姐？」

彤亞驚訝地看著他，然後勉強低笑一聲。「這是訊問嗎，霍勒？」

哈利沒回答。

「如果你非知道不可，我在腓特烈斯塔市長大的。」

「我就知道我聽得出來。」他眨了一下眼睛。

接待處那位活潑俐落的小姐靠在椅背上，拿著一瓶香水湊在鼻子前面。哈利識相地清了下喉嚨，她就彈了起來，尷尬地笑出聲，兩眼水汪汪的。

「抱歉，曼谷的空氣太差了。」她解釋。

「我注意到了。請給我司機的電話號碼好嗎？」

她搖搖頭，哼了一聲。「他沒有電話。」

「好。那他有住的地方嗎？」

他在開玩笑，可是從她的表情看得出來她沒聽懂。她把地址寫下來，然後給他一個迷你的道別笑容。

9

一月十一日，星期六

哈利走在往大使宅邸的車道上，一名僕人站在門邊。他帶著哈利穿過兩間用藤和柚木裝潢得很有品味的大廳室，來到露臺門邊；這扇門通往屋子的後院。蘭花有黃有藍，生氣勃發，綠葉成蔭的大柳樹下，蝴蝶翩翩飛舞，像彩紙漫天。

他們在沙漏形狀的游泳池邊找到大使的妻子希麗達．墨內斯，她坐在藤椅上，穿著粉紅色的袍子，前方桌面放著一杯同顏色的飲料，墨鏡遮住半張臉。

「你一定是霍勒警探了，」她一口桑莫拉區腔調，「彤亞說你要來。喝杯東西嗎，警探？」

「不用，謝謝。」

「哦，你一定要喝，這種熱天一定要喝水，你知道嗎，就算你不渴，也要想一想你的水分含量，在這個地方，身體還沒告訴你，你就脫水了。」

她摘下墨鏡，眼睛是棕色的，哈利從她烏黑的頭髮和比較深的膚色猜到了。那雙眼睛有神卻發紅，是因為哀傷還是因為那杯餐前酒呢，哈利暗忖。或者兩者皆是。

他估計她年約四十五，但是保養得當。出身中上階級、已屆中年而姿色稍減的美女，他見識過。

他在另一張藤椅上坐下來，椅子包覆著他的身體，彷彿早知道他要來。

「這樣的話，我喝杯水吧，墨內斯夫人。」

她吩咐過僕人後，就遣他離開了。

「他們有沒有通知妳，現在可以去看妳丈夫了？」

「有，謝謝啊。」她說。哈利察覺話中的簡慢。「現在他們倒是讓我看他了，我結婚二十年的男人。」

那雙棕色眼睛黑了起來。哈利想也許傳言是真的，真的有許多發生船難的葡萄牙、西班牙水手漂流到桑莫拉海岸。

「我必須問妳一些問題。」他說。

「那你最好趁現在琴酒還有作用的時候問一問。」

她把一條晒黑了的瘦腿翹到膝蓋上。

哈利拿出筆記本。倒也不是需要筆記，只是這樣他就不必看著她回答問題。一般來說，這樣對被害者近親說話，會容易一些。

她告訴他，丈夫早上出門，沒說會晚回家，不過臨時有事也不奇怪。到了晚上十點丈夫還沒消沒息，所以她打了電話，但是辦公室和手機都沒人接。她還是不擔心就是。剛過午夜，彤亞．魏格打電話來，說丈夫死在汽車旅館的房間裡。

哈利觀察希麗達的臉。她講話聲音堅定，沒有誇張的手勢。

彤亞．魏格給她的印象是他們不知道死因。隔天大使館通知她是謀殺，但是奧斯陸那邊下令所有人對死因噤口，包括希麗達．墨內斯，就算她不是大使館的員工也一樣，因為只要有國安方面的需求，所有挪威公民不想保持緘默都不行。最後兩句她說得諷刺味十足，還舉杯敬酒。

哈利只是點頭寫筆記。他問她大使是不是真的沒把手機留在家裡，她說她確定。一時衝動下，他又問是哪一種手機，她說不確定，但好像是芬蘭的。

她說不出來誰有動機要大使的命，幫不上忙。

他拿鉛筆敲他的筆記本。

「妳丈夫喜歡小孩嗎？」

「哦，喜歡得很！」希麗達大喊。他第一次聽到她的聲音裡有一絲顫抖。「你知道嗎，奧特樂是世界上最溫柔的爸爸。」

哈利只好又低頭看筆記本，她的眼裡有個神色，透露出她已經察覺這個問題有兩個意思。他幾乎敢肯定她什麼都不知道，但是他也知道這件倒楣的工作他就是得做，得踏出下一步，直接問她知不知道大使持有兒童色情照片。

他用一隻手抹了抹臉，感覺自己像握著手術刀的醫生，沒辦法劃下第一刀。每次碰到這種不舒服的事，他總是克服不了敏感的心理，克服不了看著無辜的人得忍受自己的至親至愛被推到聚光燈下、忍受別人把他們不想知道的細節甩到自己臉上。

希麗達先開了口。

「他太喜歡小孩，我們甚至考慮過領養一個小女孩，」現在她眼裡有淚，「可憐的緬甸難民小女孩。」她勉強破涕乾笑一聲，恢復鎮定。哈利轉頭看向別處。一隻紅色蜂鳥在蘭花前面靜靜盤旋，彷彿小直升機模型。

就這樣吧，他做了決定。她什麼都不知道。如果照片跟案情有關，他以後再繼續查就是；如果無關，就不給她徒增痛苦了。

哈利問他們相識多久，她說相識之時奧特樂．墨內斯剛念完政治學學位，從大學畢業回厄什塔過聖誕節。墨內斯家富甲一方，擁有兩間家具工廠，這個小開自然成為地方上年輕女子的好對象，所以競爭激烈得很。

「我只是梅勒艾農場的希麗達．梅勒艾，但是我長得最漂亮。」她又發出同樣的一聲乾笑。一絲不快從她臉上閃過，她舉起杯子湊到嘴邊。

哈利毫不費力就在腦海裡勾勒出這個寡婦當年清純年輕的美貌。

尤其他腦海裡的影像剛剛真的在開敞的露臺門邊現身。

「如娜，寶貝，妳來了呀！這名年輕人是哈利．霍勒，挪威的警察，他來幫我們調查爸爸出了什麼事。」

這孩子不給面子，連看他們一眼都沒有，不發一語走向泳池對岸。她的膚色、髮色像母親，比較深，哈利看她穿著泳衣的長手長腳和苗條身材，推測她年約十七歲。他應該要知道確切年齡的，他出發前拿到的檔案上就有這些資料。

她本來可以出落得美玉無瑕，像她母親一樣，可惜就差在檔案沒提到的那個細節。她繞過整個泳池，以緩慢優美的姿態沿著跳水臺往前走了三步，然後雙腿合攏，飛入空中。這時哈利的胃已經糾結成一團，她的右肩突出一條細瘦的半截手臂，讓她的身體看起來不對稱得很怪異，在做騰空翻加轉體一次的時候，翻滾的身體好像被打掉一邊翅膀的飛機。撲通一聲，她衝破綠色水面，從眼前消失。

「如娜是跳水運動員。」希麗達說。

實在是多此一舉。

他的眼睛還盯著她消失的地方，泳池另一頭的梯子上已經出現一個身影。她爬上梯子，他看見她的背波紋蕩漾，陽光燦燦照在皮膚上的水珠，黑色的濕髮也微微發光。那條萎縮的手臂像雞翅膀一樣垂掛著。她離開泳池也和進入、跳下一樣安靜無聲，不發一語就穿過露臺門消失無蹤。

「她大概不知道你在這裡，」希麗達歉疚地說，「她不喜歡陌生人看到她沒戴義肢的樣子，你知道。」

「我了解。她知道噩耗以後心情如何？」

「誰知道。」希麗達悶悶不樂往如娜離開的方向看去，「她已經到了什麼都不跟我講的年紀；說起來，她是跟誰都不講。」她舉起杯子，「如娜恐怕有點特立獨行。」

哈利起身，感謝她提供資訊，說之後會再聯絡她。希麗達說他一滴水都還沒喝，他點頭致意，請她留待下次。他突然想到這樣說可能不太得體，但她還是笑了，在他離開的時候一口乾了手上那一杯。

他往大門走，這時一輛紅色敞篷保時捷開到車道上。他才瞥見金色瀏海、雷朋墨鏡和灰色亞曼尼西裝，車子就越過他身旁，停到屋旁的陰影裡去了。

10

一月十一日，星期六

哈利回到警局的時候，麗姿．柯蘭利督察外出不在，但是哈利客氣地請阿諾聯絡電信公司，查詢命案當天大使的手機通聯紀錄，阿諾竟然對他舉起大拇指，說「知道了」。

哈利終於找到督察的時候，已經將近五點。既然時間已晚，她提議坐船遊運河，「可以一次把該看的景點都看了。」

在遊河碼頭，他們問到六百銖一趟的長尾船，但是船夫被麗姿用泰語痛罵一頓之後，價錢立刻降成三百。

他們沿昭披耶河而下，轉進一條比較窄的運河。一間間彷彿隨時要解體的木棚屋緊抓著河裡的柱子，食物、汙水、汽油，三種味道一陣陣飄過。哈利感覺好像正在穿過居民的客廳，只有一排排綠色盆栽避免視線直入人家，但是他們好像都不怎麼在意，反而揮手微笑。

三個穿短褲的男孩坐在一座碼頭浮臺上，他們剛從黃水裡出來，全身濕淋淋，對著他們大喊。麗姿對他們揮了揮溫柔的拳頭，船夫笑了出來。

「他們喊什麼？」哈利問。

她指指自己的頭，「**眉其**（máe chii），意思是媽媽、法師、尼姑。尼姑要剃頭，我如果穿白袍，可能他們會對我尊敬一點。」她說。

「是嗎？看起來妳已經很受敬重了，妳手下的人——」

「那是因為我尊敬他們，」她打斷他，「還有因為我工作做得好。」她清清喉嚨，往欄杆外吐痰，「不過你可能覺得驚訝，因為我是女的？」

「我沒這樣說。」

「外國人知道這個國家的女人也可以出頭，通常很驚訝。這裡沒有表面上那麼大男人，其實我遇到的問題大多出在外國人身分。」

微風在濕氣濃重的空氣中吹出一絲涼意，樹叢傳來蚱蜢歌聲唧唧，兩人凝視著和昨天傍晚相同的血紅太陽。

「妳為什麼搬來這裡？」

哈利感覺自己可能越過了一條看不見的紅線，但是他假裝不知道。

「我媽是泰國人，」她頓了一下才說，「我爸在越戰期間派駐西貢，一九六七年來曼谷認識了她。」她笑出來，然後拿了一個靠墊放到背後。「我媽發誓他們在一起的第一晚她就懷孕了。」

「懷了妳？」

她點頭。「敗降以後，他把我們帶到美國，到羅德岱堡，他在那裡做中校。我們回到這裡以後，我媽媽才發現他們認識當時，他已經結婚了，他是知道我媽懷孕以後，寫了信回去安排離婚。」她搖搖頭。「他想的話大可以自己跑掉，把我們留在曼谷。也許他心底確實想，誰知道呢。」

「妳沒問他？」

「這種問題你不一定會想得到誠實的答案吧。反正他絕對不會給我真正的答案，他以前就是那樣的人。」

「以前？」

「對，他死了。」她轉過來對著他。「你會覺得困擾嗎？我講我的家人？」

哈利緊咬住香菸濾嘴。「一點也不會。」

「逃跑從來不是我父親會認真考慮的選項，他對責任感有種執著。我十一歲的時候，羅德岱堡的鄰居讓我抱一隻小貓回家養，大吵大鬧以後，我爸答應了，條件是我要負責照顧。過了兩個星期我覺得沒意思，問說我可不可以把貓還回去。我爸就把我和小貓帶到車庫，說：『妳不可以逃避責任，文明就是那樣崩解的。』然後他拿出他的軍用步槍開了一槍，子彈射穿小貓的頭。後來我還得拿肥皂和水刷洗車庫地板。他就是那樣的人。那就是為什麼……」她摘下墨鏡，抓起襯衫的一角擦拭，然後瞇著眼看向夕陽。「那就是為什麼他永遠無法接受美軍撤離越南。我十八歲的時候和我媽搬來這裡。」

哈利點點頭。「我可以想像，令堂在戰後住在美軍基地，一定不容易。」

「基地沒那麼糟。倒是其他美國人，那些沒到過越南、但是在越南死了兒子、情人的，那些人恨我們。在他們眼裡，每個長了丹鳳眼的人都是越共。」

一個穿西裝的男人坐在被火燒毀的棚屋裡抽雪茄。

「然後妳就去念了警察學院，當了警探，然後剃了光頭？」

「順序錯了。還有，我沒有剃頭，我十七歲的時候頭髮突然在一個星期內掉光光，罕見的脫毛症。不過在這種氣候下挺實際的。」

她用一隻手摸摸頭，露出疲倦的笑容。她沒有眉毛，沒有睫毛，都沒有。

另一艘船開到他們旁邊來，上面堆著草帽，滿到船舷。一個老嫗指指他們的頭，又指指草帽，麗姿客氣地微笑，說了幾個字。老嫗把船開走之前，湊到哈利面前給他一朵白花，指了指麗姿，然後笑了。

「泰語的謝謝怎麼說？」

「**口昆可臘**。（Khop khun khráp）」麗姿說。

「哦。妳跟她說。」

他們的船從寺（wat）旁邊滑過，也就是佛寺。佛寺緊臨運河，他們可以聽見僧侶的喃喃聲從開敞的寺門內傳過來，民眾坐在外面的階梯上，雙手合十祈禱。

「他們在求什麼？」他問。

「我不知道。平靜。愛。好命，此生或來世。每個地方的人都在求的東西。」

「我想奧特樂．墨內斯等的人不是妓女，我認為他等的是別人。」

船繼續向前滑行，僧侶的喃喃聲在背後漸漸遠去。

「誰？」

「不知道。」

「為什麼這樣想？」

「他只有租房間的錢，要我打賭的話，我可以賭他無意付錢買春。但是他如果不是要跟什麼人見面，就沒道理出現在汽車旅館了，對嗎？照姓王的所說，他們發現他的時候，房門沒鎖，那不是有點奇怪？通常旅館房門一關上就自動上鎖了，他一定是故意按了門把上的鈕，讓門可以一直開著。凶手沒道理按那個鈕，我猜凶手根本不知道走的時候門沒鎖。為什麼墨內斯要這樣？這種地方的常客通常喜歡鎖門睡覺，妳不覺得嗎？」

她直搖頭，「或許他怕聽不到他等的人來了。」

「正是。而且他也沒道理為了唐雅．哈丁不鎖門，因為他跟接待員說好要先打電話，對吧？」

哈利在激動之下靠到一邊去了，船夫對他大叫，要他在中間坐好，免得翻船。

「我認為他想隱藏會面對象的名字，大概是這樣才約在市區外的汽車旅館，這裡很適合祕密會面，沒有正式的住房登記簿。」

「嗯。你在想那些照片嗎？」

「不可能不想，不是嗎？」

「那種東西曼谷到處都有得買。」

「也許他更進一步了呢。我們在說的可能是兒童性交易。」

「或許吧。但是除了那些照片——那種在這個城市真的遍地都是的東西，就沒有別的線索了。」

他們溯河而上，走了很遠。督察指著一座大花園尾端的房子。

「一個挪威男人住在那裡。」她說。

「妳怎麼知道？」

「他蓋那棟房子的時候在報上鬧了好大的風波。你也看得出來，房子長得像佛寺，佛教徒火冒三丈呀，竟然是個『異教徒』要住在裡面，他們認為是褻瀆。還有更糟糕的，原來他用的建材是從邊界爭議領土上的一座緬甸佛寺拆下來的。當時那個地方的情勢有點緊張，發生過幾次槍擊事件，所以大家都搬走了，那個挪威人幾乎是不花一毛錢就把佛寺買下來。北緬的佛寺都是純柚木建造，所以他把整座寺從頭到腳拆了，運到曼谷。」

「真奇怪。」哈利說，「他叫什麼名字？」

「歐夫．克利普拉。他是曼谷數一數二的建商，我想你在這裡多待一段時間，就會聽到更多他的事了。」

她叫船夫掉頭。

「喜歡吃外賣嗎？」

哈利低頭看著塑膠碗裡的湯麵。那些白色的東西就像義大利麵的白細版，每次他把麵條捲到筷子上，湯就往他意料之外的地方移動，讓他緊張得很。

朗山進來通報，唐雅．哈丁已經報到，來捺指紋。

「你要的話現在可以跟她問話。還有一件事：蘇帕瓦迪說他們正在化驗車子裡找到的那粒膠囊，結果應該明天會出來，他們幫我們用最速件處理。」

「跟她說哈囉，還有口空哭啦。」哈利回答。

「說什麼？」

「說謝謝。」

哈利露出難為情的笑，麗姿嗆得飯都噴了出來。

11

一月十一日，星期六

哈利說不出來他曾經多少次在這樣的小房間裡訊問妓女，總之不少。她們似乎經常被謀殺案招引，好像蒼蠅繞著牛糞打轉一樣。倒不是因為她們一定有所牽連，而是因為她們總有故事可以說。

他聽過她們笑、咒罵、哭泣；跟她們變成朋友、起過爭執、談過條件；對她們失信過，被吐過口水、打過巴掌。無論如何，這些女人的命運，這些形塑她們的境遇，總有一些東西他辨認得出來，而且可以理解。他不能理解的是她們不負責任的樂觀心態，她們即使見過人類靈魂最深處，似乎也不曾對周遭的良善失去信心。他就認識很多警察做不到這一點。

所以哈利才會拍拍蒂姆的肩膀，在開始訊問之前給她一根菸。不是因為他覺得會有什麼效用，而是因為她看起來有這個需要。

她的眼神冷得像燧石，下巴堅毅，告訴你她沒那麼好嚇唬。不過此刻她坐在塑膠桌前焦躁不安，好像隨時要哭出來的樣子。

「**班央捱**？（Pen yangai?）」他問，妳還好嗎？麗姿在他進偵訊室前教了他這句。

阿諾翻譯了她的回答，她晚上睡得不好，而且再也不想去那家汽車旅館工作。

哈利在她對面坐下，手臂放到桌上，想讓她看著他。她的肩膀放鬆了一點，但還是兩手抱胸，別過臉不看他。他們把事情經過一件件順過一遍，但她沒有什麼要補充的。她證實了旅館房門關上但是沒鎖；她沒看見手機；抵達和離開的時候都沒看見任何不在旅館工作的人。

哈利提到那輛賓士車，問她注意到使節車牌沒有，她搖頭。她一輛車都沒看到。他們沒有任何進展，最後哈利點了菸，然後幾乎是隨口問問的樣子，問她認為會是誰幹的。阿諾翻譯以後，哈利從她的臉看出射中靶心了。

「她說什麼？」

「她說刀子是昆沙的。」

「什麼意思？」

「你沒聽過昆沙？」阿諾懷疑地看了他一眼。

哈利搖頭。

「昆沙是有史以來勢力最強大的海洛因販子，他跟中南半島幾個政府還有美國中情局合作，從五〇年代開始就控制了金三角區域的鴉片交易，美國人在這一帶打仗的錢就是這樣來的。這傢伙在北邊那裡的叢林有自己的軍隊。」

哈利慢慢想起來，聽過這個亞洲版艾斯科巴[4]的事。

「昆沙兩年前向緬甸當局投降，被移送南方軟禁起來，住的房子倒是非常豪華。據說他資助緬甸的幾家新飯店，而且有些人認為他仍然是北部鴉片幫派的主腦。她說昆沙，表示她認為是幫派幹的，所以她才害怕。」

哈利打量著她，若有所思，然後對阿諾點點頭。

「讓她走吧。」他說。

阿諾翻譯以後，蒂姆看起來很驚訝。她轉頭迎向哈利的視線，然後雙手合掌齊眉，鞠了個躬。哈利這

4 Pablo Escobar，1949-1993，哥倫比亞大毒梟。

才知道她以為他們會以賣淫罪名逮捕她。

哈利微笑回禮。她俯身桌前，往他靠過來。

「你喜歡溜冰嗎，先生？」

「昆沙？中情局？」

奧斯陸來的電話線路畢畢剝剝又有回音，哈利聽到自己講的話，跟外交部涂魯斯的聲音交錯。

「這樣說你別介意，霍勒，但你是不是熱昏頭了？一個男人被發現背上插把刀，在泰北到處買得到的刀。我們告訴你小心行事，你現在卻告訴我你考慮出手打擊東南亞組織犯罪？」

「不是，」哈利把兩隻腳擱到桌子上，「我沒在考慮那個，涂魯斯，我只是說某個什麼博物館的專家說這種刀罕見，很難弄到，這裡的警方說可能是鴉片幫派要警告大家別插手。但我認為不是，如果幫派想傳話，大有更直接的方式，沒必要犧牲一把古董刀。」

「那你到底在說什麼？」

「我在說，那是目前線索指出來的方向。但是這裡的警察局長一聽我提到鴉片，整個人慌了手腳。原來那個地區完全處於混亂狀態，看樣子局長不想再自找麻煩。所以我想，首先，我先排除幾個可能的假設，譬如大使本身涉入犯罪行為；舉例來說，兒童色情。」

線路另一端安靜下來。

「我們沒有理由相信……」涂魯斯開口，但是後來的話被線路干擾，聽不見。

「麻煩再說一次。」

「我們沒有理由相信墨內斯是戀童癖，如果你說的是這個。」

「呃？沒有理由相信？你現在不是在跟媒體講話，涂魯斯，我一定要知道這些事，才辦得出進展。」

又一次停頓。有一剎那哈利以為已經斷線了，後來涂魯斯的聲音又出現。就算從地球另一端的爛線路上，哈利都可以感覺到那裡的冷。

「我現在告訴你全部你該知道的事，霍勒。你該知道的事呢，就是你要把事情收拾好，我不管大使涉入什麼東西，在我的立場，他可以又是海洛因走私販，又是雞姦戀童癖，只要媒體和其他任何人都聽不到一點風聲就好。要是爆出進一步的醜聞，不管是什麼內容，唯你是問。我講的你聽清楚了嗎，霍勒，還是你還需要知道更多？」

涂魯斯甚至沒停下來喘過氣。

哈利踢了桌子一腳，電話和旁邊的同僚都跳了起來。

「我聽得一清二楚，」哈利咬著牙說，「但是現在換你聽清楚，」哈利停下來深呼吸。一杯啤酒，就一杯。他把一根菸塞進嘴裡，努力趕走那個念頭。「如果墨內斯捲入什麼東西裡面，他絕對不會是唯一一個捲進去的挪威人，他在這裡短短的時間內就跟泰國地下社會的接頭人交上關係了嗎，我非常懷疑。你看過那個挪威人的新聞沒有？在芭達雅旅館房間被抓到跟幾個小男孩在一起那個？這裡的警察喜歡那種東西，他們可以得到報導表揚，而且戀童癖比海洛因幫派好抓。假設泰國警方已經瞄到一條大魚，卻等到案子正式結了、我回國了才下網，挪威報紙就會派一大隊記者過來，緊接著大使的名字馬上見報。如果我們趁現在跟泰國警方還有『統統閉嘴』的協議，把這些人都抓起來，或許可以避免出現那一種醜聞。」

哈利聽得出來處長開始明白了。

「你要怎樣？」

「我來這裡才二十四小時多一點，就看得出來案子不會有任何進展，因為有人在隱匿事實。我要知道你瞞了我什麼，你手上關於墨內斯的情報，還有他涉入的事情。」

「該知道的你都知道了，沒有別的了，就這麼難懂嗎？」涂魯斯唉聲嘆氣，「你到底想得到什麼，霍勒？

我還以為你跟我們一樣急著結案了事。」

「我是警察，我就是在想辦法做我的工作，涂魯斯。」

涂魯斯笑出聲，「真是感人呀，霍勒。但是你別忘了，你的事我略知一二，你那一套『我只是個正直警察』的話術我才不會買帳。」

哈利對著話筒咳嗽，傳來的回音就像經過滅音器的槍聲。他嘟噥了幾個字。

「什麼？」

「我說這線路很差。你想一想吧，涂魯斯，有東西要跟我講再打過來。」

哈利猛地驚醒，跳下床以後，才到浴室就吐了出來。他坐到馬桶上，現在上下兩頭都在噴了，他汗如泉湧，卻感覺屋裡很冷。

上次戒酒更慘，他告訴自己。會變好的，會好很多，他希望。

他上床前自己在屁股上打了一針維他命B，痛得要死。他想起奧斯陸的妓女薇拉，她打海洛因十五年了，有一次跟他說至今針插進去還是會發暈。

他看見昏昧中有個東西在動，在洗手臺上，一對觸角搖來搖去。蟑螂。體型有拇指那麼大，背上一條橘紋。他從來沒看過這種蟑螂，不過這大概沒什麼好奇怪的，他知道蟑螂的品種超過三千，他還知道蟑螂聽到有人靠近就會躲起來，以及你看到一隻，就代表還有十隻躲著，也就是說牠們無所不在。一隻蟑螂有多重？十公克？如果縫隙裡和桌子後面有超過一百隻，意思就是房間裡至少有一公斤的蟑螂。他打了哆嗦，就算知道牠們比他還害怕，也算不上什麼安慰。有時候他感覺酒精給他的**益處**多過傷害。他閉上眼睛，努力不思考。

12

一月十二日，星期日

他們終於把車停好，開始徒步找那個地址。阿諾試過跟他解釋曼谷這套匠心獨具的地址系統，有主要的街道，和編了號碼、叫做綏（sois）的巷子。問題是門牌不照順序編號，因為新蓋的房子不管在街道的哪個位置，拿到的都是下一個沒人用的號碼。

他們穿過狹窄的巷弄。這裡的人把馬路當成自家客廳的一部分，看報，踩縫紉機，煮飯，睡午覺。有幾個穿學校制服的女生在他們背後大喊大叫，咯咯地笑，然後阿諾指著哈利，回答了不知道什麼問題，那些女孩放聲大笑，把手摀在嘴上。

阿諾跟一個坐在縫紉機後面的女人講話，她指指某一扇門。他們敲了門，過一會一個穿著卡其短褲、襯衫扣子沒扣的男人出來開門。哈利看他大概六十歲，只有眼睛和皺紋看得出來就是。那頭往後梳的光滑黑髮摻了幾綹灰白，精瘦結實的身體倒是三十歲人會有的。

阿諾說了幾個字，那人看著哈利點頭，然後道個歉，人就不見了。過一分鐘他又回來，穿上了熨過的短袖白襯衫和長褲。

他還帶了兩把椅子，放在馬路上。他用意外流利的英語請哈利坐，自己在另一把坐下。阿諾一直站在他們旁邊，哈利示意他可以坐在臺階上，他輕輕搖頭拒絕。

「桑沛先生，我是哈利．霍勒，挪威來的警察。我想請問你幾個關於墨內斯的問題。」

「你是說墨內斯**大使**。」

哈利看著這個男人，他像撥火棒似的坐得直挺挺，長了斑的褐色雙手擺在大腿上。

「是，是墨內斯大使。我知道你在挪威大使館擔任司機已經將近三十年。」

桑沛閉上眼睛，當作證實他的話。

「而且你也敬重大使吧？」

「墨內斯大使是個了不起的人，有好心腸。還有好頭腦。」

他用一根手指敲敲額頭，告誡地看哈利一眼。

哈利抖了一下，因為一顆汗珠沿著脊椎滑落，滾進褲子裡。他看看四下有沒有陰影，可以把椅子搬過去，可惜太陽高掛，街屋低伏。

「我們來找你，是因為你最了解大使的習慣，你知道他去什麼地方、見什麼人，還有因為你顯然跟他私交不錯。他死的那天發生過什麼事？」

桑沛坐在那裡，氣定神閒地告訴他們，那天大使出門，沒說去哪裡，只說要自己開車，這在上班時間很少見，因為司機也沒別的事做。他在大使館等到五點，之後就回家了。

「你自己一個人住？」

「我太太十四年前出車禍過世了。」

哈利直覺他連確切的幾個月、幾天都數得出來。他們沒有小孩。

「你都載大使去哪些地方？」

「去別的大使館，去開會，去挪威人的家。」

「哪些挪威人？」

「各種，挪威國家石油、海德羅公司、佐敦油漆、國家管理顧問公司。」

這些挪威公司名他都念得很標準。

「這些有你知道的嗎？」哈利遞給他一張清單，「這些是大使死的那天，用手機聯絡過的人。我們從電信公司拿到的紀錄。」

桑沛拿出一副眼鏡，不過還是得把拿著紙的手伸長，才讀得出來，「十一點十分，曼谷博彩公司。」他往鏡框上方看。

「大使喜歡小賭一下賽馬。」說完他又給了個微笑，「他偶爾會贏。」

阿諾挪了挪腳。

「窩拉差路是什麼？」

「從公用電話亭打來的電話。請繼續。」

「十一點五十五分，挪威大使館。」

「奇怪的是，我們今天早上打去大使館問過，沒有人記得那天跟他講過電話，連接待員都說沒有。」

桑沛聳聳肩，哈利揮手請他繼續。

「十二點五十分，歐夫・克利普拉。我想你聽過他吧？」

「可能聽過。」

「他是曼谷數一數二的富豪，我在報上看過，他剛剛賣掉一座位在寮國的水力發電廠。他住在佛寺裡。」桑沛咕噥說，「他和大使以前就認識了，他們是同鄉，你聽過奧勒松市嗎？大使邀請了……」

他舉起手表示放棄，不是現在值得談的話題。他回到清單上。

「十三點十五分，顏斯・卜瑞克。」

「他是誰？」

「外匯經紀人，幾年前從挪威人銀行跳槽到巴克萊曼谷分行。」

「好。」

「十七點五十五分，芒空路？」

「也是從公共電話亭打來的。」

清單上沒有別的名字了，哈利暗自罵了聲髒話。他不知道自己到底以為可以得到什麼，可是司機講的他一個小時前都在電話上從彤亞．魏格那裡聽過了。

「你有氣喘的毛病嗎，桑沛先生？」

「氣喘？沒有，怎麼了？」

「我們在車裡找到一粒膠囊，請實驗室化驗過了。別緊張，桑沛先生，這只是例行程序。化驗結果是氣喘藥，可是墨內斯家沒有人會氣喘，你知道有可能是誰的嗎？」

桑沛搖頭。

哈利把椅子往司機拉近。他不習慣在大街上問話，而且他覺得每個坐在窄巷裡的人都在偷聽。他壓低音量。

「恕我直言，你在說謊，桑沛先生，我親眼看過大使館的接待員吃氣喘藥。你一天之中有一半的時間坐在大使館裡，你在那裡待了三十年，我猜就算只是換一捲衛生紙，都逃不過你的眼睛。你現在是告訴我你不知道她有氣喘病嗎？」

桑沛看著他，眼神冷淡平靜。

「我是說我不知道誰有可能把氣喘藥留在**車子**裡，先生。曼谷很多人有氣喘病，其中一定有人進過大使的車，就我所知，阿藕小姐不是其中之一。」

哈利看著他。他怎麼能坐在那裡，眉毛上一滴汗都沒有？太陽可是在天上像銅鑼似的閃耀。哈利垂眼瞄了一下筆記本，彷彿下一個問題就寫在上面。

「他的車子有沒有載過小孩？」

「什麼？」

「你會不會偶爾要接送小孩，或是載他去學校、托兒所之類的地方？你懂我的意思嗎？」

桑沛的眼睛眨也不眨，背倒是挺直起來。

「我懂。大使不是**那種人**。」他說。

「你怎麼知道？」

一個男人抬起頭，視線離開報紙，哈利才知道他提高了音量。桑沛俯首行禮。

哈利覺得自己很愚蠢。愚蠢，倒楣，一身汗。就這個順序。

「對不起，」他說，「我不是要讓你不高興。」

老司機的視線越過他，假裝沒聽見。

「我們得走了，」哈利起身，「我聽說你喜歡葛利格，所以帶了這個給你。」他拿起一捲錄音帶，「這是葛利格的C小調交響曲，一九八一年才首演，所以我想你可能沒有。喜歡葛利格的人都該有一捲，請笑納。」

桑沛起身一臉驚喜地收下，站在那裡看著錄音帶。

「再見。」哈利說。他行了個呆拙卻是好意的合十禮，然後打手勢告訴阿諾該走了。

「等一下，」司機說著，眼睛還盯著錄音帶，「大使是好人，但他不快樂。他有一個毛病；我不想壞了死者的名聲，可是他賭馬確實輸的比贏的多。」

「大部分人都這樣。」哈利說。

「但是不會輸到五百萬銖那麼多。」

哈利努力心算，但阿諾解了圍。

「十萬美金。」

哈利吹了聲口哨。「哇，哇，他付得起的話，就——」

「他付不起，」桑沛說，「他跟曼谷的地下錢莊借錢，這幾個星期他們打過幾次電話給他。」他看著哈利，那副表情難以捉摸。「我自己相信欠債還錢天經地義，可是如果有人為了那種錢殺他，我認為就該抓起來懲罰。」

「你說大使不快樂？」

「他的日子不輕鬆。」

哈利想起一件事。「知道『曼U』是什麼嗎？」

司機的臉蒙上陰影。

「大使死亡那一天的行事曆寫了這兩個字，我查過電視節目表，那天沒有任何一臺轉播曼聯的比賽。」

「哦，曼聯，」桑沛露出微笑，「那是指克利普拉先生。大使叫他曼聯先生，他會飛去英國看球賽，還買了很多球隊的股票。他是個非常怪的人。」

「到時就知道。我晚點會找他聊聊。」

「如果你找得到他。」

「什麼意思？」

「沒有你找克利普拉這回事，只有他找你的份。」

太好了，哈利心想，我們就缺個丑角。

「賭債給案情來了個大翻轉。」回到車上以後阿諾說。

「或許吧，」哈利說，「十萬美金是一大筆錢，但是有這麼大嗎？」

「曼谷每天都有人因為更小的數目被謀殺，」阿諾說，「小多了，不騙你。」

「我想的不是地下錢莊，是奧特樂．墨內斯。那個人出身富豪之家，應該有錢還債才對，至少攸關生死的時候一定拿得出來。其中有蹊蹺。你覺得桑沛先生怎麼樣？」

「他提到阿藕小姐的時候說了謊。」

「哦？為什麼這樣說？」

阿諾不答，只故作神祕地笑，然後敲了敲太陽穴。

「你到底要說什麼，阿諾？難不成你看得出來人在說謊？」

「我跟我媽媽學的，越戰期間她在牛仔街靠打牌過活。」

「放屁，我認識問了一輩子案的警察，他們每個說的都一樣：高明的騙子你就是看不穿；這學不來的。」

「問題是腦袋有沒有長眼。從小地方看得出來，譬如你就沒把嘴巴整個打開，你說喜歡葛利格的人都該有那捲錄音帶的時候。」

哈利感覺得到臉頰發燙，「那捲帶子正好在我的隨身聽裡。一個澳洲警察跟我說過葛利格的C小調交響曲，我是懷念他才買的。」

「反正發揮效果了。」

阿諾突然轉向，躲過一輛迎面而來的大卡車。

「媽的！」哈利都還來不及害怕，「他逆向啊！」

阿諾聳聳肩，「他比我大。」

哈利看著手錶，「我們得去一下局裡，然後我有場喪禮要參加。」他心驚膽戰地想起「辦公室」外面櫥櫃裡熱呼呼的西裝外套。

「希望教堂有冷氣。對了，為什麼我們要坐在街上晒著大太陽？為什麼那個老傢伙不請我們坐到有陰影的地方？」

「自尊。」阿諾說。

「自尊？」

「他住在小房間裡，跟他開的車、他工作的地方一點都搭不上關係，他不想邀我們進屋，是因為那樣心裡會不舒服，不只他不舒服，我們也是。」

「怪人。」

「泰國就是這樣，」阿諾說，「我也不會邀你進我家。我會請你在臺階上喝茶。」

他猛地右轉，幾輛三輪嘟嘟車嚇得急轉彎。哈利在本能之下伸出雙手擋在前面。

「我——」

「——比他們大。謝了阿諾，我想這原理我已經懂了。」

13

一月十二日，星期日

「他現在化為烏有啦。」哈利旁邊的人說著，畫了個十字。他看起來威風凜凜，皮膚晒得很黑，眼睛是淺藍色，讓哈利想起染色的木料和褪色丹寧布。他的絲質襯衫領口敞著，脖子上掛了一條粗金鍊，霧面的粗鍊在太陽下微微閃爍。他的鼻子滿布細細的血管，稀疏頭髮底下的褐色頭顱亮得像顆撞球。羅德·柏爾克有雙生氣勃勃的眼睛，讓他近看之下更顯年輕，不像七十歲的人。

他一直喋喋不休，說得很大聲，顯然也不因為人在喪禮上就有所收斂。他的諾爾蘭口音在圓頂天花板下迴盪，大家卻連回頭瞪他一眼都沒有。

他們出了火葬場以後，哈利向他自我介紹。

「這樣呀，所以我旁邊一直站著一個警察，我都不知道。幸好我什麼都沒說，不然就慘了。」他發出洪亮的笑聲，然後伸出老人乾癟粗韌的手，「柏爾克，在領最低等級年金。」話裡的諷刺味道並沒有出現在眼神裡。

「彤亞·魏格說你算是本地挪威人社群的精神領袖。」

「那我可能要讓你失望了，你也看得出來，我只是個老頭子，不是什麼牧羊人。而且我已經搬到外圍去了，字面意思也好，譬喻也好。」

「這樣呀？」

「搬到萬惡淵藪去了，泰國的所多瑪。」

「芭達雅？」

「沒錯。還有幾個挪威人住在那，我努力讓他們安分守己。」

「我就直說了，柏爾克，我們一直想聯絡歐夫．克利普拉，但怎麼找就是那個看門的，他老是說不知道克利普拉人在那裡、什麼時候回來。」

柏爾克咯咯笑，「聽起來是克利普拉沒錯。」

「我聽說他偏好自己主動跟人聯絡，可是我們正在調查命案，而且我沒什麼時間。我知道你是克利普拉的好朋友，算是他跟外界的連結？」

柏爾克歪歪頭，「我不是他的副官，如果你是這個意思的話。不過替他居間聯絡這一點，你確實說對了，克利普拉不喜歡跟不認識的人講話。」

「克利普拉和大使的接觸是你安排的嗎？」

「一開始是，不過克利普拉喜歡大使這個人，他們常常來往。大使也是出身桑莫拉那一帶；鄉下來的就是，不像克利普拉是道地的奧勒松市人。」

「他今天沒來倒是奇怪？」

「克利普拉隨時都在旅行。他好幾天沒接電話，我猜他去越南或寮國看他的生意，根本不知道大使死了，這案子也沒登上什麼頭條。」

「死於心臟衰竭的話，通常不會。」哈利說。

「所以挪威警察是為這個來的嗎？」柏爾克一邊說，一邊用白色大手帕擦掉脖子上的汗。

「大使在海外死亡的話，這是例行程序。」哈利一邊說，一邊在名片背後寫下警局的電話號碼。

「如果克利普拉出現了，打這隻電話可以找到我。」

柏爾克仔細看了名片，好像有什麼話脫口欲出，又改了主意，把名片放進胸前口袋，點了點頭。

「電話號碼我收下了。」他說完話，握了手，就往一輛老荒原路華車走過去。在他身後，剛清洗過的紅色汽車烤漆閃閃發光，一半車身停到了人行道上；是哈利見過的、開到墨內斯家門前那一輛保時捷。

彤亞．魏格緩步往他走來，「柏爾克幫得上忙嗎？」

「這次幫不上。」

「克利普拉的事他怎麼說？他知道他人在哪裡嗎？」

「他什麼都不知道。」

她沒打算離開的樣子，而且哈利隱約感覺她在等他繼續說。他一時偏執起來又看見那個外交官在扶那布機場冷酷的目光——「零醜聞，懂嗎？」她是不是奉命監視哈利，如果他踩線了，就要回報涂魯斯處長？他看著她，立刻斷了這個想法。

「紅色保時捷是誰的？」他問。

「保時捷？」

「那輛。我還以為奧斯佛郡的女生不到十六歲就知道每一種汽車標誌了。」

彤亞把他這句話當耳邊風，戴上她的墨鏡。「是顏斯的車。」

「顏斯．卜瑞克？」

「對。他在那裡。」

哈利回頭。臺階上站著希麗達．墨內斯，一身誇張的黑色絲質長袍，旁邊是穿著深色西裝、一臉嚴肅的桑沛。他們後面站著一個年輕一些的金髮男人，哈利在教堂裡就注意過他，溫度計顯示三十五度，他卻在西裝外套底下穿了背心；他的眼睛被一副看起來很貴的墨鏡遮住，正在低聲跟一個也穿黑色的女人說話。哈利盯著她看，她彷彿感覺到他的視線，竟然轉過來對著他。他沒有馬上認出如娜．墨內斯，現在他知道為什麼了。她奇怪的肢體不對稱已經消失了，而且比臺階上其他人都高。她的視線只有短暫停留，除了無聊之外，沒透露出任何情緒。

哈利致歉告退，往臺階走上去，向希麗達表達慰問之意。她的手握起來無力又被動，一雙呆滯的眼睛望著他，濃濃的香水味掩蓋了琴酒的味道。

然後他轉向如娜。她用手擋住太陽光，瞇著眼抬頭看哈利，假裝剛剛注意到他。

「嗨，」她說，「這個小矮人國裡總算有人比我高了。你不是來我們家的那個警探嗎？」

她的語氣暗藏挑釁意味，有著青少年那種勉強裝出來的自信。她握起手來堅定有力，哈利的眼睛下意識找起另一隻手。黑色袖子底下突出一條義肢。

「警探？」

說話的是顏斯・卜瑞克。

他已經拿下墨鏡，正瞇著眼。凌亂的金色瀏海落在藍色近乎透明的瞳孔前面，一張圓臉還有嬰兒肥的樣子，眼周的紋路卻透露出年紀至少超過三十。先前的亞曼尼換成了喬吉歐，手縫的貝利鞋亮得像黑鏡子，但他的外表就是讓哈利感覺像鹵莽的二十歲小孩作大人打扮。哈利開口自我介紹。

「我是挪威警方派來的，要做一些例行的調查。」

「這樣啊。那是正常程序？」

「大使死的那天，你跟他說過話，對嗎？」

顏斯驚訝地看著哈利，「沒錯，你怎麼知道？」

「我們找到他的手機，你的號碼是他最後撥出的五通電話之一，他在下午一點十五分打的。」

哈利仔細觀察顏斯，但他的臉沒有流露出不安或困窘。

「我們可以聊聊嗎？」

「來找我吧。」顏斯變出一張名片，夾在食指和中指之間。

「家裡還是公司？」

「我在家裡只睡覺。」

他嘴角那一抹輕笑根本不可能看得出來，但哈利就是知道有那抹微笑在，好像跟警探講話只是一件刺激的事，有點脫離平常的事。

「容我失陪一下。」

顏斯在如娜耳邊低聲說了幾個字，對希麗達點點頭，就慢慢跑向他的保時捷。人漸漸散了，桑沛陪著希麗達走向大使館的車，剩下哈利站在如娜旁邊。

「大使館有聚會。」他說。

「我知道，我媽不想去。」

「也是，妳們大概有親人來家裡住。」

「沒有。」她說。

哈利看著桑沛為希麗達關上車門，然後繞過車子。

「好吧，妳要的話，可以跟我一起搭計程車。」

哈利發現這句話聽起來像什麼樣，感覺耳垂紅了起來。他原本要說的是「妳要去的話」。

她抬眼看他。那雙眼睛是黑色的，他看不出來裡面的意思。

「我不要。」她抬起腳往大使館的車走去。

氣氛低迷，大家話不多。彤亞．魏格邀請哈利參加聚會，現在兩個人站在角落各自轉弄著杯子。彤亞的第二杯馬丁尼已經喝掉大半，哈利要的是水，拿到的卻是又稠又甜的柳橙汁。

「你在國內有家人嗎，哈利？」

「有一些。」哈利不確定突然換話題是什麼意思。

「我也是，」她說，「父母，兄弟姊妹，幾個叔叔阿姨，沒有祖父母，就這樣。你呢？」

「差不多。」

阿藕小姐捧著放飲料的托盤左彎右繞，經過他們身邊。她穿著樣式簡單的傳統泰服，側邊開一條長長的縫。他的視線跟著她，不難想像大使是如何禁不住誘惑。

房間另一頭，有個男人站在大幅世界地圖前面，兩腿打開，前後搖晃。他的背直挺挺，肩膀寬大，銀灰頭髮像哈利一樣削成平頭，眼皮鬆垂，下巴堅定，雙手交握在背後，那股軍人氣味大老遠就聞得到。

「那是誰？」

「伊瓦·駱肯，大使都叫他ＬＭ。」

「駱肯？怪了，不在奧斯陸給我的職員名單上，他做什麼的？」

「好問題。」她吃吃笑起來，啜了一口酒。「對不起，哈利，我可以叫你哈利嗎？我一定是有點醉了，這幾天工作好多，睡好少。他去年來的，就在墨內斯來了以後。我就直說吧，他屬於部裡原地踏步那部分。」

「什麼意思？」

「他的前途已經走到死胡同了。他從國防部某個職務轉過來的，可是到了某個時候，他的名字後面就掛了太多『可是』。」

「可是？」

「你沒聽過部裡的人互相八卦的樣子嗎？『他是個優秀的外交官，**可是**他喝酒；**可是**他太喜歡女色』之類的。『可是』後面的話比前面的重要太多，會決定你在部裡能爬多高，所以頂端才會有這麼多假裝聖人的庸才。」

「那他的『可是』是什麼，他又為什麼在這裡？」

「老實說，我不知道。他跟奧斯陸開會，偶爾寫報告過去，但是我們不常看到他，我想他比較喜歡獨來獨往。隔三差五他就去越南、寮國、柬埔寨，帶著他的帳篷、瘧疾藥丸，還有裝滿攝影裝備的登山包，那種型的人你知道吧？」

「或許。他寫哪一種報告？」

「不知道，都是大使處理。」

「不知道？你們大使館的人沒那麼多吧。是情報嗎？」

「做什麼用的情報？」

「欸，曼谷可是整個亞洲的中樞之一。」

她看著他，笑容若有所失。「我們能做這麼刺激的事就好了，但是我想部裡是要他在這裡為國王和國家服務，長久且大體上忠誠的服務。再說，我宣誓過，有義務保密。」

她又吃吃笑起來，一隻手擺到哈利的手臂上，「我們聊點別的吧？」

哈利聊了點別的，就去找下一杯飲料。人體有百分之六十是水，他感覺一天下來他的已經消失大半，往灰藍天空蒸發去了。

他在房間後面找到和桑沛站在一起的阿藕小姐。桑沛對他慎重地點了點頭。

「有水嗎？」哈利問。

阿藕小姐給他一只杯子。

「ＬＭ是什麼意思？」

桑沛抬起一邊眉毛，「你想的是駱肯先生嗎？」

「是。」

「你怎麼不自己問他？」

「怕是你們在他背後偷偷叫的。」

桑沛咧開嘴笑，「L代表『活的』，M代表『嗎啡』，是戰爭末期他替聯合國工作的時候就得到的老綽號。」

「越戰？」

桑沛微微點了個頭，然後阿藕小姐就沒了蹤影。

「那時駱肯跟一支越南人小隊在起降區等直升機來接，卻遭到越共巡邏隊攻擊，陷入大屠殺。駱肯就是其中一個被射中的，他吃了一顆子彈，直直穿過脖子的一條肌肉。那時美國人已經把軍隊撤離越南，但醫護兵還在，他們在象草叢裡到處跑，給一個又一個士兵急救。他們會用粉筆在傷兵的頭盔上寫字，充當病歷表，寫D代表人員已經死亡，後來的人就不必浪費時間檢查；L代表人員還活著，M代表已經給過嗎啡，免得重複注射，死於藥物過量。」

桑沛朝著駱肯的方向點點頭。

「他們找到他的時候，他已經失去意識，所以沒給他嗎啡，只在頭盔上寫了L，就把他跟其他人抬上直升機。後來他被自己疼痛的尖叫聲嚇醒，一開始搞不懂自己在哪裡，後來他把壓在身上的屍體推開，看見一個戴白臂章的人在給別人打針。他懂了，大喊要打嗎啡，一個醫護兵拍拍他的頭盔說，『對不起啊，兄弟，你已經滿到眼睛了。』駱肯不可置信，摘下頭盔一看，果然上面寫著一個L和一個M。可是呢，問題是那不是他的頭盔。他回頭看著剛剛手臂上打了一針那個士兵，看見他的頭盔上有個L，還認出帽帶底下那包爛掉的菸和聯合國徽章，於是恍然大悟，那傢伙為了再打一針嗎啡，把他們的頭盔掉包了。他放聲大叫，可是叫痛的聲音被起飛的引擎轟隆聲蓋過。駱肯躺在那裡尖叫了半個小時，才到了高爾夫球場。」

「高爾夫球場？」

「營地，他們都這樣叫。」

「你也在那裡？」

桑沛點點頭。

「所以你才這麼熟悉這段往事？」

「我是醫護志工，他們是我收治的。」

「後來呢？」

「駱肯就站在這裡。另一個再也沒醒過。」

「藥物過量？」

「這個嘛，他的死因並不是胃部中槍。」

哈利搖搖頭。「現在你跟駱肯又在同一個地方工作。」

「巧合。」

「這種事的機率有多大？」

「世界很小。」桑沛說。

「ＬＭ。」哈利說完，一飲而盡，喃喃地說還需要水，就找阿藕小姐去了。

「妳會想念大使嗎？」他在廚房找到她，開口便問。她正在折餐巾，繞著杯子折好，再用橡皮筋捆起來。

她驚訝地看著他，然後點頭。

哈利用兩隻手握著空杯。「你們偷情多久了？」

他看著她張開漂亮的小嘴，塑出一個答案，她的大腦還沒準備好的答案；然後閉起來，又打開，像金魚似的。等到憤怒抵達她的眼睛，他也有些預期她會給他一巴掌，那股慍色又消退了，眼裡倒是噙滿淚水。

「對不起。」哈利道歉，但是聽起來不像。

「你──」

「對不起，但是這些問題我們不能不問。」

「可是我……」她清了清喉嚨，肩膀聳起又放下，好像在甩開什麼邪惡的念頭。「大使結婚了，我──」

「妳也結婚了？」

「沒有，可是……」

哈利輕輕拉住她的手臂，把她帶離廚房門。她轉過來對著他，眼中惱色重現。

「聽我說，阿藕小姐，大使被人發現死在汽車旅館，妳知道那是什麼意思，意思是妳不是唯一一個他在搞的人。」

他觀察她，看這些話有什麼效果。

「我們在調查的是命案，妳對這個男人沒理由守什麼情義，聽懂了嗎？」

她抽噎起來，他才發現自己正在搖她的手臂。哈利鬆了手，她看著他，瞳孔又大又黑。

「妳在害怕嗎？是這樣嗎？」

她的胸口起起伏伏。

「如果我答應妳，除非妳跟命案有牽連，這些事都不用外流，這樣有幫助嗎？」

「我們不是情人！」

哈利盯著她看，但能看到的就只是兩隻黑色瞳孔。

「好吧，像妳這樣的年輕女孩子在已婚大使的車裡做什麼？除了吃氣喘藥以外？」

哈利把空杯子放在托盤上就走了。把這件事說出來很蠢，但他願意犯蠢，只要能推某件事一把。什麼事都好。

14

一月十二日，星期日

伊麗莎白．桃樂絲．柯蘭利[5]心情惡劣。

「靠，已經五天了，一個外國人背上插把刀死在汽車旅館，我們沒有指紋、沒有嫌犯、沒有任何一條他媽的線索，就只有接待員，唐雅．哈丁，汽車旅館老闆，現在又來個幫派。有我漏掉的嗎？」

「地下錢莊。」朗山在《曼谷郵報》後面說。

「地下錢莊**就是**幫派。」督察說。

「墨內斯找的地下錢莊不是。」朗山說。

「什麼意思？」

朗山放下報紙。「哈利，你說司機認為大使欠地下錢莊錢，債務人死掉的話，地下錢莊會怎麼做？會找家屬討債不是？」

麗姿一臉狐疑。

「有些人還是被家族榮譽那種觀念束縛，地下錢莊又是生意人，當然會想盡辦法把錢要回來。」

「聽起來很牽強。」麗姿皺著鼻子說。

朗山又拿起報紙。「反正我發現泰印旅人的號碼，這三天就在墨內斯一家的來電紀錄上出現三次。」

5 麗姿（Liz）為伊麗莎白（Elizabeth）的暱稱之一。

麗姿輕輕吹了聲口哨，圍著桌子這些人紛紛點頭。

「什麼？」哈利說著，頓時發現自己有些地方沒聽懂。

「泰印旅人從外面看起來是旅行社，」麗姿解釋，「但二樓才是他們真正做生意的地方，他們放貸給到處借不到錢的人，利息高，討債的手段也很有效。我們盯他們有段時間了。」

「找把柄給他們定罪過嗎？」

「真要做的話，加把勁就可以，但是我們認為他們的競爭對手更惡劣。泰印旅人一直有辦法跟幫派配合著經營，而且聽說連保護費都不必付。如果他們殺了大使，就我所知，那倒是他們第一次殺人。」

「也許是到了殺雞儆猴的時候。」阿諾說。

「先殺了一個人，再打電話跟家屬討債，聽起來不是有點本末倒置嗎？」哈利說。

「為什麼？如果要給人看到倒債的下場，那該收到警告的人也都收到了，」朗山一邊慢條斯理地翻頁，一邊說，「如果還能拿到錢，那就是紅利了。」

「好吧，」麗姿說，「阿諾跟哈利，你們就到地下錢莊去拜訪一下。還有，我剛剛跟鑑識組講過話，在墨內斯西裝上刀痕找到的油脂，弄得他們百思不解，他們說是有機物，應該是來自動物。好了，我看就這些了，祝你們順利。」

哈利和阿諾走向電梯，朗山從後面趕上來。

「小心，這些人不好惹，我聽說他們用螺槳對付賴帳的人。」

「螺槳？」

「他們用船把人帶到河裡，綁在竿子上，然後把螺槳推進軸拉到水面上，讓引擎倒轉，從那個人旁邊慢慢開過去。你可以想像嗎？」

哈利想像了一番。

「兩三年前我們發現一個男的心臟病發死掉，他的臉都被扯下來了，是真的拉下來。本來他們的用意是讓他以後走在街上，當作對其他債務人的警告和威嚇，可是聽到引擎發動、看到螺槳靠近，想必是讓他的心臟負荷太大。」

阿諾點點頭，「不好玩，最好還是付錢。」

「魅力驚喜泰國」，泰國舞者彩色圖片上方印著這行字。海報掛在中國城三聘巷這家小小旅行社的牆上，除了哈利、阿諾、桌子後面的一男一女之外，簡陋的辦公室空空如也。那男的戴眼鏡，鏡片厚得好像他正從金魚缸裡往外看著他們。

阿諾已經給他看過警員證。

「他說什麼？」

「隨時歡迎警察。我們參加他的行程可以有特惠價。」

「問問有沒有樓上的免費行程。」

阿諾說了幾個字，那個人就拿起電話筒。

「稍等一下，等索仁森先生喝完茶。」他用英語說。

哈利正要開口，看到阿諾責難的眼神，就改變了主意。他們兩個都坐下來等。過了兩分鐘，哈利指指天花板上沒在運轉的電扇，金魚缸微笑搖頭。

「壞了。」

哈利感覺得到頭皮在發癢。又過了兩分鐘，電話鈴響，然後那男的要他們跟他走。到了樓梯底下，他示意他們脫鞋，哈利想到腳上那雙全是汗的網球襪還破了洞，為了大家好，還是穿著鞋妥當，但是阿諾緩緩地搖頭。哈利一邊罵髒話，一邊甩掉鞋子，踏著沉重的腳步爬上樓梯。

金魚缸敲了一扇門，門倏地往外推開，哈利後退了兩步。一座肉山塞住門口。山有兩條小縫權充眼睛，兩撇下垂的八字鬍，頭髮剃光光，但是留了條軟趴趴的馬尾。他的頭好像脫了色的保齡球，軀幹沒有脖子也沒有肩膀，就是鼓起來的一團東西，始於雙耳，往下到一對手臂，手臂太肥滿，看起來好像用螺絲鎖上去的。哈利這輩子從來沒看過這麼大個子的人類。

那男人轉身，一搖一擺地領他們進房間。

「他叫做吳，」阿諾低聲說，「自營的約雇打手，臭名遠播。」

「天哪，他好像好萊塢壞蛋的二流贗品。」

「滿州來的中國人，大家都知道他們非常……」

窗戶前面的百葉窗關了起來，房間變暗，哈利看得出一個男人的輪廓坐在一張大桌子後面。天花板上有架電扇轉著，敞開的陽臺門讓人以為外面的車水馬龍直接穿過房間。門邊坐著第三個人。吳把自己擠進僅剩的一張空椅子，哈利和阿諾在地板中央找了地方站。

「有什麼地方可以效勞，兩位先生？」

桌子後面傳來低沉的聲音，咬字是英國口音，抑揚頓挫接近牛津腔。他舉起手，一枚戒指閃現光芒。

阿諾看著哈利。

「呃，我們是警察，索仁森先生……」

「我知道。」

「你借錢給挪威大使奧特樂．墨內斯，在他死後打電話給他太太，為什麼？要逼她替大使還債嗎？」

「我們跟任何一個大使都沒有未清的債務。再說我們也不處理那種貸款，嗯……怎麼稱呼？」

「霍勒。你在說謊，索仁森先生。」

「你說什麼，霍勒先生？」索仁森往前靠過來。他的臉是泰國人五官，但是皮膚和髮色跟雪一樣白，眼睛是藍的。

阿諾抓住哈利的袖子，但他把手抽走，迎上索仁森的目光。他知道自己已經把脖子懸在斷頭臺，畢竟都擺出威脅的姿態了，而那位索仁森先生要是稍有讓步，就會沒面子。遊戲規則就是這樣，但哈利腳上一雙破襪站在那裡，汗流浹背，而且對什麼面子、圓融、手腕都徹底受夠了。

「你現在可是在中國城，霍勒先生，不是**發郎**的地盤。我跟曼谷警察局長沒過節，建議你要開口說下一個字之前，先跟他聊聊，那樣我就答應你，讓你忘掉這次難看的場面。」

「通常是警察對犯人宣讀權利，不是反過來。」

索仁森先生的白牙從濕潤的紅脣之間露出來。「哦對，『你有權保持緘默』什麼的。那，這次就是反過來了。吳，帶他們出去。失陪了，兩位。」

「你在這裡的活動見不了光，你自己也一樣，索仁森先生。我是你的話，就馬上出去買高係數防晒乳，監獄的操場可沒賣。」

索仁森的聲音低了一階。「不要惹我，霍勒先生，恐怕我出國太久，已經讓我失去泰國人名聞遐邇的耐性。」

「在牢裡待個幾年，很快就會恢復了。」

「吳，帶霍勒先生**出去**。」

那團巨大身體移動的速度快得驚人，哈利嗅到咖哩的辛辣味，還沒能抬起手就已經雙腳離地，被緊緊抱住，有如剛剛在遊樂場贏到手的玩具熊。哈利扭來扭去想脫身，但是每一次他的肺釋出空氣，那道鐵鉗就再夾緊一些，就像蟒蛇壓縮獵物的呼吸。哈利眼前一片黑，路上傳來的車聲變大，然後他終於重獲自由，而且正在空中飛。睜開眼後他知道自己失去意識過，感覺好像做了一秒鐘的夢。他看見一個塞滿中國符號的招牌，兩根電線杆中間的一團線，灰白的天空，還有一張臉俯視著他。而後聲音回來了，他可以聽見一串字從那張臉上的嘴巴流瀉出來，那個人指指陽臺，又指指一輛嘟嘟車的頂篷，上面留了個難看的凹陷。

「你還好吧，哈利？」阿諾揮手要嘟嘟車司機離開。

哈利往下瞄瞄自己，他背疼，而且那雙皺巴巴的運動襪，在骯髒灰暗的柏油路面上顯得悲哀無比。

「這個嘛，我這副樣子連施羅德都進不去。你有沒有拿我的鞋子？」

哈利敢發誓，阿諾一定是咬住嘴唇在忍笑。

「索仁森叫我下次要帶拘票。」阿諾一回到車上就說，「我們反正逮到他們的把柄了，襲警。」

哈利一根手指沿著小腿撫摸長長的割傷。「沒抓到**他們**，是抓到那個打手。不過說不定他能告訴我們一點東西。你們泰國人這麼喜歡高的地方是怎麼回事？照彤亞．魏格說的，這週我是第三個被人從房子往外丟的挪威人。」

「幫派的老招式了，他們寧可這樣，好過讓人吃子彈。如果警方發現窗戶下面躺著一個人，他們並不能排除可能是意外墜落。給一些錢、轉個幾手，案子就擱一邊去了，沒有人被挑剔，每個人都開心。彈孔會讓事情變複雜。」

他們在紅燈前面停下來。一個滿臉皺紋的中國老婦坐在地毯上咧嘴笑，她的臉在顫悠悠的藍色空氣中模糊起來。

15

一月十二日，星期日

「戀童癖是怎麼回事？」

史戴．奧納在電話另一頭深深嘆了一口氣。

「戀童癖？這開場白還真是見鬼了。簡短一點的答案是，對未成年人有性欲的人。」

「稍微有點深度的答案呢？」

「這個現象我們還有很多不了解的地方，不過如果你跟性學家討論，他們可能會在偏好型和情境型中間畫出明確的界線。在公園拿著一袋糖果那種典型的形象就是偏好型，他的戀童癖好通常在十幾歲的時候開始，不一定伴隨外在衝突；他對那個孩子有共鳴，會降低自己的行為年齡，變成跟那個孩子一樣，偶爾會扮起類似父親的角色；性活動通常經過詳盡計畫，對他來說，性是他嘗試解決人生問題的手段。講這個我有錢拿嗎？」

「情境型呢？」

「這個群體比較分散，主要對成人比較有性方面的興趣；如果對孩童產生興趣，通常孩童是替身，替代某個跟戀童者有衝突的人。」

「再講講那個拿著一袋糖果的人。他腦袋的線路怎麼接的？」

「嗯，一般來說戀童者自尊心低落，還有所謂比較脆弱的性欲，就是說，他們對自己沒有把握，沒辦法承擔成人的性，感覺自己是失敗品。他們覺得唯有跟小孩子一起，才能在實踐欲望的時候掌控局面。」

「而且都是先天和後天因素，就那一套老生常談對吧？」

「性侵兒童的人有些自己小時候也被性侵過，並不少見。」

「這種人要怎麼辨認？」

「抱歉，哈利，不是這樣運作的。他們一點也不顯眼，通常是獨居男子，人際關係差，雖然性認同出了問題，在其他人生領域還是可以有完全正常的表現。」

「了解。所以是沒辦法分辨。」

「羞恥心可以培養出高明的偽裝專家。大多數戀童癖一輩子都在訓練自己對別人隱藏戀童傾向，所以我只能說，外頭的性侵兒童犯遠比警方抓到的多。」

「一個等於十個。」

「什麼？」

「沒什麼。謝了，史戴。對了，我已經封瓶了。」

「喔。幾天了？」

「大概四十八小時。」

「很難嗎？」

「這個嘛，至少目前怪獸還乖乖待在床底下。我本來以為會更辛苦。」

「才剛開始而已。記得，以後日子會更辛苦。」

「日子不就是辛苦，還會有別的嗎？」

天黑了。他要計程車司機開往帕蓬街，司機就遞了一份彩色小冊子給他。

「按摩嗎，先生？厲害的按摩，我載你去。」

他在稀疏的光線下看見女孩的照片對著他微笑，純真無邪，彷彿泰航的廣告。

「不用，謝謝，我只想吃飯。」哈利把小冊子還回去，雖然他飽受摧殘的背認為這個建議極好。哈利問起哪一種按摩（純粹出於好奇），計程車司機比了個毫無詮釋空間的國際通用手勢。

帕蓬街的柏雪鴻法式餐廳是麗姿推薦的，而且食物看起來真的不錯，只是哈利實在沒胃口。他對收走餐盤的服務生微笑致歉，也給了豐厚的小費，免得他們以為他對餐廳不滿意。然後他走出餐廳，走進歐斯底里的帕蓬區市井生活中。帕蓬一巷不開放車輛通行，卻比馬路更擁擠，人潮來來往往，好像一條冒泡的河流經小攤子和酒吧。音樂從牆壁的每一處開口轟隆而出，人行道上汗涔涔的男男女女尋找行動目標，人、汗水和食物的味道互相爭搶。一道門簾正好在他經過的時候被人拉開，他看見裡面的女孩子穿著規定得穿的丁字褲和高跟鞋。

「不收服務費，飲料只要九十銖。」有個人在他耳邊大喊。他繼續走，感覺卻像停著沒動，因為同樣的情境在這條擠滿人的街道上一路重複。

他感覺胃在鼓動，不確定是音樂聲，心跳聲，還是從是隆路上方新建高架高速公路傳來的、機器夜以繼日單調的打樁聲。

在某間酒吧，有個穿俗氣紅色絲質洋裝的女孩發現他的目光，指了指身旁的椅子。哈利繼續走，感覺幾乎像是喝醉了。他聽見另一間酒吧的鼓譟聲，酒吧牆角掛著一架電視機，顯然某支球隊剛剛得了分數。兩個紅脖子英國男人互碰酒杯，唱起英超西漢姆聯的隊歌：「我一直在吹泡泡……」

「進來，金髮帥哥。」

一個身材高瘦的女人對他眨著睫毛，挺出一對又大又堅挺的乳房，還交叉雙腿，緊身褲讓一切一覽無遺。

「她是**尬特伊**（katoy）。」有人用挪威話說。哈利轉身。

是顏斯．卜瑞克，胳臂上掛著一個穿緊身皮裙的嬌小泰國女人。

「很厲害，真的，從頭到腳，曲線啦、胸部啦，還有個陰道。其實有些男人寧願要尬特伊也不要真貨，而且有何不可呢？」卜瑞克咧開嘴，晒黑的娃娃臉上露出白牙，「當然唯一的問題就是，手術做出來的陰道沒有真女人的陰道那種自我清潔的功能，等到哪天做得到了，我自己都會考慮選尬特伊。你覺得呢，警察先生？」

哈利瞥了一眼那個高個子女人。她一聽到**尬特伊**這幾個字就轉過去背對他們了，還大大地哼了一聲。

「嗯，我還沒想過這裡面的女人會有哪個不是女人。」

「要騙過生手很容易，但是從喉結還是看得出來，而且通常喉結拿不掉。還有，他們通常就是身高高了一個頭，打扮有點太性感撩人，舉止有點太主動挑逗，而且漂亮得過分。說到底就是這一點把她們曝光的，她們控制不住，就是一定要做得有那麼一點過頭。」

他的話尾懸在空中，彷彿在暗示什麼，不過就算真的是，哈利也不懂。

「對了，警察先生，你自己是不是做什麼事情做得過頭了？我看你一跛一跛的。」

「對西式談話過度信任。會過去的。」

「哪個會過去？信任，還是傷勢？」

顏斯看著哈利，臉上同樣是喪禮後那一副看不見的笑容，彷彿有場遊戲想要哈利加入。哈利沒有玩鬧的心情。

「兩個都是吧，希望如此。我正要回家。」

「這麼早？」霓虹燈打亮顏斯濕濕的額頭。「那麼，希望明天看到你身體好一點了，警察先生。」

哈利在素理翁路上招了計程車。

「按摩嗎，先生？」

第三部

16

一月十三日，星期一

阿諾到哈利住的高樓大廈「江河苑」社區外面接他，這時太陽剛剛升起，光線從矮房子之間穿過，柔柔地照在他身上。

八點不到他們就找到巴克萊銀行曼谷分行，還有一個面帶笑容的管理員讓他們進入地下停車場。這管理員頂著樂手吉米．罕醉克斯（Jimi Hendrix）髮型，戴著耳機。最後阿諾終於看到電梯旁邊有一個空出來的訪客停車位，夾在那些寶馬和賓士中間。

阿諾比較想在車裡等，因為他會講的挪威話只有「takk」，謝謝；某一次喝咖啡小憩的時候哈利教過。麗姿半開玩笑說，白種男性想教會本地人的第一個辭彙每次都是「謝謝」。

阿諾在這一帶沒辦法放鬆心情，他說這些名貴轎車會引賊上門。而且就算停車場裡裝了監視錄影器，他也不太能信任停車場管理員，這些人打開柵欄的時候會用你看不見的節奏彈手指。

哈利搭電梯到九樓，進了巴克萊銀行曼谷分行的接待處，自我介紹以後，看了看時鐘。他原本有點預期得要等一等顏斯．卜瑞克，但是有個女人陪他走回電梯裡，刷了卡，按了按鈕P，她說是最頂層的意思。然後她疾步退出電梯，哈利就直往天空而去。

電梯門滑開，他看見顏斯站在發亮的褐色拼花地板中央，靠著一張桃花心木大桌，耳邊貼著一只電話，肩膀上又夾著一只。房間其他地方都是玻璃，牆壁、天花板、咖啡桌，甚至椅子都是。

「晚點再聊，湯姆，今天千萬別讓人家吃了啊。還有，我說的，不要碰盧比。」

他對哈利微笑致歉，把另一只電話挪到耳邊，瞄了瞄電腦螢幕上的即時行情，然後吐了簡短的一聲「好」，就把電話掛斷。

「那是在做什麼？」哈利問。

「那是在做我的工作。」

「你的工作是？」

「此刻是替一位客戶拿到美元貸款。」

「金額很大嗎？」哈利放眼遠眺，一半的曼谷掩蓋在他們下方的霧靄中。

「看你跟什麼比囉，等於普通挪威地方議會的預算吧，我猜。昨晚玩得愉快嗎？」

哈利還沒能回答，其中一只電話就叫了起來，顏斯按下對講機按鈕。

「希娜，幫忙留話好嗎？我在忙。」他鬆開按鈕，沒等對方答應。

「忙？」

顏斯笑出聲。「你不讀報紙的嗎？亞洲貨幣全部狂跌，每個人都尿褲子了，拚命要買美元，三天兩頭就有銀行和證券公司倒閉，已經開始有人跳窗子了。」

「但不是你？」哈利心不在焉地揉著脊椎。

「我？我是經紀人，禿鷹一族。」

他上下揮了幾下雙臂，露出牙齒，「不管發生什麼事，只要有動靜，只要有人在交易，我們都在賺錢。上場時間就是好時間，目前呢，一天二十四小時隨時都是上場時間。」

「所以你是這種賭博遊戲的莊家？」

「對！說得好，我要記下來。而其他那些白癡就是賭客。」

「白癡？」

「當然啊。」

「我以為這些買家賣家算是比較精明的。」

「是精明沒錯，不過還是徹頭徹尾的白癡。這是一條永恆無解的悖論，不過他們變得愈精明，就愈熱中外匯市場的投機買賣。他們應該比別人更清楚明白，在輪盤上玩久了，不可能賺得了錢。我自己挺笨的，但是至少這點我還懂。」

「所以你自己從來不在這個輪盤下注嗎，卜瑞克？」

「我偶爾是會玩一點。」

「那你也是其中一個白癡？」

顏斯遞出一盒雪茄，哈利婉拒了。

「聰明，這個味道臭死了，我抽是因為我認為我該抽，因為我抽得起。」他搖搖頭，把一根雪茄塞進嘴裡。「你看過《賭國風雲》嗎，警察先生？勞勃．狄尼洛跟莎朗．史東演的那部？」

哈利點頭。

「你記得喬．派西說有一個男的，是唯一一個他知道可以從賭博賺錢的人？可是他不是去賭博，他做的是下注，賽馬，籃球比賽等等，那跟輪盤很不一樣。」

顏斯拉出一張玻璃椅子給哈利，自己也在對面坐下來。

「賭博的關鍵是運氣，但下注不是，下注的重點有兩個：心理和資訊。最聰明的人贏，拿《賭國風雲》這個人來說吧，他把時間全花在收集資訊，馬的血統也好，當週訓練的表現也好，吃的飼料、騎師那天早上起床時的體重，所有別人懶得收集或沒辦法收集、吸收的資訊。然後他把資訊湊在一起，算出機率，再觀察別的賭客怎麼做。如果有一匹馬的勝算實在太高，他就下注，不管他認為這匹馬會不會贏。最後總計下來他是贏的那個，別人都輸。」

「就這麼簡單？」

顏斯舉起一隻手替自己辯護，然後瞄了一眼手錶，「我知道一個朝日銀行的日本投資人昨天晚上要去帕蓬街，最後我在四巷找到他，又餵又灌地給他資訊，一直到凌晨三點，然後把我的女人給他，自己就回家了。早上六點我來上班，之後就一直買泰銖。他很快就會上班，會買進相當於四十億克朗的泰銖，然後我就開始賣。」

「聽起來是很多錢，但是聽起來也幾乎是違法。」

「幾乎，哈利，只是幾乎。」顏斯現在激動起來，像小男孩在炫耀新玩具。「問題不在道德。如果你是足球隊的進攻前鋒，你一定隨時都處在有點越位的狀態。規則就是用來打破的。」

「打破得最徹底的人贏？」

顏斯舉起一隻手指。

「馬拉度納用手進球，大家都覺得那是球賽的常態。裁判沒看到就沒事。」

「話說回來，這是勝率問題，這件事實你是逃不過的，你偶爾會輸一次，但是如果你朝勝率高的方向玩，長期下來一定賺錢。」

顏斯皺了皺眉，然後把他的雪茄捻熄。

「今天是這個日本投資人決定了我的行動，可是你知道最爽的是什麼嗎？是你自己來操控賭局。譬如美國公布通膨數字之前，你可以散布謠言，說葛林斯潘在私人午宴上說過一定要升息。你可以混淆敵人的視聽，你就是靠這個大撈一筆。媽呀，這比上床還爽。」

他大笑，興奮地跺腳。

「貨幣市場是眾市場之母，哈利，是市場的一級方程式賽車，可以讓人欣喜若狂也可以置人於死地。我知道這樣很乖張任性，但我就是那種控制狂，如果要死在駕駛座上，我們也喜歡知道是自己的錯。」

哈利環顧四下。玻璃屋裡的瘋狂教授。

「如果你被抓到超速呢？」

「只要我賺錢，只要我量力而為，大家都高興。還有，我靠這個成為公司裡最會賺錢的員工，你看到這間辦公室了吧？以前曼谷巴克萊的老闆就坐在這裡，你可能好奇為什麼現在是我這種無恥下流的經紀人坐在這間辦公室，原因是金融公司只看一件事：你賺多少錢。其他的都是裝飾品，包括老闆也是。老闆只是行政人員罷了，還得靠我們這些在市場打滾的人保住他們的工作和薪水。我的老闆已經搬到樓下另一間舒服的辦公室，因為我揚言帶著手上全部的客戶跳槽，除非公司給我更好的福利，還有這間辦公室。」

他解開西裝背心，掛在椅背上。

「不說我了。有什麼地方可以為你效勞，哈利？」

「我想知道大使死的那天，你跟他在電話上講了什麼。」

「他打電話確認見面的事。我也跟他確認了。」

「然後呢？」

「他照約定四點過來。可能是四點五分吧。接待處的希娜知道確切的時間。他先到那裡登記的。」

「你們談了什麼？」

「錢。他有一些錢想投資。」他的臉上沒有任何一根肌肉透露出他在說謊。「我們在這裡坐到五點，然後我陪他到地下停車場他車子那邊。」

「他把車停在我現在停的這個地方？」

「有訪客停車位的話，是啊。」

「那次就是你最後一次見到他？」

「對。」

「謝謝。沒有問題了。」哈利說。

「哇，大老遠跑來，問這麼少。」

「我說過，這些都是例行公事。」

「當然啦，他是死於心臟病不是？」顏斯問，脣邊掛著半抹微笑。

「看起來是。」哈利說。

「我是他們家的朋友，」顏斯說，「沒人說過什麼，不過我心裡有數。只是讓你知道一下。」

哈利起身的時候，電梯門開了，接待員拿著托盤走進來，上面有兩只玻璃杯和兩只瓶子。

「走之前喝點水吧，哈利？我每個月空運進口的。」

他在杯子裡倒了來自挪威拉爾維克的法里斯礦泉水。

「對了，哈利，你昨天說的通話時間並不正確。」

他打開牆上的一道門，哈利看見一具像提款機的機器。顏斯按了幾個號碼。

「是下午一點十三分，不是一點十五分。可能不重要，但是我想你說不定喜歡絕對精準。」

「時間是電信公司給的，你為什麼會認為你的時間更精準？」

「**我的**才對。」白牙閃現。「這個裝置會記錄我所有的談話，要價五十萬克朗，裡面有衛星校正計時器。相信我，它很精準。」

哈利抬起眉毛。「誰會花五十萬買一臺錄音機？」

「這種人比你想像得多，例如大多數金融經紀人。如果你跟客戶對於電話上說了買還是賣有爭議，五十萬馬上變成微不足道的小錢。錄音機會在這個特殊的帶子上自動加入數位時間碼。」

他拿起一個長得像錄影帶的東西。

「時間碼不能改動，而且一旦記錄了談話，除非消掉時間碼，否則不能變更錄音內容。唯一能動的手腳就是把帶子藏起來，可是別人會發現那一段時間的帶子不見了。我們會這麼一絲不苟，是因為錄音帶可以當作呈堂證供。」

「所以你跟墨內斯的談話也有錄音？」

「當然。」

「我們可以……？」

「等我一下。」

看過這個背上插了把刀的死人，現在又聽到他活生生的聲音，感覺真古怪。

「那就四點。」大使說。

聽起來呆板單調，幾乎有點悲傷。然後他就掛斷了。

17

一月十三日，星期一

「你的背還好嗎？」哈利跛著腳進辦公室開晨會的時候，麗姿擔心地問。

「好一點了。」他撒了謊，一邊跨坐到椅子上。

阿諾給他一根菸，但是朗山在報紙後面咳嗽，哈利就忍住沒點燃。

「我有一些消息，可能會讓你心情好起來。」

「我心情很好。」

「第一個，我們已經決定抓吳進來，跟他說攻擊執行公務的警察可以判三年，看看能不能逼他說出什麼。索仁森先生說沒再見過吳，顯然吳是自營打零工。我們沒有他的住址，但是知道他通常在拉查當能拳擊場旁邊的一家餐廳吃飯。有拳賽就會有大筆賭注，放高利貸的會在那附近晃蕩，物色新客戶，還有注意有沒有債可以討。另外一條好消息是，舜通一直在查訪疑似經營伴遊服務的旅館，看起來大使經常投宿其中一家，他們記得那輛車，因為使節車牌的關係。他們說他帶了一個女人一起。」

「好吧。」

麗姿對哈利冷淡的反應有點失望。

「好吧？」

「他帶阿藕小姐去旅館，給了她一炮，那又怎樣？她又不會帶大使回家，對吧。在我看來，我們從中得知的就只有希麗達·墨內斯有動機殺夫。或是阿藕小姐的情人，如果她有情人的話。」

「阿藕小姐也可能有動機，如果墨內斯打算甩了她。」阿諾說。

「很多好建議，」麗姿說，「我們從哪一個著手？」

「查不在場證明。」報紙後面傳出回答。

大使館的會議室裡，阿藕小姐抬頭看著哈利和阿諾，眼睛哭得紅通通。她直截了當否認去過任何旅館，說自己跟母親、妹妹同住，但是案發那晚不在家。她說她沒有跟任何人在一起，而且很晚才回家，到家已經過了午夜。阿諾逼問她去處的時候，她哭了起來。

「妳最好現在告訴我們，阿藕小姐，」哈利說著，闔上對著走廊的百葉窗，「妳已經騙過我們一次。現在事態嚴重，妳說命案那一晚妳不在家，但是又沒有跟任何能證明妳行蹤的人碰過面。」

「我媽媽和妹妹——」

「可以證明妳在午夜之後回家。這幫不了妳，阿藕小姐。」

眼淚從那張可愛如娃娃的臉滑落。哈利嘆口氣。

「我們得把妳帶走，」他說，「除非妳改變主意，告訴我們妳人在哪裡。」

她搖頭，哈利和阿諾互看了一眼。阿諾聳聳肩，抓住她的手臂，但是她用頭抵住桌子，嗚嗚咽咽地哭。

就在此時門上傳來一下輕敲聲，哈利把門打開一條縫，外面是桑沛。

「桑沛，我們——」

這位司機把一根手指擺到嘴前，「我知道。」他低聲說著，招手要哈利出去。

哈利走出去，關了門。「什麼事？」

「你在訊問阿藕小姐。你想知道發生命案的時候她人在哪裡。」

哈利沒回答。桑沛清清喉嚨，打直背脊。

「我說謊了，阿藕小姐確實坐過大使的車。」
「嗯哼？」哈利措手不及。
「好幾次。」
「所以你知道她跟大使的事？」
「不是跟大使。」
過了幾秒哈利才突然領會過來，直直盯著這個老人，不可置信。
「你，桑沛？你跟阿藕小姐？」
「說來話長，而且恐怕你也不會完全明白。」他銳利地注視著哈利。「大使死的那天晚上，阿藕小姐和我在一起。她不可能說出來，因為我們兩個都會丟了工作。職員之間禁止交往。」
哈利舉起一隻手摸過整個頭。
「我知道你在想什麼，警察先生，你在想我是老人，她是年輕女孩。」
「呃，恐怕我不太懂，桑沛。」
桑沛微微一笑，「她母親跟我曾經是一對，很早以前了，早在她生阿藕之前。泰國有一種東西叫做譬（phii），大概可以翻譯成「長輩」吧，年長的人階級比年幼的人高，但是含意不只這樣，還有年長者有責任照顧年幼者的意思。阿藕小姐是我引薦進大使館的，她是個有情、懂得感恩的女人。」
「懂得感恩？」哈利放膽質疑，「她幾歲的時候……」他停頓一下，「她母親怎麼說？」
桑沛笑得感傷，「她跟我同歲數，而且完全了解。我只是借用阿藕一點點時間，到她找到可以一起生兒育女的男人為止。這不是什麼罕見的……」
哈利吐了口氣，隨之呻吟一聲。「所以你是她的不在場證明？而且你知道大使不是帶阿藕小姐去他常去的那家旅館？」

「如果大使去了旅館，那一定不是跟阿藕。」

哈利舉起一根手指，「你已經撒過一次謊，我可以逮捕你，因為你妨礙警察調查命案。如果你還有什麼沒說，趁現在說一說。」

那雙上了年紀的褐色眼睛看著哈利，眨也不眨。「我喜歡墨內斯先生，他是我的朋友，我希望害死他的凶手得到懲罰，可是不要牽連無辜。」

哈利本來要開口說話，又吞了回去。

18

一月十三日，星期一

太陽已經變成帶橘色條紋的濃酒紅，掛在曼谷灰色的天際線，好像沒說一聲就出現在天上的新行星。

「這裡是拉查當能拳擊場。」麗姿說。載著哈利、阿諾、舜通的豐田汽車在灰磚建築旁邊停下來，兩個猥瑣樣的黃牛露出喜色，但麗姿揮手把他們趕走。「看起來不怎麼樣，不過這可是曼谷版的『夢幻劇場』[6]。在這裡，只要手腳夠快，每個人都有機會變成上帝。嗨，瑞奇！」

警衛之一走到車子旁邊，麗姿換上哈利不敢恭維的嬌媚神態，一串輕快活潑的笑語之後，她轉頭對大家微笑。

「我們趕快去把吳抓起來吧。我剛剛幫觀光客和我自己弄到了最前排的座位，今天晚上伊旺打第七場，應該會很有意思。」

餐廳就是基本的那種，塑膠、蒼蠅，還有唯一一架電扇，把廚房的食物味道吹到餐廳各個角落。泰國王室成員的肖像掛在櫃臺上方。

只有幾張桌子有人坐，而且沒有吳的蹤影。阿諾和舜通坐在門邊的桌子，麗姿和哈利坐在靠裡面的桌子。哈利點了春捲，安全起見，還點了一瓶消毒用的可樂。

「瑞奇是我以前打泰拳的教練，」麗姿解釋，「我的體重幾乎是那些對手男生的兩倍，還比他們高了

6 Theatre of Dreams，指老特拉福球場，英格蘭足球超級聯賽曼聯隊的主場。

三個頭，可是每一次都被對手痛宰。他們還在喝奶時就在這裡吸收拳擊的養分了。可是他們不喜歡打女人，他們說的，我倒是感覺不出來。」

「國王那些東西是怎麼回事？」哈利邊指邊說，「我到處看到他的照片。」

「這個嘛，國家需要英雄。王室原本不是特別受民眾愛戴，一直到二次大戰，國王想方設法先是跟日本結盟，等到日本處於守勢，又投向美國陣營。他救了這個國家，免去一場殺戮。」

哈利向肖像舉杯，「這位老兄聽起來挺酷。」

「你要了解，在泰國有兩件事開不得玩笑——」

「王室和佛陀。對，謝謝，我聽說了。」

門打開來。

「喲，哈囉，」麗姿說，「通常本人會長得比較小隻呢。」

哈利沒回頭。他們的計畫是等到吳點的菜上桌，手裡有筷子，掏武器的動作會慢一點。

「他坐下來了，」麗姿說，「哇，光憑那個長相就應該把他關起來。不過我們能拖住他問上幾個問題的話，就算走運了。」

「什麼意思？那傢伙把警察從二樓窗戶扔出去欸。」

「我知道，可是我不會讓你有太高的期待。吳『大廚』可不是隨便什麼人，他替那些家族工作，他們有的是厲害的律師。我們算算他至少已經處理掉一打的人，弄成殘廢的有十倍之多，但是至今一條前科都沒有。」

「大廚？」哈利開始對付熱騰騰剛送上桌的春捲。

「他兩、三年前就有的綽號。我們有個案子的被害者是死在他手上，案子分派給我，他們開始解剖的時候我也在場。屍體擺在解剖臺上已經好幾天，裡面都是氣，脹得像一顆黑藍色的足球。氣體有毒，所以病理醫師把我們趕出去，自己先戴了防毒面具，才切開那顆胃。我從門上的窗口看進去，他剖開屍體的時候，皮在那裡啪噠啪噠地晃，氣體湧出來，淡淡的綠色你都看得見。」

哈利把春捲放回盤子裡，一臉痛苦表情，但是麗姿沒注意。

「嚇人的是他裡面可生意盎然了，病理醫師嚇得退到牆邊，因為那些黑色的生物從胃裡爬出來，爬到地板上，竄進角落、縫隙裡。」她用食指在額頭上比了兩隻角，「惡魔甲蟲。」

「甲蟲？」哈利做了個鬼臉，「甲蟲不會跑進屍體裡吧。」

「我們發現那個死人的時候，他嘴裡咬著一個塑膠管。」

「他……」

「燒烤甲蟲在中國城可是珍饈，吳給那個可憐鬼灌了一些。」

「跳過燒烤的步驟？」哈利把盤子推開。

「真是神奇的生物啊，昆蟲，」麗姿說，「我是說，甲蟲怎麼能在胃裡活下來？裡面不都是毒氣什麼的？」

「我寧願不思考這個問題。」

「太辛辣嗎？」

哈利花了一秒才想通她說的是食物，他已經把盤子推到桌子邊緣。

「你會習慣的，哈利，一步一步來就行了，你應該帶幾份食譜回家，在廚房裡讓你女朋友佩服一下。」

哈利清了清喉嚨。

「或是令堂。」麗姿說。

哈利搖頭，「抱歉，也沒有。」

「該道歉的是我。」她說。然後對話不了了之。吳點的食物正要送上桌。

她從腰間的槍套拿出黑色的配槍，拉開保險。

「史密斯威森六五〇，」哈利說，「耐操好用。」

「待在我後面。」麗姿邊說邊站起來。

吳抬頭看著督察的槍口，眼睛眨也沒眨一下。他用左手拿筷子，右手收在大腿上。麗姿用泰語吼了什麼話，但他彷彿沒聽見。他頭也不轉，眼睛瞄了瞄四下，發現阿諾和舜通，然後目光停留在哈利身上，脣邊閃過一抹微微的笑。

麗姿又喊了一次，哈利感覺頸子上的皮膚在刺痛。槍的擊鎚翹起來，吳的右手出現在桌面上，是空的。哈利聽見麗姿咬著牙呼出一口氣。阿諾和舜通給吳上手銬的時候，吳的視線還停在哈利身上。他們把他帶出去，看起來好像小型馬戲團遊行，陣容有彪形大漢一個、侏儒兩個。

麗姿把槍收回槍套，「我看他不喜歡你。」她一邊說，一邊指著朝天插在飯碗裡的筷子。

「真的？」

「這是泰國傳統咒人死的意思。」

「那還輪不到他，排隊等吧。」哈利想起自己需要商借一把槍。

「天亮前看看能不能有點進展。」

進場途中，群眾狂喜尖叫聲迎面而來，還有三個樂師鏗鏗鏘鏘、咿咿呀呀地，像嗑了藥的校園樂團。兩個拳擊手剛剛上了擂臺，頭和雙臂都繫上彩色繩圈。

「藍色短褲是我們的伊旺。」麗姿說。她在拳擊場外面已經把哈利口袋裡的鈔票全劫走，給了組頭。他們找到前排的座位，就在裁判後面，麗姿滿意地咂咂嘴。她跟鄰座的人聊了幾句。

「如我所料，」她說，「我們沒錯過什麼。如果你想看真正精彩的比賽，就要星期二來，或是星期四去倫披尼拳擊場，不然都是一堆……呃，你也知道。」

「布庸賽。」

「什麼？」

「布庸賽，我們在挪威都這樣說，就是兩個爛溜冰選手對戰的時候。」

「布庸？」

「熱湯。你就是趁這時候出去買熱湯。」

麗姿笑出聲的時候，眼睛變成亮閃閃的兩條細縫。哈利已經發現自己喜歡看到、聽到她笑。

兩名拳擊手已經拿掉頭圈，繞行擂臺，也行過某種儀式，就是把頭靠在擂臺柱上，然後跪著做幾個簡單的舞步。

「這叫做**阮姆畏**（ran muay），」麗姿說，「拜師拳舞，禮拜他自己的**古魯**（kru），就是精神導師和泰拳守護神。」

音樂停了，伊旺走到他的角落，和教練靠在一起，手掌相貼。

「他們在祈禱。」麗姿說。

「他需要嗎？」哈利擔心地問。他原先放在口袋裡的鈔票可是一大疊。

「如果他對得起自己的名字，就不需要。」

「伊旺？」

「拳手都可以自己挑名字。伊旺用的是荷蘭人伊旺・希波力特（Ivan Hippolyte）的名字，一九九五年伊旺・希波力特在倫披尼拳擊場贏了一場比賽。」

「才一場？」

「他是有史以來唯一一個在倫披尼獲勝的外國人。」

哈利轉頭確認她是不是眨了眼，但這時候銅鑼一響，拳賽開始。拳手互相靠近，小心翼翼地保持安全距離，同時彼此繞著圈圈。一拳揮出，對方輕鬆擋掉，而且踢出一腳反制，不過落空了。伴奏加大了音量，群眾的加油聲也是。

「他們只是先暖暖身。」麗姿大聲說。

然後他們開始全力攻擊對方，速度如閃電的一陣拳腳相向，動作實在太快，哈利沒看到什麼，麗姿卻唉聲嘆氣。伊旺已經在流鼻血。

「他吃了一記肘擊。」她說。

「手肘？裁判沒看到嗎？」

麗姿露出微笑，「用手肘不違規，甚至是反過來，用手腳打中對方可以得分，但讓你擊倒對手的通常是手肘和膝蓋。」

「就是說他們的腳法不像空手道那麼強。」

「這話我可不敢說，哈利，幾年前香港派了五個最厲害的功夫高手來曼谷較量，看哪一門武術比較強。暖場和儀式花了一個多小時，可是五個回合對戰只花六分半鐘。去醫院的救護車有五輛，猜猜是誰在車上？」

「嗯，今天晚上沒這個危險，」哈利故意打了個誇張的呵欠，「這個實在——我靠！」

伊旺已經抓住對手的脖子，瞬間壓下他的頭同時右膝一頂，對手就往後倒了，不過他還是用手臂纏住圍繩，人就正好掛在麗姿和哈利面前。對手血如泉湧，灑到擂臺地板上，好像破水管在漏水一樣。哈利聽到身後的觀眾大聲抗議，才發現自己已經站起來了。麗姿把他拉下來。

「哇！」她大叫，「你有沒有看到伊旺手腳多快？我就說他很有意思吧。」

剛才穿紅褲子的拳手把臉轉向側邊，所以哈利看見他的側臉，看見他眼周的皮膚隨著內出血腫了起來，好像看著充氣床在灌氣一樣。

看著伊旺逼近無助的對手，哈利有種古怪、噁心的既視感。對手已經不知道自己身在拳擊擂臺，伊旺不急，慢條斯理地研究觀察他，有點像老饕在考慮先撕雞翅還是雞腿。哈利看見兩個拳手之間的背景處站著裁判，正歪著頭、垂手看著他們。哈利看得出來他不打算介入，同時感覺到自己的心臟抵著肋骨一跳一跳。三人樂隊現在聽起來不像挪威獨立日遊行了，已經在狂喜中失控地敲打吹奏。

伊旺揍了他。

停，哈利心裡想，但這一刻他卻聽到自己的聲音說：「揍他！」

哈利沒跟著倒數。他沒看見裁判把伊旺的手舉到空中，也沒看見勝利者對擂臺四個角落雙手合十行禮，他只盯著腳前那塊有裂縫的濕水泥地，那裡有一隻小昆蟲正在掙扎著要逃離一滴血；牠被一連串的事件和巧合困住，膝蓋以下都泡在血裡。他回到了另一個國家，另一個時間，直到有隻手往他的肩胛之間拍下去，才清醒過來。

「我們贏了！」麗姿對著他的耳朵大叫。

他們正排隊等著跟組頭拿錢，這時候哈利聽見一個熟悉的聲音在講挪威語。

「直覺告訴我，我們的警察先生是靠頭腦下的注，不是盲目相信運氣。如果是這樣的話，恭喜你了。」

「這個嘛，」哈利轉身說，「柯蘭利督察自稱專家，看來可能離事實不遠。」

他為顏斯・卜瑞克介紹督察。

「那你也下注了嗎？」麗姿問。

「我朋友偷偷跟我說伊旺的對手有點感冒，還真奇怪啊，那也能造成這麼大的影響，哦，柯蘭利小姐？」顏斯露出愉快的笑容，然後轉向哈利，「不知道你能不能幫我一把，霍勒，我帶了墨內斯的女兒來，應該要送她回家，可是我一個美國大客戶剛剛來過電話，我得回辦公室才行。現在天下大亂，美元飛漲，他有兩大車的泰銖得脫手。」

哈利看著顏斯點頭的方向。靠著牆站在那裡、穿著長袖愛迪達T恤、一半身影被匆匆離開拳擊場的群眾擋住的，正是如娜·墨內斯。她雙手抱胸，看著別處。

「我看到你的時候想起來，希麗達·墨內斯說過你住在靠河那邊的大使館公寓，如果你們一起搭計程車，不用繞太遠的路。我答應她母親……」

顏斯擺擺手，意思是人母的這種憂慮當然太過頭，不過可以的話，最好還是守信。

哈利看看手錶。

「他當然可以幫啦，」麗姿說，「可憐的小女生，想必現在她媽媽已經開始緊張了。」

「當然。」哈利硬擠出笑容。

「太好了，」顏斯說，「喔。還有一件事，可以再麻煩你幫我領彩金嗎？應該可以抵過計程車錢，如果有剩，我想警方應該有遺族的基金什麼的。」

他給麗姿一張收據後就走了。她看見金額以後，眼睛瞪得老大。

「問題是，有那麼多遺族嗎？」她說。

19

一月十三日，星期一

如娜．墨內斯看起來不是特別高興有人陪著回家。

「謝謝，我自己可以的，」她說，「曼谷星期一晚上的危險程度就跟厄什塔鄉下的村子一樣。」

沒在星期一晚上待過厄什塔的哈利招了計程車，打開門等她上車。她心不甘情不願，費了一番工夫爬進車裡，咕咕噥噥念了一串地址，就盯著窗外。

「我叫他開到江河苑，」過一會她說，「你住那裡對吧？」

「我想我收到的指示是先送妳回家，墨內斯小姐。」

「小姐？」她笑出聲，用肖似母親的黑色眼睛看著他；那對聚攏在一起的眉毛讓她看起來像小精靈一樣可愛。「你講話像我姑媽一樣，你到底幾歲啊？」

「感覺多老，人就有多老，」哈利說，「所以我想我大概六十。」

現在她看著他的眼神多了好奇。

「我三十，」她突然說，「請我喝一杯，之後你就可以送我回家。」

哈利往前傾身，開始指示司機墨內斯家的地址。

「算了吧你，」她說，「我會堅持去江河苑，他就會覺得你在誘拐我，你想要引起騷動嗎？」

哈利拍拍司機的肩膀，於是如娜放聲尖叫，司機緊急煞車，害哈利的頭往車頂撞上去。司機轉頭過來，如娜吸口氣準備再次尖叫，哈利只好舉起雙手投降。

「好啦，好啦，去哪裡？我想去帕蓬街順路吧。」

「帕蓬街？」她翻個白眼，「你**真的**老了，那裡只有下流的老人跟觀光客會去，我們去暹羅廣場。」

她跟司機交談幾句，聽在哈利的耳裡是無懈可擊的泰語。

「你有女朋友嗎？」她問。她的啤酒剛送上桌，也是以騷動威脅來的。

他們在暹邏廣場的大型露天餐廳，餐廳位在看起來是歷史遺跡的大階梯頂端，階梯上擠滿了年輕人，哈利推測都是學生吧。他們坐著看緩慢移動的來往人車和彼此。先前她對哈利的柳橙汁投了個懷疑的眼神，不過看起來，以她的背景，她是習慣了拒絕酒精的人。或者也可能不是。哈利感覺墨內斯這家人並不會遵循所有不成文的派對規則。

「沒有。」哈利回答，又補充了一句，「到底為什麼每個人都要問我這個？」

「到底為什麼，嗄？」她在椅子上扭來扭去，「我猜通常問的是女孩子，對吧？」

他輕笑一聲，「妳想讓我尷尬是嗎？跟我講妳的男朋友。」

「哪一個？」她把左手藏在大腿上，用右手舉起啤酒杯，帶著唇上一抹微笑，往後靠向椅背，然後牢牢盯著他看。

「我不是處女，如果你在想這個的話。」

哈利差一點把滿嘴的柳橙汁噴到桌上。

「為什麼我應該是？」她說完，舉杯就口。

對啊，為什麼妳應該是？哈利心想。

「你是不是嚇了一跳？」她放下杯子，換上嚴肅的表情。

「為什麼我應該是？」這聽起來像模仿她說話，於是他趕緊加了一句，「我想我大概在妳這個年紀就破處了。」

「是啦，但你不是在十三歲的時候。」她說。

哈利吸一口氣，仔細思考她這句評語，然後從齒間慢慢吐氣。他很樂意此刻拋棄這個話題。「真的？那他幾歲？」

「那是祕密。」她那副戲弄人的表情又回來了。「跟我說你為什麼沒有女朋友。」

他停頓了一會才開口。一股衝動湧上來，也許是想看看能不能回敬她一記驚嚇，他想告訴她，那兩個他能真心坦承愛過的女人，都已經死了；一個自殺，一個被謀殺。

「說來話長，」他說，「我失去她們了。」

「她們，有好幾個？我猜她們是因為這樣才甩了你，對吧？你腳踏兩條船？」

哈利從她的聲音聽得出孩子氣的興奮和笑聲。他提不起勇氣問她跟顏斯・卜瑞克的關係。

「不是，」他說，「我只是不夠小心。」

「你這樣太嚴肅了喔。」

「抱歉。」

他們靜靜坐著。她玩著啤酒瓶上的貼紙，瞥了瞥哈利，彷彿努力要下定決心。貼紙掉了下來。

「來，」她抓起他的手說，「我帶你看一個東西。」

他們走下階梯，穿過那些學生，沿著人行道前進，然後爬上橫跨大馬路的窄小人行陸橋，走到正中央停下來。

「你看，」她說，「是不是很美？」

他看著車水馬龍朝他們而來，又離他們而去。馬路一直延伸到視線到不了的地方，來自卡車、公車、轎車、摩托車、嘟嘟車的光線就像岩漿流，在最遠端匯集成一條黃帶子。

「看起來像一條蛇在扭啊翻啊，背上有發光的紋路，對不對？」

她往前趴在欄杆上。「你知道奇怪的是什麼嗎？此時此刻曼谷的人會很樂意為了我口袋裡少少的錢殺人，可是我在這裡從來沒感覺害怕過。我們在挪威週末總是去山上的小屋，我蒙著眼睛都熟悉那棟屋子和所有的步道，只要放假我們就去厄什塔，那裡每個人都互相認識，順手牽羊這種事就能上報紙頭條，可是這裡才是我覺得最安全的地方，我在這裡四面八方被人群圍繞，而且我可是誰都不認識。是不是很奇怪？」

哈利不確定該怎麼回答。

「如果我可以選，我這輩子都要住在這裡，然後至少一個星期上來這裡一次，就站在這裡看。」

「看路上的車輛交通？」

「對，我愛路上交通，」她突然轉身對著他，眼睛閃閃發亮，「你不愛嗎？」

哈利搖搖頭。她轉回去面對馬路。

「可惜。你猜現在曼谷的馬路上有多少輛車子？三百萬，而且每天增加一千輛。曼谷的駕駛人一天要花兩到三小時在車子裡。你聽過『康滿壺』嗎？加油站買得到，是一個袋子，讓你塞車的時候可以尿在裡面。你覺得愛斯基摩人有『交通』這種辭彙嗎？毛利人有嗎？」

哈利聳聳肩。

「想想他們錯過了多少，」她說，「住在那種地方，不能被這樣的人群圍繞。把手舉起來……」她抓著他的手舉起來。

「感覺得到嗎？那股震動？那是來自周遭每個人的能量，就在空氣裡。如果你快死了，以為沒有人可以救你，你就走出去，往空中張開雙手，吸收一些能量，你就可以永生不死。真的！」

她的眼睛在發光，她的整張臉在發光。她把哈利的手貼在她的臉頰上。

「我可以感覺到你會活很久，非常地久，甚至比我久。」

「不要說這種話，」哈利說，她的皮膚在他的手掌底下灼燒，「會有壞運氣。」

「壞運氣好過沒運氣，爸爸總是這樣說。」

他把手縮回來。

「你不想要永生不死嗎？」她低聲說。

他眨了眨眼睛，明白他的腦子已經把此時此地的他們拍了下來，在一座行人匆忙來去、底下有條海蛇閃閃發光的陸橋上，就像你造訪知道不會久留的地方、就會拍下照片一樣。他以前也這樣過，有一晚在福隆納游泳池，畫面上人跳起來還沒落地；有一晚在雪梨，一頭紅色濃密長髮迎風飄揚；還有一張在扶那布機場，寒冷的二月午後，小妹站在攝影記者和此起彼落的閃光燈之間等他。他知道無論發生什麼事，他隨時都可以拿到這些照片，這些照片永遠不會褪色，經年累月反而變得更一致、更實在。

就在這個時候他感覺到一滴水滴在臉上。接著又一滴。他訝異地抬頭往上看。

「我聽說五月之前不會下雨。」他說。

「芒果雨，」如娜說著，把臉轉向天空，「有時候會下這種雨，代表芒果成熟了。馬上就會傾盆而下，走吧……」

哈利墜入夢鄉。現在噪音沒那麼喧擾了，他也開始注意到車聲中有一種韻律，一種可預測性。第一天晚上他會因為喇叭聲醒過來，再過個幾晚，他可能會因為**沒有**任何喇叭聲而醒過來。故障消音器的叫嚷聲不會突然而至，在看似一團混亂中它自有位置，你只消些許時間就可以習慣，就像在船上學會走得穩一樣。

他已經跟如娜約好隔天在大學旁邊的咖啡店問她父親的事。她下計程車的時候頭髮還在滴水。長久以來他第一次夢見碧姬妲，她的頭髮緊貼在蒼白的皮膚上。但她在微笑，而且還活著。

20

一月十四日，星期二

律師花四個小時就讓吳獲釋離開。

「凌博士，替索仁森做事的，」麗姿在晨會中邊說邊嘆氣，「阿諾只來得及問吳謀殺案那天人在哪裡，就沒戲唱了。」

「人肉測謊機問出什麼答案了？」哈利問。

「什麼都沒有，」阿諾說，「他什麼都不想告訴我們。」

「什麼都沒有？靠，我還以為你們泰國人用水刑、電擊很在行。所以現在有一個想要我死的神經病巨人在外面到處亂跑。」

「拜託誰給我一點好消息好嗎？」麗姿說。

有份報紙發出劈啪劈啪的聲音。

「我又打了一次電話到瑪拉蒂姿旅館，第一個跟我講電話的人說有個**發郎**會跟一個大使館的女人去那裡。這個人說那女的是白人，而且他覺得他們對話用的語言可能是德語或荷蘭語。」

「挪威語。」哈利說。

「我想要問出那兩個人的樣貌，可是問出來的不是很明確。」

麗姿嘆口氣，「舜通，帶一些照片過去，看看他們能不能指認出大使跟他太太。」

哈利鼻頭一皺，「夫妻倆在離家幾公里的地方搞一個一天要兩百美金的愛巢？不會有點荒謬嗎？」

「照今天跟我講電話那個男人說的，他們週末才會去，」朗山說，「我問到了幾個日期。」

「我用昨天贏的錢打賭，不是他老婆。」哈利說。

「或許不是吧，」麗姿說，「反正這條線索大概不會有什麼結果。」

她叫小組其他人把這一天用在其他被挪威大使謀殺案排擠擱置的案件，把那些荒廢的文書工作做一做，就這樣結束會議。

「所以我們回到起點了？」哈利在其他人離開以後問。

「我們一直都在起點，」麗姿說，「也許你會得到你們挪威人要的結果。」

「我們要的結果？」

「我今天早上跟警察局長講過話，他昨天跟挪威的一個涂魯斯先生談過，涂魯斯先生想知道這件事還要弄多久；挪威當局要求，如果我們沒有什麼具體的進展，這週以內要說清楚。局長跟他說這是泰國管轄的案件偵查，我們才不會隨便把謀殺案冷凍起來，可是後來他接到一通司法部打來的電話。幸好我們及早觀光完畢了，哈利，看起來你星期五就要回家囉。除非，像他們說的，有什麼具體的事證出現。」

「哈利！」

彤亞．魏格到櫃臺相迎，她的臉頰發紅，一朵微笑極為紅潤，讓他懷疑她是不是出來之前先塗了唇膏。

「我們一定要喝點茶。」她說，「阿藕！」

剛才他到的時候，阿藕小姐直盯著他看，怕得說不出話來，雖然他趕緊說這次來訪與她無關，他還是注意到她的眼睛就像水坑旁邊的羚羊似的，一邊喝水一邊緊盯著獅子看。她轉過去背對他們，不欲打擾的樣子。

「那女孩子長得不錯。」彤亞說著，銳利地瞥了哈利一眼。

「可愛，」他說，「年輕。」

彤亞看起來滿意他的回答，帶他進了她的辦公室。

「昨晚我打過電話給你，」她說，「可是你顯然不在家。」

哈利看得出來她想要他問打電話的原因，但是他忍住了。阿藕小姐端著茶進來，他一直等到她出去才開口。

「我需要一些資訊。」他說。

「是？」

「既然妳是大使不在時的代辦，我想妳會記錄他不在的時間。」

「當然。」

他念了四個日期，她查對她的日曆，大使去了清邁三次，越南一次。哈利慢慢寫筆記，準備接著追問。

「除了太太之外，大使在曼谷還認識其他挪威女人嗎？」

「沒有……」彤亞說，「就我所知沒有。呃，我是說除了我以外。」

哈利等到她放下茶杯才問：「如果我說我認為妳跟大使交往，妳會怎麼說？」

彤亞的下巴掉了下來。她是挪威牙齒保健之光。

「啊呀，天老爺！」她說，話裡一絲諷刺意味都沒有，哈利只能推測「天老爺」還存在某些女人的辭彙庫裡。他清清喉嚨。

「我認為妳和大使在我們剛才提到的那些日期去了瑪拉蒂姿旅館，如果是真的，我想請妳說明你們兩個的關係，還有告訴我他死的那天妳人在哪裡。」

像彤亞皮膚這麼白的人，還能變得更白，實在讓人意外。

「我應該找律師嗎？」她終於說。

「除非妳有什麼事要隱瞞。」

他看見一顆淚珠出現在她的眼角。

「我沒什麼好隱瞞的。」她說。

「這樣的話，妳應該跟我說一說。」

她小心翼翼按了按眼睛，免得睫毛膏暈開。

「有時候我很想殺了他，警察先生。」

哈利注意到稱呼變了，耐心地等著。

「太想了，甚至聽到他死了的消息，我幾乎高興起來。」

他聽得出她開始藏不住話了，這時候很重要的是不要說什麼蠢話、做什麼蠢事，免得把對方的話又塞了回去。招供通常有一必有二。

「因為他不想離開他老婆？」

「不是！」她搖搖頭，「你不懂，因為他毀了我的一切！一切我……」

第一聲啜泣太過悲痛，哈利知道他挖到寶了。然後她鎮定下來，擦乾雙眼。

「這是政治酬庸，他做這個工作連一點資格都談不上。他們十萬火急地送他來這裡，好像等不及要把他趕出挪威一樣。本來他們已經暗示我會是這個位子的人選，結果我卻得把大使辦公室的鑰匙交給一個不知道代辦跟屬官有什麼差別的人。還有，我們什麼關係都沒有，那種想法對我來說是荒謬透頂，你看不出來嗎？」

「後來呢？」

「他們叫我去……去認屍的時候，我突然忘了整件任命大使的事，忘了我的機會失而復得。我反而想著他生前是個多麼善良、聰明的人，他真的是！」

她說得好像哈利出言反對了一樣。

「雖然在我看來，他做大使就沒那麼好，但是有些事情比工作和前途更重要。或許我根本不該申請這個位子，再看看吧，很多事情要想。對，不對，我現在不會把話說死。」

她吸了幾下鼻子，看起來已經恢復平靜。「代辦獲派為同一處大使館的大使，這種事情很罕見，你知道，就我所知，從來沒發生過。」

她拿出鏡子檢查妝容，然後開口，顯然是對自己說：「但是凡事都有第一次吧。」

哈利一上回警局的計程車，就決定把彤亞．魏格從他的嫌犯名單上刪掉，一部分原因是她讓他信服，一部分是她可以證明大使去瑪拉蒂姿旅館那幾天，自己身在別處。彤亞也證實居留曼谷的挪威女性人選不是很多。

因此，他突然間必須往不可想像的方向去想，感覺好像一記重拳擊中心窩。因為這其實沒那麼不可想像。

走進硬石餐廳玻璃門的女孩，跟他在後院、在喪禮見過的那個不一樣；喪禮那一個肢體語言冷淡內向，臉部表情挑釁易怒。他面前擺著可樂空瓶和報紙，如娜穿著一襲有花朵圖案的藍色短袖洋裝，認出他的時候笑逐顏開。她好像老手魔術師一樣，義肢一點也不顯眼。

「你早到了。」她滿心歡喜地說。

「這種交通狀況，很難剛好準時，」他說，「我不想遲到。」

她拉把椅子坐下來，點了冰紅茶。

「昨天，妳母親——」

「已經睡了。」她簡略地說。太簡略了，哈利不得不猜想是警告的意思，但是他沒時間繼續兜圈子了。

「妳的意思是喝醉了？」

她抬頭看他，快樂的笑容已經消失。

「你說要聊的事就是我媽嗎？」

「這是其中一件。妳父母的關係如何？」

「你為什麼不問她？」

「因為我覺得妳比較不擅長說謊。」他坦白說。

「哦是嗎？這樣的話，他們之間就像房子失火。」她那副挑釁的表情又回來了。

「那麼糟啊？」

她扭扭身體，侷促不安。

「抱歉，如娜，這是我的工作。」

她聳聳肩，「我跟我媽不太處得來，可是爸爸跟我是很好的朋友，我覺得她吃醋。」

「吃誰的醋？」

「我們兩個的吧。或是他的。我不知道。」

「為什麼是他的？」

「他看起來不像需要我媽的樣子。我媽在他眼裡簡直是空氣……」

哈利不敢相信自己準備要問的問題，不過這些年下來，他已經看過這麼多駭人的事。他停了一會。「妳父親會不會偶爾帶妳去旅館，如娜？譬如瑪拉蒂姿旅館。」

他看見她臉上的驚愕。

「什麼意思?他為什麼會帶我去?」

他往下看著桌上的報紙，又強迫自己往上看。

「什麼啦?」她突然激動起來，一邊猛力攪著茶杯裡的湯匙，茶水都濺了出來。「你說的話怪得可以，你到底想幹嘛?」

「呃，如娜，我知道這很難接受，但是我認為妳父親做了他會後悔的事。」

「爸爸?爸爸一直在後悔啊，他後悔，然後擔起責難，然後抱怨……可是那個巫婆就是不放他好過，她一直在逼他，你不這樣你不那樣還把我拖來這裡，諸如此類。她以為我沒聽到，我就是聽到了，每一個字，說她不是生下來要跟太監在一起的，說她是血氣旺盛的女人。我跟爸爸說他應該離開，可是他為了我撐著不走。他沒這樣說，但我知道是為了我。」

「我要說的是，」他說著，低下頭來看著她的眼睛，「你父親的性欲跟別人不一樣。」

「你是因為這樣才這麼緊張兮兮的?你以為我不知道我爸爸是同性戀?」

哈利忍住沒讓下巴掉下來，「妳說的同性戀，精確地說是什麼意思?」他問。

「娘炮，玻璃，兔子，死零號，捅屁眼的。我是那個巫婆少數幾次成功睡到爸爸的結果。他覺得她很噁心。」

「他這樣**說**過嗎?」

「他為人太忠厚了，才不會說這種話，可是我知道，我是他最好的朋友；**這個**他就說過。有時候我好像是他**唯一**的朋友，他有一次跟我說，『妳和馬是我唯一喜歡的生物。』我和馬，還不錯啦，哦?我想他以前有一個情人，男的，他當學生的時候，認識我媽之前。可是那個男的甩了他，不想承認他們的戀情。很公平啦，爸爸也不想。那是很久以前的事了，那時候的社會跟現在不一樣。」

她說話的時候帶著青少年那種不可動搖的自信。哈利拿起可樂到嘴邊慢慢地喝，他得爭取時間，情節沒有往他預料的方向發展。

「你知道是誰去瑪拉蒂姿旅館嗎？」她問，「我媽跟她的情夫。」

21

一月十四日，星期二

白色結冰的枝椏往皇家庭園上方黯淡的冬日天空伸展指頭，達格芬．涂魯斯站在窗邊，看著一個男人發著抖，縮著頭，沿著哈康七世街跑過去。電話響了，涂魯斯看看時鐘，是午餐時間。他看著那個男人，一直到他消失在地鐵站，才拿起話筒，報上名字。線路先是畢畢剝剝地，然後聲音才傳過來。

「我再給你一次機會，涂魯斯，如果你不把握，我保證你還沒念完『挪威警方被外交部處長刻意誤導』或是『挪威大使死於同性戀情殺案』，部裡就發廣告替你的位子找人了。這兩句當報紙標題都還過得去吧，你覺得呢？」

涂魯斯坐下來。「你在哪裡，霍勒？」他這樣問，是因為沒別的話好說。

「我剛剛跟我在犯罪特警隊的老大聊了很久，我用了十五種方法問他奧特樂．墨內斯到底在曼谷做什麼，從我目前問出來的，看得出他比愛放炮的瑞夫．斯特恩更不像個大使。我還沒辦法切開膿瘡，但是我確定一定有一個膿瘡在。我猜他有保密誓約，所以叫我找你。我的問題跟上次相同，有什麼是你知道但我不知道的？對了，讓你參考一下，我現在坐在這裡，旁邊有一部傳真機，還有《世界之路報》、《晚郵報》、《每日新聞報》的傳真號碼。」

涂魯斯的聲音把冬天的寒氣一路送到曼谷，「酗酒警員給的未經證實的消息，他們是不會刊登的，霍勒。」

「如果是酗酒**明星**警員，就會。」

涂魯斯沒答話。

「對了，我想大使家鄉的《桑莫拉郵報》也會報導這個案子。」

「你立過保密誓約，」涂魯斯的語氣緩和下來，「你會被調查起訴。」

霍勒笑了，「進退兩難，是吧？知道了我知道的事又不追查下去，就是瀆職，瀆職也是可以論罪的，你知道吧。不知道為什麼，我就是覺得如果洩密，我的損失會比你少。」

「你怎麼保證——」涂魯斯開口，但是被線路的畢畢剝剝聲打斷。「喂？」

「我在。」

「你怎麼保證，我告訴你的不會傳出去？」

「我不能保證。」線路有回音，聽起來彷彿他重複回答了三次。

一陣沉默。

「相信我。」哈利說。

涂魯斯哼了一聲，「憑什麼？」

「憑你沒有別的選擇。」

處長看了時鐘，知道午餐要遲了，員工餐廳的烤牛肉裸麥三明治大概已經沒了。但是沒什麼要緊，他已經沒胃口了。

「這個一定不能傳出去，」他說，「我是認真的。」

「我的目的不是傳出去。」

「好，霍勒，跟基督教民主黨有關的醜聞，你聽過多少？」

「不多。」

「沒錯。多年以來基督教民主黨一直是沒人理的安逸小黨，媒體會挖掘社會黨權力菁英和進步黨怪咖的底細，基督教民主黨的議員卻可以過自己的日子，不太被媒體放大檢視。新政府上臺以後，好日子就不可能再有了，組內閣的時候，他們很快就明白，奧特樂．墨內斯雖然能力沒得懷疑，在國會也有長久資歷，但是不可能成為首相人選；要是有人去打探他的私生活，對這個以個人價值觀為議題的基督教政黨，會帶來無法承受的風險，黨總不能反對任命同性戀牧師，自己卻推舉同性戀首相，我相信這一點連墨內斯自己也明白。可是新政府名單出爐以後，媒體有一些反應，為什麼奧特樂．墨內斯不在其中？先前他辭選黨主席、讓位給首相先生的時候，大部分的評論者都把他看成第二號人物，至少也是第三、第四，所以現在疑問四起，他辭選黨主席時流傳的同性戀流言又傳了起來。我們當然知道有很多議員是同性戀，所以可能有人會問：有什麼好大驚小怪的？哪，這事有個有趣的地方，他除了是基督教民主黨員之外，還是首相的好朋友，他們是同學，甚至是睡同一間宿舍的室友。這件事媒體遲早會挖出來，雖然墨內斯不在內閣，事情還是對首相個人漸漸造成壓力，每個人都知道打從一開始，首相和墨內斯就一直是彼此在政壇最重要的支持者，說他這麼多年都不知道墨內斯的性傾向，誰會相信？還有那些選民，他們是因為黨對民事伴侶法這些墮落的現象採取明確立場，才支持首相，首相自己呢？用聖經的話說，是養蛇為患，這對建立信賴感有什麼幫助？目前為止首相個人的聲望一直是少數黨政府能持續下去的重要保證之一，他們最不需要的就是醜聞，所以他們顯然得盡快把墨內斯弄出國。他們決定駐外大使是最適合的職務，因為這樣你就不能指控首相把忠貞的老同志打入冷宮。他們就是在這個時間點找上我，我們動作很快，當時還沒有正式任命駐曼谷大使，而且這個職務可以把他送到夠遠的地方，讓媒體放他一馬。」

「耶穌基督。」過了一會哈利說。

「就是啊。」涂魯斯說。

「你知道他老婆有情夫嗎？」

涂魯斯低聲輕笑，「不知道，可是如果要我打賭她沒有，你可得給我很高的賠率才行。」

「為什麼？」

「第一，因為我假定同性戀丈夫對那種事會睜一隻眼、閉一隻眼。第二，部裡的文化似乎容易鼓勵婚外情，確實，有些婚外情會修得正果，走在外交部的走廊上，你很難不碰到前任配偶，或是新舊情人。外交部是出了名的近親繁殖溫床，我們比他媽的挪威廣播公司還要糟糕。」

涂魯斯繼續竊笑。

「那個情夫不是部裡的人。」哈利說，「有個挪威人算是這裡的地頭蛇，大牌外匯經紀商，名叫顏斯・卜瑞克。我一開始以為他跟大使女兒有關係，結果是跟希麗達・墨內斯。幾乎是大使一家人一搬到泰國他們就認識了，照那個女兒所說，他們的關係不是偶爾打打炮而已，其實是來真的，而且她認為他們遲早會同居。」

「這我第一次聽到。」

「至少給了那個老婆可能的動機。還有情夫。」

「因為墨內斯是阻礙？」

「不是，正好相反。照大使女兒說的，是希麗達・墨內斯不放她丈夫自由。他縮小他的政治野心之後，我猜婚姻帶來的偽裝效果也沒那麼重要了。希麗達一定是用女兒的探視權威脅他。通常不都這樣搞嗎？不，動機可能還要更加低劣，畢竟厄什塔有一半是墨內斯家族的。」

「沒錯。」

「我請犯罪特警隊去查了，看看有沒有遺囑，還有奧特樂有什麼家族股份之類的資產可以分。」

「好吧，這就不歸我管了，霍勒，可是你現在不是把事情弄得有點複雜嗎？也可以很單純就是哪個瘋子敲了大使的門、把他捅死。」

「或許吧。如果那個瘋子是挪威人，原則上要不要緊？」

「什麼意思？」

「真的瘋子不會捅了人以後毀掉犯罪現場所有有用的證據，他們會留下一連串謎題，讓我們可以玩警察抓壞人的遊戲。這個案子呢，我們有一把裝飾刀，就這樣。相信我，這是精心策畫的謀殺，下手的人不打算玩遊戲，只想辦完事、讓案子因為缺乏證據不了了之。但誰知道呢，也許你得瘋到那種程度才犯得下這種謀殺案，而目前為止我遇過跟本案相關的瘋子，都是挪威人。」

22

一月十四日，星期二

哈利終於找到夾在帕蓬街一巷兩家脫衣酒吧中間的入口。他爬上樓梯，進了半明半暗的房間，有架龐大的電風扇在天花板上懶懶地轉。哈利不自覺地低頭閃避巨大的扇葉；他已經有疤痕可以證明，門口和其他家庭建物不適合他的一九二身高。

希麗達．墨內斯坐在餐廳裡側的桌子，她的墨鏡原本是作隱藏身分之用，他卻覺得有吸引注意力的效果。

「我不喜歡米酒，」她說完，乾了一杯，「湄公米酒除外。幫你倒一杯好嗎，警察先生？」

哈利搖頭。她彈彈手指，把杯子斟滿。

「這裡的人認得我，」她說，「他們覺得我喝夠了，就不會再給我酒。而且通常到那時候我都喝夠了。」她笑得沙啞，「希望你不介意在這裡碰面，家裡現在……有點淒慘。這次約談的目的是什麼呢，警察先生？」

她一字一句清楚發音，就是習慣隱瞞自己喝過酒的人會有的樣子。

「我們剛剛得知妳跟顏斯．卜瑞克經常一同光顧瑪拉蒂姿旅館。」

「答對啦！」希麗達說，「終於有人認真幹活了，如果你去問這裡的服務生，他可以證實我跟卜瑞克先生也**經常**在這裡碰面，」她乾脆地說，「這裡又暗又沒人知道你是誰，從來沒有別的挪威人來，最重要的是，他們有全市最美味的**佈拉洛**（plaa lòt），你喜歡吃鰻魚嗎，霍勒？海鰻？」

霍勒想起他們在德勒巴克市郊拖上岸的那個男人，那時已經泡在海裡幾天，死白的臉看著他們，帶著孩童的驚訝表情──他的眼皮不知道被什麼東西吃掉了。不過引起他們注意的是鰻魚，魚尾巴從那人的嘴裡穿出來，激烈地擺動，像條銀色的鞭子。哈利還記得空氣裡的鹹味，所以一定是條海鰻。

「我祖父除了鰻魚幾乎什麼都不吃，」她說，「從戰爭正要開打前，一直到他去世為止。大口大口地塞，百吃不厭。」

「我還得到一些關於遺囑的資訊。」

「你知道他為什麼吃這麼多鰻魚嗎？啊，你當然不知道了。他是漁夫，可是這是戰前就開始的事，那時厄什塔的人不想吃鰻，你知道為什麼嗎？」

他看見她臉上一閃而過跟後院那時相同的痛苦神色。

「墨內斯太太──」

「我問你知不知道為什麼。」

哈利搖頭。

希麗達壓低聲音，一片長長的紅色指甲在桌布上敲著，每發出一個音節就敲一下，「就是呢，那年冬天有艘船沉了，那時是好天氣，離陸地也只有幾百公尺，可是實在太冷，船上九個人沒有一個生還。翻船的地方有一條海溝，一具屍體都沒找到。後來大家說峽灣裡來了很大一批鰻魚，他們說鰻魚會吃溺水者的屍體，你知道吧。很多死者在厄什塔有親戚，所以鰻魚的銷量大跌，大家不敢被人看到帶著裝了鰻魚的菜籃子回家。所以爺爺覺得把其他魚都賣掉、把鰻魚留下來自己吃，這樣很划算。土生土長的桑莫拉人啊，你知道的……」

她拿起杯子喝，然後放在桌子上。一圈深色印子在桌布上擴散開來。

「我想他大概愛上了，『他們才九個人，』爺爺說，『不可能夠這麼多鰻魚吃，我或許吃過一兩條以那些可憐人為食的，那又怎樣？反正我吃不出任何差別。』沒有差別！說得好哇！」

這句聽起來像什麼東西的回聲。

「你認為呢，霍勒？你認為鰻魚吃了那些人嗎？」

哈利搔搔耳後，「呃，有些人說鯖魚也會吃人肉，我不知道。牠們大概都會咬一口吧，我想，我是說魚。」

哈利讓她把酒喝完。

「我在奧斯陸的同事剛剛跟妳丈夫的商事律師談過——奧勒松市的畢永．哈爾戴。妳或許知道，一旦客戶死亡，而且律師認為資訊內容不會損害客戶名譽，就可以解除為客戶保密的義務。」

「我不知道。」

「好吧，畢永．哈爾戴什麼都不想說，所以我同事打電話給奧特樂的哥哥，可惜也問不出什麼。我同事提出某個假設的時候，他變得特別沉默；他假設奧特樂擁有的家族財產可能並不如許多人想像的多。」

「為什麼你會這樣想？」

「付不出七十五萬克朗賭債的人不一定是窮人，但絕對不是在兩億家財中分到一大筆、可以自由支配的人。」

「你從哪裡——」

「我同事打給布倫內松市的商業登記處，拿到墨內斯家具公司的數字。紀錄上的資本額當然比較少，不過他發現中小企業股票行情表有這家公司的名字，所以他打電話給一個經紀人，讓他算出股票的價值。母公司墨內斯控股公司有四個股東——三個兒子一個女兒，四個人都是墨內斯家具的董事，而且股權從老墨內斯手上轉移到控股公司以後，就再也沒有任何申報賣股的紀錄。所以除非妳丈夫把他在控股公司的股份賣給兄弟姊妹，他應該至少有……」哈利瞄了一眼筆記本，上面一字一句寫著他在電話中聽到的內容，「五千萬克朗。」

「他們很仔細嘛。」

「我剛剛說的話我自己懂的不到一半，我只知道意思是有人抓著妳丈夫的錢，我想知道為什麼。」

希麗達從杯口看著他，「你真的想知道？」

「為什麼不想？」

「我不確定派你來的人是不是想像過，得挖得這麼深去了解大使的……私生活。」

「我已經知道太多了，墨內斯太太。」

「你知道……？」

「知道。」

「到底……」

她停下來喝完她的湄公米酒。服務生走過來斟酒，但她揮手讓他走。

「如果你也知道週週進本地布道會的教堂，還有加入基督教民主黨，是墨內斯家族歷史悠久的傳統，剩下的你大概都懂了。」

「大概吧，可是妳能告訴我的話，我會很感謝。」

她打起顫來，好像到現在才嘗到米酒的辣味。

「是奧特樂他父親決定的。傳出他成為黨主席人選的風聲時，奧特樂把真相跟他父親說了。一星期以後他父親改了遺囑，上面說奧特樂分到的家族財產會在他的名下，但是處分權轉移給如娜，處分權會在如娜滿二十三歲的時候生效。」

「在那之前誰有權動用？」

「沒有人，就是說錢都留在家族企業裡。」

「現在妳丈夫去世了，會怎麼樣？」

「現在，」希麗達說著，伸出一隻手指繞著杯緣，「現在如娜會繼承所有的錢，處分權轉移到有親權的人身上，一直到她滿二十三歲為止。」

「所以，如果我的理解沒錯，意思就是現在錢已經轉讓出來了，隨妳支配。」

「看起來是，沒錯，到如娜二十三歲之前。」

「處分權到底可以帶來什麼？」

希麗達聳聳肩，「我真的還沒多想，我幾天前才剛知道，哈爾戴告訴我的。」

「所以這一項把處分權轉移給妳的條款，妳本來不知道？」

「可能有人提過吧，我簽過一些文件，可是實在複雜得要命，你不覺得嗎？反正我從來沒注意過。」

「沒有嗎？」哈利漫不經心地說，「妳不是說過土生土長的桑莫拉人……」

她露出慘澹的笑容，「我一直都不是個模範桑莫拉人。」

哈利仔細看著她，她是不是在假裝比實際情況醉得更厲害？他搔搔脖子。

「妳跟顏斯．卜瑞克認識多久了？」

「我們睡在一起多久了，你要問的是這個吧？」

「呃，這個也是。」

「那就把時間順序排一排吧，我看看……」希麗達皺起眉頭，斜眼看著天花板。她想用手托著下巴，可是手滑掉了，於是哈利知道自己錯了，她是真的醉得一塌糊塗。

「我們相識是在到曼谷以後兩天，奧特樂的到任派對上。派對八點開始，所有挪威僑民都受邀參加，地點是大使官邸前面的庭園。他在車庫上我，應該是開場兩三個小時之後吧，我想。我說**他**上我，是因為我到那個時候大概已經醉得太厲害，他沒有我的配合或是同意根本也沒差。不過下一次他就有了，還是再下一次？我忘了。反正，幾個回合之後，我們彼此就熟起來了。你問的是這個嗎？對，從那個時候開始我們繼續熟悉彼此，我們現在對彼此熟得很。這樣夠了嗎，警察先生？」

哈利被她惹惱了，也許是她故作無所謂、刻意自鄙的方式，總之，她沒給他任何理由繼續以禮相待。

「妳說妳丈夫死亡那天，妳人在家裡。從傍晚五點到妳聽到死訊的這段時間，妳確切的位置在哪裡？」

她發出刺耳的笑聲，像是烏鴉在寧靜的森林裡尖叫。哈利知道他們開始引人注目了，她有一度差點從椅子上掉下去，幸好又坐穩了。

「不要一副憂心忡忡的樣子嘛，警察先生，我有**不在場證明**哦，是不是這樣說？對，沒錯，非常好的不在場證明，我可以告訴你。我想我女兒會願意作證，證明那天晚上我不太有辦法動彈，我記得晚餐後打開一瓶琴酒，我猜我睡著了吧，醒過來，又喝，又睡著，又醒過來，等等。你懂的，我確定。」

哈利懂。

「還有什麼想問嗎，霍勒？」

她把他姓氏兩個字的母音都拉長了念，不是太長，但已經足夠激怒哈利。

「就問問妳是不是殺了妳丈夫，墨內斯太太。」

她以迅雷不及掩耳的靈活動作抓起酒杯，他還來不及制止，就感覺到杯子掠過耳朵，砸到身後的牆壁。

她扮了個鬼臉。

「像這樣你可能不會相信，可是我當年真的是厄什塔十四到十六歲女子組得分王。」她的語氣平靜穩定，彷彿已經把剛才的事拋在腦後。哈利看著那些轉向他們的驚慌臉孔。

「十六歲，真是久遠得可怕，我那時候是最漂亮的……嗯，我大概已經跟你講過，而且我還有曲線，不像現在。我跟一個女生朋友會故意不小心走進裁判的更衣室，身上只圍著小浴巾，說我們從淋浴間出來以後走錯門了。可是我想這樣對裁判沒多少影響，他們大概覺得奇怪，我們為什麼在比賽**之前**洗澡呢。」

她突然站起來大喊：「**厄什塔小子嘿，厄什塔小子嘿，厄什塔小子嘿，嘿，嘿！**」她一屁股跌回椅子上，餐廳早就一片安靜無聲。

「那是我們的隊呼，我們喊厄什塔小子，因為改成陰性詞尾的話音節搭不起來，對吧，節奏感都沒了啊。哎，誰知道呢，說不定我們只是愛現。」

哈利拉著她的手臂，扶她下樓梯。他把她的住址和一張五元美鈔給了計程車司機，要他確確實實把她送到家。司機大概聽不太懂哈利說的話，但是看起來明白他的意思。

最後他去了二巷的酒吧，靠近是隆路那一帶。吧臺幾乎空無一人，舞臺上有兩個 Go Go Bar 女孩還沒人買出場，顯然也沒什麼指望，她們現在隨著〈淚眼蘇珊娜〉（*When Susannah Cries*）的旋律盡責地搖腿晃乳，但看起來簡直像在洗碗。哈利不確定自己覺得哪一種比較悲哀。

有人在他面前放下一杯他沒點過的啤酒。他一滴也沒沾，付了酒錢，就到男廁旁邊用投幣電話打回警局。他沒看見女廁的門。

23

一月十四日，星期二

微風吹過他的平頭。哈利站在屋頂的磚造突緣，這裡可以眺望城市。把眼睛瞇起來，眼前就好像一片閃閃爍爍的燈海。

「下來，」他背後有個聲音說，「你害我很緊張。」

麗姿坐在折疊躺椅上，手裡拿著一罐啤酒。剛才哈利去了局裡，發現她被埋在一堆又一堆待閱的報告底下；那時將近午夜，她同意是該下班了。她鎖上辦公室，兩人搭了電梯到十二樓，發現原來往屋頂的門夜裡會關上，於是他們爬出窗戶，拉下防火梯，攀到屋頂上。

霧笛的鳴響穿透撲天蓋地的車聲，傳入耳裡。

「你聽到了嗎？」麗姿說，「小時候我父親常常說，在曼谷可以聽見害怕乘船的大象彼此呼喊的聲音。大象是從馬來西亞來的，因為婆羅洲的森林被砍伐了，牠們被船隻送往泰北，一路鏈在甲板上。我來這裡以後，有好長一段時間都以為那是大象從鼻子吹出來的聲音。」

回音停了。

「墨內斯太太有動機，但是夠大嗎？」哈利一邊說，一邊跳下來，「妳會為了六年的五千萬克朗處分權殺人嗎？」

「看要殺誰囉，」麗姿說，「有一兩個我認識的人，我會願意為了更少的代價殺掉。」

「我是說，六年五千萬克朗，跟六十年五百萬克朗，一樣嗎？」

「非也。」

「就是。可惡！」

「你希望是她嗎，是墨內斯太太？」

「我跟妳說我希望什麼。我希望我們找到那個該死的凶手，我就可以回家。」

麗姿打了個響嗝，令人印象深刻。她點點頭表示認同，然後放下啤酒罐。

「可憐的女兒。叫作如娜，對嗎？」

「她是個頑強的孩子。」

「你確定？」

他聳聳肩，往天空舉起一隻手臂。

「你在做什麼？」她問。

「思考。」

「我是說你的手，在幹嘛？」

「能量。我在收集下面所有人的能量，這樣可以得到永生。妳相信這種事嗎？」

「我十六歲就不相信永生了，哈利。」

哈利轉身，但是在這夜裡看不見她的臉。

「因為妳父親？」

他看得見她有稜有角的頭點了點。

「對。我爸他把世界扛在他的肩膀上。可惜太沉了。」

「他是怎……」他陷入沉默。

有個東西嘎吱嘎吱響，是她在壓扁啤酒罐。

「不過是又一個越戰老兵的悲傷故事罷了，哈利。我們在車庫發現他，全身軍禮服，軍用步槍擺在身邊。他寫了一封長信，不是給我們，是給美國陸軍，信上說他只要想到自己逃避了責任，就無法忍受，一九七三年他站在西貢美國大使館屋頂上正要起飛的直升機門口，就知道自己在卸責了；那時他看著絕望的南越人為了逃離進逼的軍隊而湧進大使館，他說自己和那些用槍托阻擋民眾的警察一樣有責任——還有每一個曾經保證贏得戰爭、保證帶來民主的人。身為軍官，對於美軍決定犧牲和他們並肩作戰的越南人，以自身撤退為優先，他認為自己同樣有責。我爸把他的汗馬功勞獻給越南人，後悔自己沒能履行職責。最後，他向我和我媽道別，說我們應該想辦法盡快忘了他。」

哈利有一股抽菸的衝動。

「他扛的責任真多。」他說。

「是啊，但我猜為死人負責比為活人負責容易。我們其他這些人就得照顧他們，哈利，照顧活著的人；畢竟，就是這種責任驅使我們前進。」

責任。如果說過去一年有一件東西是他努力掩埋的，那就是責任了，無論是為活人或死人、為自己或別人負的責任。

責任只會帶來罪惡感，而且反正從來沒有回報。不，他看不到責任怎麼驅使他前進。或許涂魯斯說的對，或許他想伸張正義的動機根本沒那麼高貴，或許只是愚蠢的抱負讓他阻止他們擱置這案子，讓他這麼急著逮到一個人，是誰都好，只要能讓他找到確鑿的證據、在檔案蓋上「已偵破」的章就好。

他從澳洲回來以後的那些新聞頭條和交口稱讚，真的像他想要相信的那麼沒有意義嗎？說自己踩過千軍萬馬也要重新調查小妹的案子，會不會根本只是個藉口？因為**成功**對自己已經變得這麼、這麼重要。

有一秒的時間萬籟俱寂，彷彿曼谷正在吸氣，然後同樣的霧笛聲再次劃破天際。一聲悲鳴。聽起來像一隻寂寞非常的大象，哈利心想。然後車子喇叭又開始此起彼落。

他回到公寓，門口踏墊上擺了一張紙條，我在游泳池。如娜。

哈利注意過電梯按鈕數字6旁邊有「泳池」兩個字。他到了六樓走出電梯，果然可以聞到氯的味道。轉角有個露天游泳池，兩側有露臺。月光下池水波光輕柔，他在池邊蹲下，伸出一隻手。

「妳在這裡像在家一樣啊，是不是？」

如娜沒回答，只是踢水，從他面前游過，然後潛入水下。她的衣服和義肢在躺椅旁堆成一堆。

「妳知道現在幾點了嗎？」他問。

她從底下浮出，伸手繞著他的脖子就開始踢水。他猝不及防，一個不穩就隨她滑入水中，雙手摸到赤裸光滑的皮膚。他們沒出聲，就只是撥水，像撥開又沉又暖的羽絨被，然後陷進去。他的耳裡冒出泡泡，讓他發癢，頭感覺像在膨脹。他們到了池底，他雙腳一蹬，把他們帶上水面。

「妳瘋了！」他邊吐水邊說。

她咯咯地笑，迅速划水游開。

她離開泳池的時候他一身濕答答躺在池邊。他睜開眼睛的時候，她拿著泳池的撈網正在抓一隻浮在水面的大蜻蜓。

「奇蹟出現，」哈利說，「我本來已經相信唯一在這個城市活下來的昆蟲是蟑螂。」

「有些好蟲永遠活得下來。」她小心翼翼地舉起網子，然後放走蜻蜓。牠飛越泳池，發出低頻的嗡嗡聲。

「蟑螂不好嗎？」

「噁，蟑螂噁心死了！」

「噁心不一定就是壞。」

「可能吧，但我不覺得牠們是好蟲，感覺牠們就是**在那裡**而已。」

「牠們就是**在那裡**。」哈利重複她的話，不是故意諷刺，比較像是沉思。

「牠們天生就長那個樣子，讓我們想一腳踩下去的樣子。要是牠們數量沒這麼龐大的話。」

「有趣的理論。」

「你聽，」她輕聲說，「每個人都睡著了。」

「曼谷從來不睡。」

「會，曼谷會。你聽，是睡覺的聲音。」

撈網接在中空的鋁管上，她正吹著管子。聽起來像澳洲原住民的樂器迪吉里杜管。他留神聽。她說的沒錯。

她跟著他下樓，借浴室沖澡。

她圍著浴巾從他的浴室出來，他已經站在走廊，按了電梯。

「妳的衣服放在床上。」他說著，關上公寓的門。

之後他們站在走廊裡等電梯，門上方的紅色數字開始倒數。

「你什麼時候走？」她問。

「很快，如果沒有新的狀況出現。」

「我知道今天晚上你見過我媽。」

哈利把雙手插進口袋裡，看著自己的腳指甲。她說過他的腳指甲該剪了。電梯門打開，他站到門口。

「妳母親說妳父親死的那晚她人在家裡，還說妳可以作證。」

她嘆氣，「說真的，你想要我回答嗎？」

「也許不想。」他說。他後退一步，他們看著彼此，等著電梯門關上。

「妳想是誰幹的？」他終於問。
門關上的時候她還在看著他。

24

一月十五日，星期三

吉米．罕醉克斯的〈環顧守望臺〉（*All Along the Watchtower*）吉他獨奏播到一半，音樂戛然而止，吉姆．拉孚嚇得彈起來，這才發現有人拿走他的耳機。

他在椅子上轉身，一個防晒絕對做得有點隨便的高大金髮男高高矗立，擠在這間狹窄的停車場管理亭裡，一半臉被品質可疑的飛行員墨鏡遮住。吉姆對這種東西很有眼光，他自己那副就花了他一週的薪水。

「哈囉，」高個子說，「我問你會不會說英語。」

那男的說話口音模糊難辨，吉姆用布魯克林口音回答。

「反正說得比泰語好。有什麼事嗎？要去哪一家公司？」

「今天不去什麼公司，我想跟你聊聊。」

「跟我？你不是保全公司的督察吧？隨身聽的事我——」

「不是，我不是，我是警察，名叫霍勒。這位是我同事阿諾……」

哈利讓到一邊，吉姆看見他身後有個泰國男人站在門口，標準海軍平頭，身穿剛熨過的白襯衫。也就是說吉姆一刻也不懷疑他手上警徽的真偽。他瞇起一隻眼睛。

「警察啊？你們找同一家理髮店嗎？有沒有想過換個髮型？像這樣？」吉姆指指自己的拖把頭。

高個子笑了，「看起來八〇年代復古髮型還沒流行到警局裡，不用了。」

「八〇什麼？」

「有沒有人可以替你一下，讓我們可以聊聊？」

吉姆說他四年前跟幾個朋友來泰國度假，租了摩托車北上，在泰寮邊境的湄公河邊，其中一個人一時膽大包天，買了一些鴉片放在背包裡。回程他們被警察攔檢搜身，就在泰國偏僻地方一條塵土漫天的鄉間道路上，他們突然發現自己的朋友要進牢裡，關上長得不可思議的時間。

「根據法律，他們操他媽的可以處死走私毒品的人欸，你知道嗎？我們這三個清白的就想到，幹，我們也慘了，共犯什麼的。靠，我是說，我是美國黑人嘛，我看起來還真不像走私毒販，是不是啊？我們求了又求，完全沒用，求到後來，其中一個警察說可以改成罰款，所以我們把身上全部的錢湊一湊，他們把鴉片沒收以後，就放我們走了。我們他媽的走運啊。問題是回美國的機票錢都給他們了，對吧？所以……」

吉姆口沫橫飛，連說帶比，描述一件事如何引發另一件事。他說他做過美國遊客的導遊，後來居留權出問題，只好躲起來，讓一個認識的泰國女生照顧。來來回回一陣子之後，他拿到了居留權，因為找到停車場管理員的工作；外國客聚集的大樓需要會講英語的人。

吉姆滔滔不絕，最後哈利不得不讓他住嘴。

「慘了，希望你的泰國朋友不會講英語，」吉姆緊張地瞄了阿諾一眼，「我們在泰北賄賂的那些人——」

「放輕鬆，吉姆，我們來是要問別的事情。一月七日應該有一輛掛使節車牌的深藍色賓士來過，大約四點，有印象嗎？」

吉姆爆出笑聲，「老兄，你問我那時候在聽哪一首吉米．罕醉克斯，說不定我還可以回答你，可是這裡進進出出的車子……」他噘起嘴脣。

「我們上次進來的時候拿了停車卡，你不能查一查嗎？登記編號什麼的？」

吉姆搖搖頭，「我們不管那個的。大部分停車場都有監視器，有事的話，事後再查畫面就好了。」

「事後？你是說你們會錄下來嗎？」

「當然啊。」

「我沒看到監控螢幕。」

「因為這裡沒有啊。停車場有六層樓，對吧，所以我們不可能坐在這裡全部監控。靠，大部分的歹徒看到攝影鏡頭就溜之大吉了，對吧？這樣目的就達到一半了。再來，如果有人笨到溜進來偷車，我們也全都錄下來啦，可以交給你們。」

「錄影帶保存多久？」

「十天。到這個時候大部分的人都知道車裡有東西不見了吧。過了十天我們就把帶子拿來重複錄製。」

「意思是你還有一月七日下午四點到五點的帶子？」

吉姆抬眼看了看牆上的月曆，「沒錯。」

他們走下一座樓梯，進了濕熱的地下室。吉姆點亮唯一的一顆燈泡，打開牆邊鐵櫃的鎖。錄影帶一疊一疊整齊堆著。

「要查整個停車場的話，有一大堆帶子要看哦。」

「訪客停車區就夠了。」哈利說。

吉姆沿著架子找，顯然每一部攝影機都有自己的架子，日期用鉛筆寫在標籤上。吉姆拿出一捲卡帶。

「賓果。」

他打開另一個櫥子，裡面有放影機和螢幕。放進卡帶後，過了幾秒鐘，螢幕上出現黑白影像，哈利立刻認出那些訪客停車格，這段錄影顯然來自他上次造訪時看見的同一部攝影機。螢幕底部的一排數字顯示出日期、月份和時間。他們快轉到十五點五十分，不見大使的車。他們等著，好像在看定格畫面，什麼事都沒發生。

「我們快轉吧。」吉姆說。

除了角落顯示的時間快速前進之外，沒有任何差別。十七點十五分，兩部車快駛而過，在水泥地上留下水痕。十七點四十分，他們看得出來水痕變乾、慢慢消失，但還是沒有大使那輛賓士的蹤影。時間顯示十七點五十的時候，哈利叫吉姆關掉放影機。

「訪客停車位應該有一輛大使館的車才對。」哈利說。

「抱歉啦，」吉米說，「看來有人給了你錯的資訊。」

「有可能停在別的地方嗎？」

「當然囉。不過只要是沒有固定車位的車，都得經過這一部攝影機，我們剛才一定會看到。」

「我們要看別的影片。」哈利說。

「哦好，哪個？」

阿諾掏了掏口袋，「你知道這個車牌的車停在哪裡嗎？」他把一張紙條遞過去。吉姆盯著他看，一臉懷疑。

「靠，老兄，你會講英語嘛。」

「是紅色的保時捷。」

吉姆把紙條遞回去。「不必查，固定顧客沒有人開紅色保時捷。」

「Faen!（**見鬼了！**）」哈利說。

「你說啥？」吉姆咧著嘴笑。

「你不會想學的挪威話。」

他們走回陽光下。

「我可以便宜幫你弄到一副不錯的。」吉拇指指哈利的墨鏡說。

「不用了，謝謝。」

「還需要什麼別的嗎？」吉姆眨眨眼，笑了出來。他已經開始彈指，大概等著繼續聽他的隨身聽。

「嘿，警察先生！」他們離開的時候聽見他大喊，哈利轉身。「Fa—en!」

他們走回去開車，一路上都可以聽見他的笑聲。

「所以我們現在知道什麼？」麗姿一邊問，一邊把兩隻腳擱到桌上。

「我們知道卜瑞克說謊，」哈利說，「他說他們會面之後，他送大使下樓，到地下停車場他停車的地方。」

「這件事他為什麼要說謊？」

「電話上大使說他想確認是不是四點碰面。大使到過那間辦公室，這點沒有問題，我們跟接待員問過，她證實了。她還證實他們是一起離開辦公室，因為卜瑞克突然走過來託她傳話。她還記得，因為那時差不多五點，她正準備回家。」

「幸好還有人記得事情。」

「可是之後卜瑞克和大使做了什麼，我們並不知道。」

「車子在哪裡？我看他不太可能冒險停在曼谷那一區的大街上。」

「他們可能本來就說好要去別的地方，所以大使找人看著車子，他自己去接卜瑞克下樓。」阿諾提出假設。

朗山清清喉嚨，把報紙翻頁。

「在遍地都是小偷小賊等著這種機會的地方？」

「對，你說的對，」麗姿說，「但是他沒停在地下停車場，這點還是很奇怪，停在那裡最簡單、最方便，他根本可以直接停在電梯口。」

她的小指在耳朵裡繞圈，表情突然亮了起來。

「我們做這些到底是在查什麼？」她問。

哈利兩手一攤，「我本來希望可以證明那天五點卜瑞克跟大使離開以後，就沒再回過辦公室，而是坐大使的車子走了，而且可以從監視影片看出他的保時捷整晚停在停車場。但是我沒考慮到卜瑞克可能沒開他的車上班。」

「現在先不管車子，」麗姿說，「我們確實知道一件事，就是卜瑞克說謊，那麼接下來怎麼辦？」她彈一彈朗山的報紙。

「查不在場證明。」後面傳出聲音說。

25

一月十六日，星期四

人對於被捕的反應各不相同，版本之多，與無法預測的程度不相上下。

哈利認為自己已經看過大多數的版本，所以看著顏斯・卜瑞克那張晒黑的臉變得灰白，眼睛像獵物一樣胡亂游移，他並不特別驚訝。肢體語言會改變，就算是量身訂做的亞曼尼也會變得不再合身。顏斯把頭抬得高高的，但是整個人看起來好像縮小了。

顏斯不是被捕，只是被帶進來問話，但是他從來不曾被兩個武裝警察夾著，連問聲方便與否都沒有就把他帶走，所以對他來說，兩者之間的差別只是理論上不同。

哈利在偵訊室一看見顏斯，「眼前這個人做得到持刀冷血殺人」這種想法立刻變得荒誕不稽。話說回來，他以前也這樣想過，結果看走眼了。

「我們可能得用英語進行，」哈利在他對面坐下來說，「要錄音。」他指著他們面前的麥克風。

「了解。」顏斯想要微笑，看起來卻像有鐵勾拉開他的嘴角。

「我是經過一番爭取，才能主持這次的問話，」哈利說，「因為要錄音，嚴格來說，應該由泰國警察進行。不過因為你是挪威國民，局長說沒關係。」

「謝謝。」

「呃，我不確定有多少可以讓你謝的。你已經知道你有權聯絡律師，對吧？」

「知道。」

哈利本來要問他為什麼沒有接受，後來忍住了，沒道理給他另一個仔細思考的機會。他從泰國司法系統學到的，就是泰國系統跟挪威相當類似，所以他也沒有理由認為兩國的律師會有多大差別；也就是說，他們會做的第一件事就是箝住客戶的嘴。反正該遵守的法規已經遵守了，現在是時候幹活。

哈利打個手勢，示意可以開始錄音。阿諾進來，對著帶子念了一些當作錄音帶前言的固定內容後就出去了。

「你和死者奧特樂．墨內斯的妻子希麗達．墨內斯現在確實是情人關係嗎？」

「什麼？」隔著桌子，兩隻激動的眼睛睜大了看著他。

「我跟墨內斯太太談過了，我建議你說實話。」

一陣停頓。

「是。」

「請大聲一點。」

「是！」

「關係持續多久了？」

「我不知道，很久。」

「從十八個月前大使的到任派對開始嗎？」

「呃……」

「呃？」

「對，我想沒錯。」

「你知道墨內斯太太如果死了丈夫，就可以得到一大筆財產的處分權嗎？」

「財產？」

「我口齒不清嗎？」

顏斯倒抽一口氣，發出海灘球破了洞的聲音。「我現在才聽說，我印象中他們的資金很有限。」

「真的嗎？上次我跟你談話，你告訴我七號那天你和墨內斯在你的辦公室談的是投資，而且我們知道墨內斯欠了一大筆錢，這我兜不起來。」

又是一陣沉默。顏斯欲言又止。

「我說謊了。」最後他說。

「你現在還有一個機會告訴我實話。」

「他來找我討論我跟希麗達……跟他太太的關係，他要我們結束。」

「應該不是不合理的要求？」

顏斯聳聳肩，「我不知道你對奧特樂．墨內斯了解多少。」

「假設我們什麼都不了解吧。」

「我這樣說好了，他的性傾向讓他不太適合婚姻。」

他抬頭瞄了一眼，哈利點頭讓他繼續說。

「他一心要我跟希麗達停止見面，動機不是嫉妒，而是因為挪威那裡似乎已經出現流言蜚語，他說如果這段關係公開了，會火上加油，最後受傷的不只是他，還有其他位居要津的人會承受不該承受的傷害。」

我想追問，但他不肯再多講。」

「他拿什麼威脅你？」

「威脅？什麼意思？」

「他總不會只是說：麻煩你，請你不要再見那個我猜你心裡愛著的女人了。」

「對，他是這樣沒錯。甚至他就是用了那個詞吧。」

「哪個詞？」

「麻煩你。」顏斯兩手交握，放在面前桌上。「他是個怪人，竟然說『麻煩你』。」他有氣無力地笑了一下。

「是，我想你在你那一行不常聽到這個詞吧。」

「我想你那一行也沒有吧。」

哈利盯著他，但是顏斯的眼睛裡沒有挑釁的意味。

「你答應了什麼？」

「什麼都沒答應，我說我會想一想。我還能說什麼？那個人都快掉眼淚了。」

「你考慮斷了關係嗎？」

顏斯皺起眉毛，好像這想法很新鮮。

「不會，我……嗯，要我不再見她太困難了。」

「你說會面後你陪大使下去地下停車場，他的賓士停在那裡；你現在要不要改變這個說法？」

「不要……」顏斯驚訝地說。

「我們查過當天下午三點五十到五點十五之間的監視錄影帶，大使的賓士沒停在訪客停車區。你要改變你的說法嗎？」

「改變……？」顏斯不可置信地看著他，「天哪老兄，我不改，我出電梯就看到他的車，我們兩個一定都在錄影帶上，我甚至記得他上車之前我們還講了幾句話，我答應大使不會跟希麗達說我們談過。」

「我們可以證明事實不是這樣。最後再問你一次：你要不要改變你的說法？」

「不要！」

哈利從他的聲音聽得出剛開始偵訊時沒有的堅定。

「照你堅持的說法，你陪大使下去停車場以後，接著做了什麼？」

顏斯說自己回辦公室寫一份公司分析報告，一直坐在那裡，到大約午夜才坐計程車回家。哈利問這段期間有沒有人進來，或是打電話給他，但顏斯說沒有密碼誰都進不了他的辦公室，而且他為了安靜工作擋掉了來電，他寫報告的時候向來如此。

「沒有人能幫你提供不在場證明嗎？例如看到你回家？」

「阿班，我家的門房，他可能還記得。反正如果我穿著西裝很晚回家，他通常會注意到。」

「門房看到你在午夜回家，就這樣？」

顏斯仔細想了想，「恐怕就是這樣。」

「好，」哈利說，「接下來會有別人接手。你要喝什麼嗎？咖啡，水？」

「不用，謝謝。」

哈利起身離開。

「哈利？」

他轉身，「你最好叫我霍勒，或警察先生。」

「了解。我有麻煩了嗎？」他用挪威語說。

哈利瞇起眼睛，顏斯一副淒慘模樣，整個人像布袋一樣萎靡癱軟。

「我想如果我是你，會打電話給律師。」

「我懂了，謝謝。」

哈利在門口停下腳步，「順便問一下，你答應大使的事，做到了嗎？」

顏斯露出類似抱歉的笑容，「好蠢，我當然打算告訴希麗達呀，我是說，我非講不可。可是我知道他死了以後就……好吧，他是個怪人，我不知道為什麼就是覺得應該信守承諾，雖然一點實際的意義都沒有了。」

「等等，我把你的聲音放出來。」

「喂？」

「我們聽得到，哈利。你說吧。」

犯罪特警隊的畢悠納．莫勒，外交部的達格芬．涂魯斯，還有奧斯陸警察局局長，三個人聽了哈利的電話報告，從頭到尾沒有打斷他。

之後涂魯斯開口了。

「所以我們現在拘留了一個挪威人，懷疑他是殺人凶手。問題是：這件事我們能瞞多久？」

警察局長清清喉嚨，「目前謀殺案還沒公開，我想我們還有幾天時間，尤其是你手上沒有多少卜瑞克的把柄，頂多一條不實陳述和一個動機，如果你最後還是得放他走，可能最好還是不要讓任何人知道逮捕的事。」

「哈利，聽得到嗎？」說話的是莫勒，他聽到一些模糊的聲音，就當作哈利默認了，「這傢伙有罪嗎，哈利？是他幹的嗎？」

有一些雜音，於是莫勒拿起警察局長的話筒。

「你說什麼，哈利？你……？喔。好吧，我們這裡會討論討論，再跟你聯絡。」

莫勒掛了電話。

「他說什麼？」

「他不知道。」

哈利到家已經晚了，柏雪鴻客滿，所以他在帕蓬街四巷的一家餐廳吃了飯，那條街都是同志酒吧。吃主菜的時候，有個男的過來他這桌，客氣地問他要不要幫他打手槍，哈利搖頭以後，對方就知趣離開。

哈利在六樓出電梯，四下無人，游泳池周圍沒亮燈。他脫掉衣服，跳進水裡，水給了他清涼的擁抱。他游了幾段，感覺水的阻力。如娜說過沒有一模一樣的游泳池，所有的水都有自己的特色，自己的濃度、氣味和顏色。她說過，這座泳池是香草，又甜又黏稠。

他吸氣，但是只聞到氯氣和曼谷。他仰著漂浮，閉上眼睛，在水裡他的呼吸聲讓他感覺被封閉在小房間裡。他打開眼睛，對面翼樓的一間公寓有盞燈滅了，群星之間一架人造衛星緩緩移動，一部消音器故障的摩托車正在努力發動上路。然後他的目光回到那間公寓，又算了一次樓層。他吞到了池水。滅了燈的是他的公寓。

哈利在幾秒之內就離開泳池穿上褲子，四下探看卻找不到可以當武器用的東西。他抓起靠在牆邊的泳池撈網，跑到幾公尺外的電梯口按下按鈕。門打開了，他踏進去，注意到一股微微的咖哩味。接著他的人生好像跳了一秒一樣，等到他清醒過來，已經仰躺在冰涼的石砌走廊地板上。幸好那一拳他是挨在額頭上，可是現在有一個龐然大物站在他上方，哈利馬上知道形勢對自己不利。

他用撈網敲中對方下半段大腿，可惜那根很輕的鋁管沒什麼作用。他努力躲開了第一腳，搖搖晃晃地爬起來，用雙膝撐著地，可是第二腳踢中他的肩膀，讓他滾了半圈。他的背發疼，不過腎上腺素開始助陣，隨著一聲痛吼他站了起來，在開敞電梯的燈光下，看見一條馬尾在一顆光頭上搖擺，但這時一記拳頭揮過來，擊中他的眼睛上方，把他往泳池的方向打回去。

那個身影跟過來，哈利假裝揮出左手，卻用右手往他認為是臉的位置打了一拳，感覺好像在搥花崗岩，對自己的傷害反而比較重。哈利往後退，把頭偏向一邊，感覺到一陣氣流和恐懼攫住他的胸口。他在皮帶上摸來摸去，找到了手銬，拿下來以後，把手指穿進去。等到那個壯漢靠近，他冒險假設不會有上勾拳迎面而來，快快低頭揮拳出擊。他的臀部一轉，跟著是肩膀，然後整個身體，在黑暗中狂怒絕望地送出套著手銬的指關節；嘎吱一聲擊中了骨和肉，有個東西軟了下來。他再次揮擊，可以感覺到手銬咬進皮膚裡。指間的血又熱又黏，他不知道是自己的還是對方的，但是他再次舉起拳頭揮出去，那人竟然還站得直挺挺，讓他大吃一驚。接著他聽見那個低沉嘶啞的笑聲，然後彷彿一整列火車載的混凝土掉到他頭上，黑暗變得更黑，上下也不再有分別。

26

一月十六日，星期四

水讓哈利醒了過來，他出於本能吸了氣，下一個瞬間他就被拖到底下去了。他奮力抵抗，但是沒有任何作用。某個鎖住的東西發出金屬喀答聲，在水裡音量聽起來更大；接著抓著他的那隻手臂就鬆開了。他睜開眼睛，周圍一片綠松石藍，而且他感覺到身下有瓷磚。他蹬腳，可是手腕被猛地一扯，於是他知道了大腦一直想解釋但自己拒絕接受的事實——他要淹死了。吳用他的手銬把他銬在泳池底部的排水口了。

他往上看，月光濾過水照在他身上。他把另一隻行動自由的手伸出去，一伸就伸出了水面，可惡，泳池的這一段才一公尺深！哈利蹲下，然後站起來，盡全力拉長身體。手銬都咬進他的大拇指了，他的嘴巴還是在水面下二十公分。他注意到泳池邊緣有個影子漸行漸遠，該死！不要慌張，他心裡想著，慌張會消耗氧氣。

他沉到池底，用手指檢查格柵。格柵是鋼條做的，牢牢固定住了，兩隻手都去拉還是一動也不動。他能閉氣多久？一分鐘？兩分鐘？他全身的肌肉都在痛，太陽穴陣陣抽動，眼前有紅色的星星飛舞。他用力拉扯，想把自己扯開。恐懼讓他口乾舌燥，腦海裡開始出現自知是幻覺的影像；燃料太少，水太少。一個荒謬的念頭襲來：如果盡量喝水，說不定水面會下降到他能吸到空氣的程度。他把自由的那隻手往池壁敲，自己也知道沒人聽得見，因為就算水底下的世界安靜無聲，水面上曼谷大都市的喧囂還是絲毫未減，把其他聲音都淹沒了。而且有人聽到又怎麼樣？他們能做的只是陪著他，看著他斷氣。一股燒灼的熱氣集中在頭部，他準備好體會所有溺水的人遲早都要體會到的：吸水入肺。

他那隻自由的手摸到金屬——是泳池的撈網，就在泳池的邊上。哈利一把抓住拉過來。如娜把它當成迪吉里杜管吹過。它是中空的，有空氣。他含住鋁管的尾端，開始吸氣。他的嘴裡進了水，吞下去以後差一點窒息。他又嘗到舌頭上有昆蟲乾屍，為了抵抗反射性的咳嗽，只好咬住管子。為什麼氧氣叫做oxygen？希臘字根oxys的意思是酸，但氧氣不酸哪，氧氣是甜的，即使在曼谷，空氣還是甜得像蜂蜜。他把管壁掉下來的鋁渣和卡在痰裡的沙子都吸進肺裡，但他沒注意到這些，只是一股腦地吸氣、吐氣，好像剛剛跑完馬拉松。

大腦恢復運作了，所以他才會知道自己不過是延緩了必然的下場。他血液裡的氧氣正在轉換成二氧化碳，也就是身體排出的廢氣，可是管子太長，他沒辦法完全排出氮氣，也就是說，他正在吸入回收的空氣，一吸再吸，吸入愈來愈少的氧氣和愈來愈多的致命二氧化碳。這種二氧化碳過量的狀況稱為高碳酸血症，他很快就會因此而死；事實上，因為他呼吸太快，已經加速了這個過程。再過一會他會變得昏昏欲睡，大腦對吸氣失去興趣，他呼吸的次數會愈來愈少，最後完全停止。

好寂寞啊，哈利暗忖。自己被鏈著，像那些河船上的大象。想到大象，他使盡全力吹了管子。

安娜·費爾克已經在曼谷住了三年，她丈夫是殼牌石油泰國辦公室的執行長。他們沒有小孩，不快樂的程度中等，並且還會再忍受彼此幾年。之後她會搬回荷蘭，完成學業，找下一個老公。她純粹是出於無聊去申請了「帝國」的教學志工，而且意外得到了這份工作。「帝國」是充滿理想的教育計畫，以曼谷賣春女性為對象，主要以英語進行。安娜·費爾克教她們在酒吧需要用上的英語，她們就是為了這個來的。這些害羞的微笑少女各自坐在桌子後面，咯咯地笑著，聽著她要她們複誦：「幫你點菸好嗎，先生？」或「我是處女，先生你好帥哦，要不要喝一杯？」

今天其中一個女孩穿著新的紅色洋裝，顯然她為這件衣服得意得很，她在羅賓森百貨公司買的，她對班上同學解釋，說著結結巴巴的英語。有時候她真是難以想像，這些女孩就在曼谷幾個治安最差的地區做著賣淫的工作。

安娜和大多數荷蘭人一樣英語流利，每週也給其中幾位老師上一次課。她在六樓出了電梯，這天晚上特別辛苦，為了教學方法跟人起了許多爭執，她正渴望進她那間六十坪大的公寓踢掉鞋子，這時卻聽見一個粗啞像喇叭的怪聲。一開始她以為是河上傳來的聲音，後來才想到，聲音來自游泳池。她找到電燈開關，花了幾秒鐘才理解眼前「有個男人在水底，泳池撈網豎在水中」是什麼意思。於是她跑了起來。

哈利看見燈亮了，看見泳池邊的人影，然後人影跑了。看起來像女人。她慌了嗎？哈利已經注意到高碳酸血症的初期徵兆，理論上應該是接近愉快的感覺，好像在麻醉下不知不覺睡著，但他只感覺到恐懼在血管裡像冰河水一樣流動。他強迫自己集中心神，冷靜呼吸，不要太多，不要太少，可是思考漸漸變成了挑戰。

因此，他沒注意到水位正在下降；那個女人跳進池裡、把他抬到水面上時，他深信是天使下凡來搭救。

第四部

27

一月十七日，星期五

這一夜剩下的時間大部分就是頭痛。哈利坐在公寓的椅子裡，來了一個醫生，替他抽了血，說他運氣好，好像他要人家講了才會知道似的。稍後麗姿坐在他旁邊，記下事情經過。

「他到公寓裡做什麼？」她問。

「不知道。嚇我吧，大概。」

「他有沒有拿走什麼東西？」

他四下瞥了一瞥，「牙刷還在浴室的話，就沒有。」

「真搞笑。你身體怎麼樣？」

「像宿醉。」

「我們正展開立即調查。」

「算了，妳回去睡幾個小時吧。」

「你突然就開心起來啦。」

「演技不錯，對吧。」他用兩隻手揉揉臉。

「這不是開玩笑的，哈利，你知道你二氧化碳中毒嗎？」

「照醫生的說法，不會比一般曼谷市民嚴重。我說真的，麗姿，回家吧，我現在沒力氣再跟妳講下去，我明天就沒事了。」

「你明天請假。」

「遵命。快走吧。」

哈利已經吞了醫生給的藥丸，一夜無夢，一直到接近中午麗姿打來問候才醒。他嘟噥幾聲當作回答。

「我今天不想看到你。」她說。

「我也愛妳。」他說完掛了電話，起身穿衣。

一年中最熱的一天，警局裡每個人都在唉聲嘆氣，就連麗姿辦公室的空調也撐不住。哈利的鼻子已經開始脫皮，他看起來和紅鼻子小鹿可堪比擬。第三瓶一公升的水他已經喝了一半。

「如果這樣算冬季，那──」

「好啦，哈利。」看起來麗姿不認為討論會讓高溫更容易忍受，「吳怎麼樣了，阿諾？有線索嗎？」

「沒有，我去泰印旅人跟索仁森先生好好談過，他說不知道吳在哪裡，他已經不是旅行社雇的人了。」

麗姿嘆口氣，「我們也不知道他在哈利的公寓做了什麼。太好了。顏斯・卜瑞克呢？」

舜通已經找到顏斯住處的門房，事實上，他還記得那個挪威人當天晚上過了午夜才回家，但他說不出具體的時間。

麗姿告訴他們鑑識組已經開始搜索顏斯的辦公室和公寓。他們會特別檢查他的衣物鞋子，看看能不能找到什麼；血跡、毛髮、纖維，能把顏斯跟被害人或犯罪現場連結起來的，什麼都好。

「另外，」朗山說，「我有一兩件事要說，關於墨內斯公事包裡的照片。」

他把三張照片固定到門邊的板子上，雖然那些影像已經在哈利的腦袋裡轉了很久，不再像初見那樣讓人驚嚇，但他還是感到一陣反胃。

「我們把照片送到風化組，看他們有什麼想法，但他們沒辦法把這些跟任何已知的兒童色情照散布者連結起來。」朗山把其中一張翻過來，「第一，照片是用泰國沒賣的德國相紙沖洗。第二，畫面有一點模糊，乍看會聯想到業餘人士拍的私照，不是散布用的。鑑識組跟專家談過，專家說照片是用望遠鏡頭從遠距離拍攝，而且可能是從屋外，他認為這裡是一扇提拉窗的上半部。」

朗山指著照片邊緣的灰影。「這些照片還是用了專業手法，這一點告訴我們，有一個新的小眾市場需要滿足：偷窺狂這一群。」

「所以？」

「美國的色情片產業靠著賣所謂的業餘私照賺進大把大把的鈔票，實際上這些照片是專業演員和攝影師拍出來的，他們使用簡單的設備，不找過度裝扮的模特兒，故意讓一切看起來像業餘的樣子，結果大家願意掏出更多錢，買他們認為是真實的臥房鏡頭。有些照片和影片看起來像在主角不知情或未同意的狀況下，從對街的房子裡偷拍的，這種也是相同的道理，而且這一種特別吸引偷窺狂，他們看著以為沒人在看的人就會爽了；我們認為這些照片就屬於這一類。」

「或者，」哈利說，「或者這些照片不是為了散布而拍，是為了勒索。」

朗山搖頭，「我們想過，可是如果是這樣，照片裡面的大人應該要讓人認得出來。市面上賣的兒童色情照有一個典型特點，就是遮住了施虐者的臉，像這樣。」

他指著那三張照片。從照片看得出來某個人的屁股和下背部，身上除了紅色運動衫什麼都沒穿；他們看得到運動衫上有數字2和0的下半。

「假設這個還是勒索用，但是拍攝者故意不拍臉，」哈利說，「或者他只把辨識不出身分那幾張給了勒索對象。」

「停！」麗姿舉起一隻手揮著，「你什麼意思，哈利？你是說照片裡的人是墨內斯？」

「只是個理論。他被勒索，可是有那些賭債，付不出錢。」

「所以呢？」朗山說，「這樣也給不了勒索者謀殺墨內斯的動機。」

「他也許威脅要檢舉勒索者。」

「檢舉勒索者，然後自己因為戀童癖被定罪？」朗山翻了白眼，舜通和阿諾藏不住臉上的笑容。

哈利聳起肩膀，舉起雙手，「我說了，只是個理論，我也同意應該放棄。第二個理論是，墨內斯自己是勒索者——」

「卜瑞克則是施虐者……」麗姿雙手托著下巴，對著空氣若有所思，「嗯，墨內斯需要錢，而且這也給了卜瑞克殺人動機。不過卜瑞克本來就有動機，所以這個理論也給不了什麼新的方向。朗山，你怎麼看？有可能**排除**照片裡是卜瑞克的可能性嗎？」

他搖頭，「這些照片太模糊，我們沒辦法排除任何人，除非卜瑞克有什麼一翻兩瞪眼的特徵。」

「誰自願去檢查卜瑞克的屁股？」麗姿一問，大家哄堂大笑。

舜通慎重地咳了幾聲，「如果卜瑞克為了這些照片殺死墨內斯，他為什麼不把照片拿走？」

長長的沉默。

「只有我覺得我們在浪費時間嗎？」最後麗姿終於說話。

空調發出流水聲，哈利突然覺得，這一天有多熱，就會有多漫長。

哈利站在大使家通往後院的門口。

「哈利？」如娜眨眼甩掉水珠，踏出泳池。

「嗨，」他說，「妳母親在睡覺。」

她聳聳肩。

「我們逮捕了顏斯・卜瑞克。」

他等著她說話，問為什麼，但她什麼都沒說。他嘆口氣，「我不是故意要拿這些事煩妳，如娜，但是我已經身在其中，妳也是，所以我想知道，我們能不能幫一幫彼此的忙。」

「哦。」她說。哈利試著解讀她的語氣。他決定切入重點。

「我一定要對他有多一點了解，他是哪一類人，他是不是自己嘴上說的那樣，等等。我想我可以從他跟妳母親的關係著手。我是說，年齡差距挺大……」

「你懷疑他在利用我媽？」

「類似這種。對。」

「我媽媽才有可能在利用他吧，他利用我媽……？」

哈利找了一把柳樹下的椅子坐，如娜還是站著。

「他們在一起的時候，我媽不喜歡我在附近，所以我從來沒什麼機會了解他。」

「妳總是比我了解。」

「我會嗎？嗯。他看起來八面玲瓏，不過那說不定只是表面。不過至少他努力對我好，譬如上次去看拳賽就是他提議的。他大概認為我對運動有興趣吧，因為我跳水。他是不是在利用她？我不知道。對不起，沒幫上忙，我不知道那個年紀的男人在想什麼。你不太會表現出你的情緒……」

哈利扶了扶墨鏡，「謝謝，這樣就可以了，如娜。妳可以請妳母親起床以後打電話給我嗎？」

她站在泳池邊，背對著池水，縱身一跳，弓背低頭，又為他表演了一次空翻。他看著水花冒出水面，轉身離開。

午餐後哈利和阿諾坐電梯下去二樓，顏斯．卜瑞克還在拘留中。

顏斯穿著被捕時那套西裝，但已經解開襯衫扣子，捲起袖子，看起來已經不像經紀人的模樣。他汗濕的瀏海黏在額頭上，眼睛盯著面前桌上閒著沒事做的手，彷彿感到驚訝。

「這位是阿諾，我的同事。」哈利說。

顏斯抬頭，換上勇敢的表情，然後點點頭。

「其實我只有一個問題要問，」阿諾說，「一月七日星期四下午五點，你有沒有陪大使下去地下室他停車的地方？」

顏斯看看哈利，又看看阿諾。

「有。」他說。

阿諾看著哈利，點點頭。

「謝謝，」哈利說，「沒事了。」

28

一月十七日，星期五

車陣前進緩慢，哈利頭在痛，空調又一直發出不祥的咻咻聲。阿諾把車停在巴克萊銀行曼谷分行的停車場柵欄前，降下車窗，然後聽一個制服熨得筆挺的人說，吉姆．拉孚沒上班。

阿諾把警察證拿出來，說想看其中一捲錄影帶，但管理員不以為然地搖搖頭，說得打電話給保全公司。阿諾轉向哈利，聳聳肩。

「跟他解釋這是在調查凶案。」哈利說。

「解釋過了。」

「那我們就得再解釋一下。」

哈利下車。熱氣和濕氣迎面撲來，好像沸水鍋的蓋子剛掀開。他伸伸懶腰，緩步繞過車子，光這樣就讓他有點暈了起來。那個管理員皺起眉頭，看著身長近兩公尺的紅眼發郎靠近，於是把手放到他的槍上。

哈利站在管理員面前，齜牙咧嘴，然後伸出左手抓住他的皮帶。他大叫，但是還來不及反應，哈利已經把他的皮帶解開，右手伸進他的褲子裡。哈利用力一提，他的雙腳就離開了地面，內褲也撐不住，發出了撕裂聲。阿諾不知道喊了什麼，總之太遲了，哈利已經把白色四角褲舉在空中，勝利在手；下一秒四角褲就飛過管理員的亭子，入了草叢。他慢步繞過車子，回到車上。

「老派招式。」他對目瞪口呆的阿諾說，「再來要換你接手了，他媽的好熱……」

阿諾跳下車子，短暫交涉後，就把頭伸進車子裡點了點。於是哈利跟著他們兩個走到地下室，期間管理員一直瞪著他，而且保持著適當的距離。

放影機嗡嗡叫著，哈利點了一根菸。他有個模糊的印象，似乎某些情況下尼古丁可以讓人振作起來；譬如需要來根菸的時候。

「好吧，」哈利說，「所以你認為卜瑞克說的是實話？」

「你也是啊，」阿諾說，「不然你不會拉我來這裡。」

「沒錯，」煙刺痛哈利的眼睛，「你從這裡可以看出來為什麼我這樣想。」

阿諾看著畫面，搖頭放棄。

「這一捲是一月十三日星期一，」哈利說，「大約晚上十點。」

「不對啦，」阿諾說，「這跟我們上次看到凶案當天的是同一段影片，是一月七日，日期就打在畫面的邊緣啊。」

哈利呼出一個煙圈，可是不知哪裡吹來一道風，煙圈馬上就散了。

「是同一段影片沒錯，但是日期一直都是錯的。我猜我們這位沒穿內褲的朋友可以證實，他們三兩下就可以改掉機器的時間日期，連帶畫面上的時間日期也改了。」

阿諾看著管理員，他聳聳肩，點點頭。

「可是這不能解釋你怎麼知道這一段影片什麼時候錄的。」阿諾說。

哈利對著螢幕點點頭，「今天早上我在我住的公寓被外面鄭王橋上的車水馬龍吵醒，就是那時候想到的。」他說，「影片裡的車輛太少了，這座停車場有六層，位在繁忙的商業大樓，當時是下午四點到五點之間，我們一小時內卻只看到**兩部**車經過。」

哈利彈了彈菸灰。

「我接下來想的是這個，」他起身指著螢幕上畫過水泥地的黑線，「濕輪胎痕，兩部車都有留。上次曼谷馬路濕掉是什麼時候？」

「兩個月前吧，至少。」

「不對，三天前，一月十三日，十點到十點半之間，當時下過一陣芒果雨。我知道，因為大部分的雨都下到我的襯衫裡了。」

「對，沒錯，」阿諾說著，皺起眉頭，「可是這些錄影機從來沒停過，如果這段影片不是一月七日，而是十三日，意思就是當時應該正在錄的那一捲被人拿出來了。」

哈利要管理員找出標了一月十三日的錄影帶。三十秒後，他們發現影片停在二十一點三十分，接著畫面經過五秒鐘的雜訊才恢復正常。

「錄影帶在這個時候拿出來了，」哈利說，「我們現在看到的畫面是帶子上一次錄的影片，」他指著日期，「一月一日，五點二十五分。」

哈利要管理員暫停畫面，他們就坐著看，哈利一邊把他的菸抽完。

阿諾雙手合十，抵在嘴巴前面，「所以有人給錄影帶動了手腳，讓大使的車看起來像是沒停在停車場過，為什麼？」

哈利沒回答。他看著標記的時間，五點二十五分，奧斯陸新的一年到來前三十五分鐘。當時他人在哪裡？當時他在做什麼？他在施羅德酒館嗎？不對，那時一定打烊了，他一定已經睡了。反正他印象中沒看到任何煙火。

保全公司可以證實一月十三日那天吉姆．拉孚值夜班，二話不說給了阿諾他的住址電話。阿諾打電話到拉孚的住處，沒人接。

「派一輛巡邏車過去看看。」麗姿說。她看起來情緒高昂，終於有具體的方向可以追下去。

舜通進了辦公室，遞給她一份檔案。

「吉姆．拉孚沒有前科，」他說，「不過緝毒組那個幹臥底的邁汕認得我們描述的相貌，沒錯的話，他們在『杜燕小姐家』見過他幾次。」

「這是什麼意思？」哈利問。

「意思是他在那個鴉片故事裡面不見得像他說的那麼清白。」阿諾說。

「『杜燕小姐家』是中國城的一間鴉片煙館。」麗姿解釋。

「煙館？那不是，呃……違法嗎？」

「當然。」

「抱歉，蠢問題，」哈利說，「可是我還以為警方在想辦法消滅那種東西。」

「我不知道你們那裡怎麼樣，哈利，但我們這裡是想辦法實事求是。如果我們把『杜燕小姐家』關了，下個星期在另一個地方就會有另一間煙館開幕，或者那些人就直接在街上搞。『杜燕小姐家』的好處是我們可以掌握情況，臥底那些人可以自由進出；至於那些選擇用鴉片把腦袋攪爛的人，也可以在比較體面的地方攪他們的腦袋。」

有人咳了一聲。

「而且杜燕小姐給錢大概很大方。」《曼谷郵報》後面傳來喃喃自語。

麗姿假裝沒聽見。

「既然他今天沒去上班，也不在家，我打賭他現在就躺在『杜燕小姐家』的其中一張竹席上。你跟哈利去看看吧，阿諾？跟邁汕講一下，他可以幫你們。讓我們的觀光客看點東西也不錯。」

29

一月十七日，星期五

邁汕和哈利走進窄巷，滾滾熱風把垃圾沿著脆弱的屋牆吹。阿諾留在車上，因為邁汕覺得幾哩外就聞得到他的條子味，而且擔心一下子三個人一起出現在「杜燕小姐家」會讓人起疑。

「吸鴉片其實不是什麼社交活動。」邁汕用接近美國的口音解釋。哈利心裡想著，就算是緝毒組的臥底警察，他那口腔調和身上的門戶合唱團T恤，會不會也太過頭了一點。邁汕在充當屋門卻敞著的鍛鐵柵門前停下來，用右腳鞋跟把菸屁股踩進柏油碎石裡，然後進了門。

從亮晃晃的太陽底下進來，哈利一開始什麼都看不見，倒是可以聽到喃喃低語。看著兩個背影消失在某個房間，他就跟了過去。

「靠！」哈利一頭撞上門框。他聽見熟悉的笑聲，於是回頭，感覺從牆邊的一片黑暗中似乎認得出一個龐大的身影。但他也可能弄錯了，吳今天應該在避風頭。他急忙趕上前，免得丟了前面那兩個人。他們的身影往下樓的樓梯去了，哈利小跑步跟上去。鈔票易手，接著門打開一條縫，足夠他們擠進去。

裡面臭氣熏人，滿是塵土味、尿味、煙味，和甜甜的鴉片味。

哈利對鴉片煙館只有一個印象，來自塞吉歐．李昂尼（Sergio Leone）的電影，裡面有圍著絲質紗籠的女人伺候勞勃．狄尼洛，他們全躺在擺著大靠墊的軟臥榻上，什麼都靠一盞能遮掩缺點的黃光照明，讓整個場景呈現神聖的氣氛。至少他的印象是如此。除了調暗的燈光之外，這裡沒什麼地方能讓人聯想到好萊塢，懸在空氣中的塵埃讓人難以呼吸，除了沿牆擺的少少幾張上下鋪之外，每個人都是就著地毯或竹席躺在硬泥地上。

黑暗中空氣濕黏，悶咳聲和清痰聲迴盪其中，讓哈利以為裡面只有幾個人。但是漸漸地，隨著眼睛適應了光線，他看到眼前是一個大而寬敞的房間，至少有一百個人，幾乎全都是男性。除了咳嗽聲外，四下安靜得叫人發毛，大多數人看起來睡著了，其餘的也幾乎不動。他看見一個老人兩手拿著煙管吸，用力之大，顴骨周圍皺巴巴的皮膚都拉緊了。

這個瘋狂的場景井然有序，他們躺成一排一排、一格一格，留下行走的空間，挺像墓園的樣子。哈利跟著邁汕來回穿梭，看過一張又一張臉，努力屏住呼吸。

「有沒有看到你要找的人？」他問。

哈利搖頭，「他媽的太暗了。」

邁汕咧開嘴笑，「他們有一陣子試過裝霓虹燈遏止竊盜，結果大家就不來了。」

邁汕大膽深入房間的暗處，很快又從陰暗中現身，指著出口，「聽說那個黑人小鬼偶爾會去悠葩館，這條街再過去那邊。有些人會帶他們的鴉片去吸，那裡的老闆不管他們。」

為了適應黑暗，哈利的瞳孔已經放大了，這下他們又暴露在忠實高掛天空的那盞牙科大燈底下。他抓了他的墨鏡戴上。

「哈利，我知道一個地方可以買到划算的——」

「不用了，謝謝，這副就夠了。」

他們接阿諾一起去；要悠葩館拿出住房登記簿，得有警察證才行，但邁汕不想在這一帶被人認出來。

「謝了。」哈利說。

「保重。」邁汕說完，就消失在暗影中。

悠葩館的接待員長得像哈哈鏡影像的細瘦版，長方臉接在兀鷹頸子上，下面是一對窄又內凹的肩膀。他的頭髮漸稀，鬍子呈條狀，態度拘謹有禮；因為穿著黑西裝，讓哈利想起一個葬儀社的人。

他跟哈利和阿諾保證，絕對沒有叫做吉姆·拉孚的人住在那裡。他們描述吉姆的樣子，他微笑搖頭。櫃臺上面掛著一個牌子，公告住客公約：嚴禁武器，嚴禁氣味強烈的物品，嚴禁在床上抽菸。

「失陪一下，」哈利對接待員說完，拉著阿諾往門口去，「如何，你那麼擅長識破說謊的人……」

「難說，」阿諾說，「他是越南人。」

「所以？」

「你沒聽過越戰的時候阮高祺怎麼說他的同胞嗎？他說越南人天生是騙子，那是長在基因裡的，一代又一代累積的教訓告訴他們，說實話只會帶來厄運。」

「你的意思是他在說謊？」

「我的意思是我不知道。他很厲害。」

哈利轉身回到櫃臺，開口索討通用鑰匙。接待員露出緊張的笑容。

哈利稍稍拉高音量，發音清楚地說「通用鑰匙」，然後回敬一個咬牙切齒的微笑。

「我們要一間一間查你的旅社，聽懂了嗎？如果發現任何違規，我們就必須關閉旅社，進一步檢查。不過我想這裡不會有問題才對。」

接待員搖搖頭，好像突然產生英語聽力障礙。

「我說我想不會有問題，是因為我看到你這裡有告示，明白禁止在床上抽菸。」

哈利把牌子拿下來，往櫃臺重重一拍。

接待員凝神看著那塊牌子，那截兀鷹頸子下面有東西在翻攪。

「三〇四號房有個男的名叫鍾斯，」他說，「可能是他。」

哈利轉身對阿諾露出笑容，阿諾聳聳肩。

「鍾斯先生在嗎？」

「他登記進房以後就一直在房裡。」

接待員領他們上樓，他們敲了門，但沒人應。阿諾打個手勢要接待員開門，然後從小腿的槍套裡取出上了膛的黑色點三五貝瑞塔，打開保險。接待員的頭像雞一樣抽搐起來，他轉開鑰匙，就連忙後退兩步。哈利小心推開房門，窗簾緊閉，房間一片黑，他伸出一隻手到門裡打開電燈。床上躺著吉姆．拉孚，閉著眼睛一動也不動，頭上戴著耳機；一架吊扇嗡嗡地轉，吹皺了窗簾。水煙管擺在床邊的矮桌上。

「吉姆！」哈利喊他，但吉姆．拉孚沒反應。

要不他睡著了，要不他的隨身聽太大聲，哈利想著，一邊打量房間，確定吉姆沒有同伴。然後他看見一隻悠閒的蒼蠅從吉姆的右鼻孔出來。哈利走向床邊，把一隻手放到他的額頭上，感覺像在摸冷冰冰的大理石。

30

一月十七日，星期五

除了朗山之外，那個晚上每個人都到麗姿的辦公室集合了。

「告訴我有線索。」她咄咄逼人地說。

「鑑識組的人找到很多，」阿諾說，「他們派了三個人過去，找到一堆指紋、毛髮和纖維，他們說看起來悠葩館六個月沒打掃了。」

舜通和哈利笑出來，但麗姿只是瞪著他們。

「有什麼可以真的連結到兇手的線索嗎？」

「我們還不知道是不是兇案。」哈利說。

「知道，我們知道，」麗姿突然發飆，「在謀殺案偵查過程中被懷疑是共犯的人，不會在被捕前幾個小時意外用藥過量而死。」

「等著上絞刑臺的人不會溺死，我們挪威人說的。」哈利說。

「什麼？」

「我同意妳的話。」

阿諾補充說過量致死在鴉片煙鬼之中極為少見，一般而言，他們在吸太多之前就會失去意識。門開了，朗山走進來。

「有消息，」他坐下來拿起報紙說，「他們找到死因了。」

「我以為解剖報告要明天才會出來。」阿諾說。

「不一定。鑑識組的弟兄在鴉片上面找到氫氰酸，薄薄的一層。那傢伙一定是吸一口就死了。」

桌子周圍一時無聲。

「聯絡邁汕，」麗姿又打起精神，「我們要知道拉孚從哪裡弄到鴉片。」

「這個我不會太樂觀，」朗山提出警告，「邁汕跟拉孚的藥頭談過，他很久沒見過他了。」

「很好。」哈利說，「不過反正我們現在知道了，顯然有人想把嫌疑指向卜瑞克。」

「知道這個也沒用。」麗姿說。

「我可不敢說得這麼肯定，」哈利說，「我們還不確定卜瑞克是不是被隨機選中的代罪羔羊，說不定凶手也有把嫌疑指向他的動機，兩人說不定有未解之仇。」

「所以？」

「如果我們放卜瑞克走，可能會有動靜，或許可以引凶手出洞。」

「抱歉，」麗姿盯著桌子說，「我們要留著卜瑞克。」

「什麼？」哈利不敢相信自己的耳朵。

「局長的命令。」

「可是——」

「就是這樣。」

「而且，我們有一條新的線索指向挪威，」朗山說，「鑑識組把刀上油脂的檢驗報告送到挪威去，看看那邊的同僚能不能查出什麼，結果他們發現那是馴鹿油，那種東西我們泰國可不多，鑑識組有個人還建議我們可以逮捕聖誕老人。」

阿諾和舜通發出竊笑。

「話說回來，奧斯陸那邊說挪威的薩米人會用馴鹿油保養刀子。」

「泰國的刀子和挪威的油，這案子愈來愈有趣了，」麗姿突然站起來，「晚安各位，希望你們好好休息，明天都有十足的幹勁。」

哈利在電梯旁邊攔下她，要她給個解釋。

「你聽好，哈利，這裡是泰國，習慣不同。我們的警察局長已經插手，也告訴奧斯陸的局長我們找到凶手了，他認為是卜瑞克。我把最新進展告訴他的時候，他也不怎麼興奮，而且堅持拘留卜瑞克，至少到有不在場證明為止。」

「可是——」

「面子，哈利，面子，別忘了泰國人是不認錯長大的。」

「如果每個人都知道誰犯錯了呢？」

「那每個人都來幫忙，努力讓場面看起來不像犯錯。」

電梯門正好開了，在麗姿走進去以後關上，替她省下繼續聽哈利意見的工夫。

哈利想著〈環顧守望臺〉那首歌，還想起那句歌詞說一定有出路。

有嗎？

他的公寓門外有一封信，背後有如娜的名字。他解開襯衫扣子，胸口和肚子上的汗像薄薄的一層油。他努力回想十七歲是什麼感覺，他那時在戀愛嗎？可能吧。他把信原封不動放在床邊桌上，打算就這樣還回去，然後斜靠在床上，五十萬輛車和一部空調開始哄他入眠。

他想起碧姬妲，他在澳洲認識的那個說愛他的瑞典女孩。奧納那句話說什麼去了？說他「害怕對別人做出承諾」？他想到的最後一個念頭是贖罪必定帶來宿醉。反之亦然。

31

一月十八日，星期六

顏斯．卜瑞克一副上次見到之後就沒再睡過的樣子，眼睛充滿血絲，擺在桌上的兩隻手不安地動來動去。

「所以你不記得停車場那個爆炸頭管理員。」哈利說。

顏斯搖頭，「我說了，我自己不用那個停車場。」

「我們暫時忘掉吉姆．拉孚，」哈利說，「先來想想是誰想把你扔進牢裡。」

「什麼意思？」

「有人大費周章毀掉你的不在場證明。」

顏斯瞪大眼睛，眉毛幾乎要沒入髮際。

「一月十三日那天，有人把標示一月七日的錄影帶放進錄影機裡，洗掉了幾個小時的畫面。本來應該可以看到大使的車子，還有你陪他下去停車場的。」

顏斯的眉毛回來了，而且扭成一個M。「呃？」

「想一想。」

「你是說我有仇家？」

「可能。也可能只是順手找個代罪羔羊。」

顏斯揉一揉後頸，「仇家？我想不出來。那一種的沒有。」他的臉亮起來，「不過這意思是你要放我走了。」

「抱歉，你還沒過這一關。」

「可是你剛才說你——」

「警察局長不放人，除非我們有不在場證明。所以我才要你努力想，有沒有誰，任何一個人，在你跟大使道別之後、回到家之前的期間看到你？你離開辦公室的時候接待櫃臺有沒有人，或者你搭上計程車的時候？有沒有在小攤子停下來過？什麼都好。」

顏斯用指尖托著額頭，哈利點了一根菸。

「操，哈利！你講那些錄影帶的事，害我腦袋一片空白，我現在沒辦法思考。」他唉聲嘆氣，一掌拍向桌面，「你知道那天晚上發生什麼事嗎？我夢見我殺了大使，夢見我們走出大門，開車到汽車旅館，我在那裡用剁刀捅了他的背，我想停下來，可是控制不住自己的身體，好像我困在機器人的身體裡，機器人一直捅，我……」

他停下來。

哈利什麼也沒說，給他時間。

「問題是我痛恨被關起來，」顏斯說，「我從來就忍耐不了。從前我父親會……」

他吞了口口水，握起右手拳頭。哈利看見他的指節變白。顏斯繼續說，但聲音低得幾乎像悄悄話。

「如果有人拿著自白書走進來，說簽了就放我走，我不知道我會怎麼做。」

哈利站起來。「再努力想想吧，既然我們已經釐清了錄影帶的問題，也許你的思考會更清楚。」

他往門口走。

「哈利？」

哈利覺得奇怪，為什麼大家總在你轉身背對他們以後，變得這麼多話。

「什麼？」

「為什麼看起來大家都不相信，你卻相信我是清白的？」

哈利頭也不回地回答，「第一，因為我們沒有任何像樣的對你不利的證據，只有一個老掉牙的動機，加上缺乏不在場證明。」

「第二呢？」

哈利微笑，轉頭回來，「因為我第一眼看到你就覺得你是一坨屎。」

「所以？」

「我看人的眼光很爛。祝你今天過得順利。」

畢悠納．莫勒睜開眼睛，瞥了一眼床邊桌上的時鐘，心裡奇怪，怎麼會有人認為早上六點鐘適合打電話到人家家裡。

「我知道現在幾點，」哈利搶在老大之前開口，「你聽我說，有個人的底細你要幫我查一下，現在還沒有細節可以告訴你，只是個直覺。」

「直覺？」

「對，第六感。我認為我們在追查的是一個挪威人，所以範圍縮小了一些。」

莫勒清清喉嚨，清出一口痰，「為什麼是挪威人？」

「這個嘛，我們在墨內斯的外套和凶刀上找到馴鹿油，而且從刀子刺進身體的角度看起來，凶手個子相當高，所以看起來不是一般的泰國人。」

「好，可是這件事你就不能等一等嗎，霍勒？」

「當然可以。」哈利說完，一陣安靜。

「那你怎麼沒等？」

「因為這裡有五個警探和一位警察局長在等你抬起尊臀開始幹活，老大。」

兩小時後莫勒回電。

「到底是什麼事情讓你想要查這個人，霍勒？」

「這個嘛，我想到會用馴鹿油保養刀子的人，一定待過北挪威，然後我想起幾個去芬馬克郡當過兵的朋友，都自己買了那種大的薩米刀。伊瓦．駱肯在國防部待過幾年，而且派駐在瓦爾德。再來，我感覺他懂得用刀。」

「有可能。」莫勒說。「你還知道他什麼？」

「不多。彤亞．魏格認為他是被打入冷宮，會一直冷藏到退休。」

「嗯，犯罪資料庫沒有對他不利的紀錄，不過……」莫勒停頓下來。

「不過？」

「反正我們有他的檔案。」

「什麼意思？」

「他的名字出現在螢幕上，可是我開不了檔案，過了一個小時我接到胡斯比那邊國軍統帥部打來的電話，問我為什麼想開這個檔案。」

「哇塞。」

「他們說我如果想要伊瓦．駱肯的資料，就寫信去申請。」

「那算了。」

「我已經算了，哈利，我們得不到什麼結果的。」

「你跟特警組的韓梅沃問了沒？」

「問了。」

「他說什麼？」

「不用說也知道，沒有『在泰挪威戀童癖』的檔案。」

「我想也是。去他媽的個資法。」

「跟那個沒關係。」

「哦？」

「我們幾年前弄了一個資料庫，可是沒那個財力去更新。這種人數量太多啦。」

哈利打電話給彤亞．魏格，請她盡快安排會面。她堅持約在東方酒店的作家沙龍喝茶。

「大家都去那裡。」她說。

哈利發現「大家」指的是白皮膚、有錢、衣冠楚楚的人。

「歡迎來到全世界最好的酒店，哈利。」彤亞像小鳥一樣嘰嘰喳喳，整個人埋在大廳的大扶手椅裡。

她穿著藍色棉裙，腿上放著草帽。草帽加上大廳裡其他每一個人的樣子，給這個地方添了老派悠閒的殖民地情調。

他們從大廳來到作家沙龍。茶端上桌了，他們也對其他白人客氣點頭致意了（那些人好像認為白人就是互相問候的充分理由）。哈利緊張不安，磕磕碰碰把瓷杯盤弄出聲響。

「不是你的風格哦，哈利？」彤亞啜著茶，從杯口一臉淘氣地看著他。

「我在思考為什麼我對著穿高爾夫球裝的美國人微笑。」

她笑出聲，「哎唷，文雅一點的環境又沒什麼壞處。」

「什麼時候格子褲也叫文雅了？」

「嗯，不然文雅一點的人吧。」

哈利聽得出來腓特烈斯塔鄉間小鎮並沒有滿足坐在對面的這名女性。他想到桑沛，那位老司機換上熨過的襯衫和長褲，坐在外頭沸騰的太陽底下，就為了不讓訪客為他簡陋的生活感到困窘；比起目前為止他在曼谷外國人圈子裡看到的事事物物，那文雅多了。

哈利問彤亞知不知道戀童癖在泰國的情形。

「只知道泰國引來很多這種人，我確定你一定記得，去年芭達雅有個挪威人當場被逮，真的是褲子還沒拉上就被逮到。挪威的報紙登了一張很有意思的情境照，三個小男孩把那個男人指認出來給警察看，男人的臉打了馬賽克，不過小孩的臉沒有。英文版的《芭達雅郵報》則是相反，而且在第一段寫出他的全名，之後又一直用『挪威人』稱呼他。」彤亞搖搖頭，「本來沒聽過挪威的本地人一下子都知道挪威首都是奧斯陸了，因為報紙寫了挪威當局希望把他送回奧斯陸。每個人都覺得奇怪，他們幹嘛要他回去；留他在這裡的話，他會被關很久。」

「既然這裡判刑這麼重，為什麼還有這麼多戀童癖？」

「當局希望泰國擺脫戀童癖天堂的惡名，這種名聲對正當的觀光有害。可是這件事在警方內部不是很要緊，因為逮捕外國人只會招來麻煩。」

「所以結果是有關當局互相扯後腿？」

彤亞臉上突然綻放一朵燦爛微笑，然後哈利想明白，那不是笑給他看，而是笑給從他身後經過的「大家」看。

「對，但也不盡然，」她說，「有些會配合，例如瑞典和丹麥的有關當局，就跟泰國政府達成協議，他們可以派警察駐地，調查瑞典或丹麥人涉入的案子。他們還立法通過，如果瑞典和丹麥國民在泰國侵害未成年人，可以在母國定罪。」

「挪威呢？」

彤亞聳聳肩，「我們還沒有協議。我知道挪威警方一直在爭取平等的協定，可是我覺得他們不太清楚芭達雅和曼谷這裡嚴重的程度。你看過小孩在街上走來走去賣口香糖嗎？」

哈利點頭，帕蓬街的 Go Go Bar 那一帶到處都是。

「那是暗號，口香糖代表他們賣身。」

哈利不寒而慄，想起他跟一個打赤腳的黑眼珠男孩買過一條箭牌，那時男孩一臉驚恐，哈利還以為是人群和噪音的緣故。

「伊瓦·駱肯，妳在喪禮餐會上指給我看的那個男人，妳說是軍人退伍？可以再跟我說說他對攝影的興趣嗎？妳看過他拍的照片？」

「沒有，不過我看過他那一包傢伙，夠驚人了。」

她微微紅了臉頰，因為突然懂了哈利忍俊不禁的原因。

「還有去中南半島的事，妳確定他真的是去那裡？」

「什麼確定不確定？他為什麼要說謊？」

「想得到為什麼嗎？」

她雙手抱胸，彷彿突然變冷。「想不大出來。茶好喝嗎？」

「我要請妳幫個忙，彤亞。」

「什麼忙？」

「晚餐。」

她抬起頭，一臉驚喜。

「如果妳有空的話。」他補上一句。

她又露出淘氣的笑容，「我的行事曆隨便你寫，哈利，隨時奉陪。」

「那好，」哈利吸了一口氣，「不知道妳能不能約伊瓦・駱肯今天晚上七點到十點之間吃飯？」

她知道怎麼維持住表情，至少不要顯得太困窘；甚至在他說明背後原因以後，還欣然同意。哈利又讓瓷器磕碰出一些聲音，接著說他得走了，就突兀又笨拙地離開了。

32

一月十八日，星期六

誰都能擅自破門入侵民宅，把撬棍插進門鎖跟門框中間，身體靠上去，一直到木屑飛出來就行了。但是如果把重點放在「入侵」，而不是「破門」，做到屋主不知道有不速之客來過，那就是門技藝了；而且原來是舜通耍得出神入化的一門技藝。

伊瓦．駱肯住在賓諾橋另一頭的公寓社區，舜通和哈利在外頭車上等了將近一個小時，才等到他出門。他們又等了十分鐘，確定駱肯沒忘了東西又回家來取。

保全有點鬆散，兩個沒穿制服的男人站在車庫門旁邊聊天，抬頭瞄了一眼，看到一個白人和一個穿著比較體面的泰國人往電梯走，就回頭繼續聊他們的。

哈利和舜通來到十四樓駱肯家門口以後，舜通拿出兩把撬鎖器，一手一把插進鎖孔裡，沒一會又拿了出來。

「慢慢來，」哈利低聲說，「不要緊張，我們多的是時間。試試別的撬鎖器。」

「我沒有別的了。」

舜通笑一笑，把門推開。

哈利不敢置信。說起來那次阿諾在影射舜通當警察之前的職業，也許並不是開玩笑。不過就算他以前沒犯法，現在鐵定是犯了，哈利一邊想著，一邊脫鞋踏進陰暗的公寓裡。麗姿先前解釋過，要拿到搜索票，得要有檢察官簽名，意思就是局長會知道；她認為那樣會有麻煩，因為局長明明白白指示過把全副心力放在顏斯．卜瑞克身上。哈利說他不受局長管轄，他會在駱肯的公寓附近晃晃，看看有什麼動靜。她了然於心，回說自己對他的計畫知道得愈少愈好，但是推薦他帶著舜通，有他作伴通常不錯。

「下去車上等著，」哈利低聲說，「如果駱肯出現，就用車用電話打他家的號碼，響三聲，不要多，好嗎？」

舜通點頭離開。

哈利確定沒有臨街的窗戶以後，就開了燈，然後四下看看。這裡就是個單身漢的窩，什麼裝飾品和溫馨氣氛一概沒有。家徒三壁，第四壁被書櫃擋住，裡面橫橫豎豎塞滿了書，還有一臺簡單的手提電視。這個大房間自然呈現的中心點是一張木頭桌子，兩頭用三角架當桌腳，另外還有一盞工作燈。

牆角有兩個敞開的相機袋，還有一架相機靠牆立著。桌子上堆滿紙條，大概是剪下來的紙邊，因為有一大一小兩把剪刀擺在中間。

一架萊卡、一架尼康Ｆ５加望遠鏡頭，兩架相機仰視哈利，但視若無睹。旁邊是一副夜視望遠鏡；哈利見過這種，以色列牌子，他以前用在監視任務過，電池加強了外部光源，讓你在肉眼見到的一片昏暗中還能看見東西。

公寓裡有扇門通往臥室，床沒整理過，所以他猜想駱肯在曼谷的外國人中屬於少數沒有請人打掃的。雇管家不用多少錢，而且哈利知道外國人簡直是背負了這種為本國增加就業機會的期待，有人給過哈利這種說法。

臥室裡側是套房裡的浴室。

他打開燈，立刻了解為什麼駱肯沒有請人打掃。

浴室顯然兼作暗房，充滿藥劑的臭味，牆上貼滿黑白照。浴缸上掛的繩子晾著一排照片，照片裡是一名男子胸口以下的側身；現在哈利看出來了，擋住鏡頭的並不是提拉窗的上窗，其實窗戶的上半部是一片構圖繁複的玻璃馬賽克，有蓮花和佛陀的圖案。

一個頂多十歲的男孩被逼著替人口交，鏡頭拉得很近，近得哈利都看見了他的眼睛，那是一雙空白、疏離，看起來視而不見的眼睛。

男孩身上除了T恤什麼都沒穿。哈利再往那張顆粒明顯的照片靠近一些，那個男人一隻手擺在腰上，另一隻手放在男孩的後腦。哈利可以看見玻璃馬賽克後面有個側臉的影子，可是要看清五官是不可能。這間又擠又臭的浴室好像忽然開始縮小，牆上的照片往他身上壓過來。哈利忍不住一把撕下那些照片，一半出於憤怒，一半是絕望，血液在他的太陽穴砰砰作響。他瞥了一眼自己在鏡子裡的臉，然後夾著一疊照片走出房間，跌跌撞撞，頭暈眼花，一屁股跌進椅子裡。

「他媽的業餘！」呼吸恢復正常以後他出聲咒罵。

他是公然違反了行動計畫。他們沒有搜索票，所以說好了不留下任何痕跡，單單找出公寓裡藏了什麼就好；真有發現，以後再拿搜索票回來。

哈利往牆上尋找視線可以停駐的地方，同時說服自己有必要帶走具體的物證，好說動那個驢子一樣頑固的局長。如果他們動作夠快，當天晚上就可以找到檢察官，駱肯一吃完飯回家，他們已經拿著必要的文件在等他。他這樣來回盤算著，順手拿起夜視望遠鏡，打開開關往窗外看。窗戶對著一處後院，他下意識找起照片裡那扇有玻璃馬賽克的窗框，但是窮目所見都是刷白的牆，在望遠鏡搖晃的綠光中漂浮。

哈利瞄一眼手錶，知道自己得把照片掛回去，局長只能湊合著聽他口頭描述了。然後他心頭一驚，全身冰涼。

他聽見了聲音。應該說，他聽見一千種聲音，但是其中有一個不屬於街上傳來的聽慣雜音，而且那個聲音來自玄關，是經過潤滑的喀答聲。油和金屬的結合。一股穿堂風吹過來，哈利想到舜通，但是他隨即醒悟：剛剛走進來的人跟他一樣躡手躡腳。哈利屏住呼吸，同時在腦袋裡以激烈的速度翻查聲音的檔案。

一個澳洲的聲音專家告訴過他，耳膜可以辨別一百萬種不同音頻的壓力；這個聲音不是轉開門把的聲音，而是最近上過油的槍枝開保險的聲音。

哈利在房間裡側，人在白牆前像個活靶，而且電燈開關還是在對牆的門邊。他從桌子中央抓了那把大剪刀，蹲下來沿著工作燈的電線爬到插座旁，拔掉插頭，使盡全力把剪刀穿進硬塑膠殼裡。

插座閃出一道藍光，接著是悶悶的爆炸聲，四下變得漆黑一片。

電擊麻痺了他的手臂，塑膠和金屬燒焦的臭味傳進鼻孔裡，他發出呻吟，滑坐到牆角。

他仔細聽，但是只聽見車聲和自己的心跳聲。心臟跳得這麼猛烈，他都感覺得到搏動，好像騎在馬上全速奔馳。他聽到把某個東西小心翼翼放在地板上的聲音，知道那個人剛剛脫了鞋。他手上還拿著剪刀，有影子移動的話看得見嗎？很難說，太暗了，連白牆都看不見。臥室門嘎吱一聲，接著傳來喀答聲，哈利知道入侵者去按了電燈開關，但是顯然剛才的短路把公寓裡所有的保險絲都燒壞了。由此可知這個人熟悉公寓的格局，但如果他是駱肯，舜通應該會打電話進來才對。會嗎？哈利腦中閃過畫面：舜通的頭靠著車窗，耳朵上方有一個小洞。

哈利想著該不該往前門爬過去，但是直覺告訴他，那個人就等著他這樣做，只要一打開門，他的身影就會像厄肯區射擊練習場的靶紙一樣。該死！那個人大概正坐在哪個地方的地板上，舉槍對著前門吧。

能聯絡舜通就好了！這時他突然想起脖子上還掛著那副望遠鏡。他拿起來貼著眼睛，但是只看見一片綠色的朦朧，好像有人在鏡片上塗了鼻涕一樣。他把焦距調到最遠，視野還是模糊，但分辨得出一個人影站在桌子另一頭的牆邊，彎著手臂，槍口對著天花板。桌子邊緣距離牆壁大約兩公尺。

哈利衝出去，兩手抓住桌子，像破城鎚一樣舉在身前。他聽見一聲低哼，還有槍掉到地板上的聲音，於是滑過桌面，抓住摸起來像人頭的東西。他縮緊繞住那截脖子的手臂，用力地擠。

「politiet!（警察！）」哈利大喊，然後用冰涼的剪刀抵住那個人溫熱的臉，那人呆住了。他們就這樣靜止了片刻，兩個陌生人在墨水一樣的黑暗中彼此交纏，兩個人都在喘氣，像剛剛跑完馬拉松。

「霍勒？」那人呻吟著說。

哈利這才知道自己在驚慌中喊的是挪威語。

「可以麻煩你放開我嗎，我是伊瓦・駱肯，我不會亂來。」

33

一月十八日，星期六

駱肯點燃蠟燭，哈利則是研究起駱肯的槍，特製的葛拉克三一。他已經取下彈匣，放在口袋裡，這把槍比他拿過的任何一把都要沉。

「我在韓國服役的時候弄到手的。」駱肯說。

「韓國，了解。你在那裡做什麼？」

駱肯把火柴放進抽屜裡，然後隔著桌子在哈利對面坐下。

「挪威在那裡有一家跟聯合國合作的戰地醫院，我當時是年輕的少尉，自以為喜歡緊張刺激。一九五三年停戰以後，我繼續替聯合國工作，在新設立的難民事務高級專員辦事處。難民源源不絕從北韓越過邊界進來，當時的情況有一點混亂脫序。我睡覺的時候都放在枕頭底下。」他指著那把槍。

「了解。之後呢？」

「去了孟加拉和越南。看過飢餓、戰爭、船民。後來挪威的生活好像變得太平凡，我受不了，最多待兩年就非得再出去不可，你知道的。」

哈利不知道，也不知道面前這個精瘦結實的傢伙說的話該信幾成。他看起來像個老印第安酋長，長著鷹勾鼻和深凹的銳眼，頭髮是白的，臉皮晒黑，起了皺紋。此外，他對這個局面似乎完全放心自在，讓哈利更加起了戒心。

「你為什麼回來了？怎麼閃過我同事的？」

白髮挪威人閃現狼一般的笑容，一顆金牙在搖曳的燭光中發出光芒。

「你們開來的那輛車跟這一帶不太搭調，我們這裡停的只有嘟嘟車、計程車，和一些老爺車。我看到車裡有兩個人，都坐得太挺直了一點，所以我繞過街角進了餐館，在那裡可以監視你們。過一會我看見車子裡的燈亮起來，你們下了車，我想你們會留一個人下來監視，所以就等到你同事回車上，然後喝完我的飲料，招計程車坐到地下停車場，再搭電梯上樓。你那一招電線短路真不賴……」

「普通人不會注意到街上停的車，除非他們受過這種訓練，或是正在防備什麼。」

「這個嘛，第一，彤亞．魏格邀約晚餐的演技拿不到奧斯卡獎。」

「所以你**到底**在這裡做什麼？」

駱肯伸手拿那些掉了一地的照片和裝備。

「你謀生的方式是拍攝……那種照片？」哈利問。

「對。」

哈利感覺脈搏加速。「你知道在泰國他們可以關你多少年嗎？我想我手上的就夠關你十年了。」

駱肯笑出來，簡短的一聲乾笑。「你以為我是白癡嗎，警察先生？你要是有搜索票，就不必破門進來了。如果說我這間公寓裡的東西會讓我背上受罰的風險，那你跟你同事剛剛幹的好事肯定幫我解決了麻煩，隨便哪個法官都會判定你用這種手段拿到的證據不予採納，這可不只是不符常規，這根本是不合法。倒是你自己，可能眼看著留在這裡的時間要延長了哩，霍勒。」

哈利拿槍揍他。血從駱肯的鼻子湧出來，彷彿打開了水龍頭一樣。

駱肯動也不動，只是低頭看著花襯衫和白褲子染上紅色。

「這是泰國真絲，你知道嗎，」他說，「不便宜。」

剛才的暴力行為應該替他踩了煞車才對，但哈利反而感覺得到憤怒愈加滋長。

「你又不是花不起，你這個該死的戀童癖，他們跟你買這種鬼東西一定是付了大把鈔票吧。」哈利踢了踢地上的照片。

「呃，這我不確定，」駱肯一邊說，一邊用白手帕摀著鼻子，「就是按照公務員薪等表，外加駐外的津貼。」

「你在說什麼？」

金牙又閃了一次光芒。哈利發現自己把槍抓得太緊，手都痛了起來，幸好剛才已經拿掉彈匣。

「有幾件事你不知道，霍勒，或許你該知道，但是你們警察局長大概認為沒必要，因為跟你的凶案調查無關。不過既然我已經曝光，其餘的事讓你知道也無妨。警察局長和外交部的達格芬．涂魯斯跟我說過你在大使的公事包找到照片，現在你當然也知道了，照片是我的。」他攤開手掌，繼續說，「那些照片和你在這裡看到的照片，是一個戀童癖調查案的關聯線索，出於某些原因，這案子被列為機密，直到有進一步通知為止。我監視這個人已經超過六個月，那些照片是物證。」

哈利不需要思考的時間，他知道這就是事實，一切都兜起來了，好像在內心深處他一直都知道一樣。駱肯的職業之祕、攝影裝備、夜視望遠鏡、越南寮國之旅，全兜得上。面前那個流鼻血的男人突然不再是他的敵人，而是同事，是被他出重拳試圖打爛鼻子的盟友。

他緩緩點頭，把槍放到桌上。

「好，我相信你。為什麼這麼保密？」

「你知道瑞典、丹麥跟泰國達成調查本地性侵案的協議？」

哈利點頭。

「嗯，挪威正在和泰國當局談判，但同時間我在處理一件非常不正式的調查案。我們有足夠證據可以逮捕他，可是我們得等，如果現在就逮捕他，我們在泰國領土進行違法調查的事就會曝光，這在政治上不容許發生。」

「那你是替誰工作？」

駱肯攤開手掌，「大使館。」

「這我知道，但你聽誰的命令？誰是這一切的幕後指揮？國會呢？他們知道嗎？」

「你確定你想知道這麼多嗎，霍勒？」

尖銳的眼神對上哈利的眼睛，他張口想說話，又搖搖頭忍住了。

「那跟我說照片上那個男的是誰吧。」

「我不能說。抱歉，霍勒。」

「是奧特樂．墨內斯嗎？」

駱肯盯著桌子，露出笑容，「不是，不是大使。他是這件調查案主要的推手。」

「那是——？」

「我說了，我現在沒有理由告訴你。如果你的案子跟我的案子結果有關聯，也許我們就有理由討論，但是那也得由我們的上級決定。」他站起來，「我累了。」

「如何？」舜通問回到車上的哈利。

哈利問他能不能給一根菸，然後如飢似渴地把煙吸進肺裡。

「什麼都沒找到，白跑一趟。我猜這人沒問題。」

哈利坐在他的公寓房間裡。

一從駱肯的公寓回來，他就跟妹妹講了將近半小時的電話；其實大部分時間是她在講。實在很難相信，不過一個星期多一點的時間裡，一個人的生命中可以發生那麼多事。她說她已經打了電話給爸爸，說她會過去吃飯，吃肉丸。小妹要下廚，而且她希望爸爸可以敞開心扉一點。哈利也希望。

後來他翻了他的筆記本，撥了另一個號碼。

「喂？」線路另一端有個聲音說。

哈利屏住呼吸。

「喂？」那個聲音又說。

哈利掛了電話。如娜的聲音裡有個接近懇求的味道。他真的不知道為什麼打電話給她。幾秒後電話叮鈴鈴響了起來，他拿起話筒，等著聽見她的聲音。打來的是顏斯・卜瑞克。

「我想到了，」他的聲音很激動，「我搭電梯從停車場回辦公室的時候，在一樓遇見一個女的，她在五樓出電梯，我想她會記得我。」

「為什麼？」

一聲緊張的輕笑傳來，「因為我約她出去。」

「你約她出去？」

「對，她們那幾個女孩子是在麥艾利上班的，我以前見過她幾次。那時電梯裡只有我們兩個，她又笑得那麼甜，我就忍不住了。」

一陣停頓。

「你**現在**才想起來？」

「不是，我現在才想起來那件事是**什麼時候**，就在我陪大使去開車以後。不知道為什麼我以為是前一天的事，但是後來我想起來，她在一樓進的電梯，也就是說，我一定是從更低的樓層上來，但我平常又不會下去地下停車場。」

「那她怎麼說？」

「她答應了，結果我馬上後悔，我只不過是逗一逗她罷了。所以我跟她要了名片，說我改天打電話跟她討論約會的時間。約會當然沒成行，但是我有把握她沒忘記我。」

「你還有她的名片嗎？」

「有，太好了對吧？」

哈利仔細琢磨，「你聽我說，顏斯，這些都很好，但是事情沒那麼簡單，你還是沒有不在場證明，理論上你還是可以再搭電梯下樓，你也可能只回辦公室拿東西，對不對？」

「喔，」他聽起來很困惑，「可是……」

顏斯住口，然後哈利聽見一聲嘆氣。

「可惡，你說得沒錯，哈利。」

哈利掛上電話。

34

一月十九日，星期日

哈利猛地驚醒，在鄭王橋上傳來的單調嗡嗡聲之中，他聽見昭披耶河上一艘船隻發動的轟隆聲。汽笛聲響起，燈光刺眼；他在床上坐起身，把臉埋進兩隻手裡，等著汽笛聲停止，然後才頓悟那是電話鈴聲。他心不甘情不願地拿起話筒。

「吵醒你了嗎？」又是顏斯。

「沒關係。」哈利說。

「我是白癡，我笨到不知道有沒有膽跟你講這件事。」

「那就不要講。」

一片靜默，只有一枚硬幣投進機器裡的聲音。

「我開玩笑的，得了。」

「好吧，哈利。我整晚醒著沒睡，躺在那裡想，想我那晚在辦公室到底在做什麼。你知道，幾個月前的外匯買賣我都可以記得小數點，但是人在牢裡，頭上頂著謀殺罪，我就是沒辦法想起簡單的事實。你能理解嗎？」

「那可能就是原因。這個我們不是討論過了？」

「好吧，嗯，我現在跟你說發生了什麼事。你記得我說過，那天晚上我在辦公室擋掉了來電嗎，我躺在那裡想，這根本是莫非定律嘛，如果當時線路暢通，有人打進來，我就有錄音，就能證明我人在哪裡。

而且這次的時間還不會被亂搞，不會像那個停車場管理員亂搞影片那樣。」

「重點呢？」

「我想起來了，感謝老天爺，我想起來就算我擋掉了來電，還是可以撥出電話啊。我打電話給我們接待員，要她上去查錄音機。然後呢，你知道嗎，她找到一通我打出去的電話，我才想起來所有的事情，八點的時候我打過電話給在奧斯陸的妹妹。怎麼樣，再挑剔啊！」

哈利沒這個打算。

「你妹妹可以給你不在場證明，你卻完全不記得？」

「不記得，而且你知道為什麼嗎？因為她不在家，我只在答錄機留了話，說我打過。」

「但你不記得？」哈利再問一次。

「拜託，哈利，那種電話你掛掉之前就忘記了，不是嗎。你會記得每一通打過但沒人接的電話嗎？」

哈利只能承認他說得對。

「你跟律師談過了沒？」

「今天還沒，我想先告訴你。」

「好吧，顏斯，你現在打給律師。我會派人去你的辦公室查證。」

「這種錄音機在法律上有效，你知道的。」他的聲音帶著緊張感。

「放心，顏斯，過不了多久的。他們得放你走。」

顏斯吐氣，話筒隨之傳來劈啪聲，「請你再說一次，哈利。」

「他們得放你走。」

顏斯發出古怪的乾笑聲，「這樣的話，我得請你吃飯，哈利。」

「最好不要。」

「為什麼？」

「我是警察。」

「說是問話就好。」

「我想不好，顏斯。」

「隨你吧。」

街上傳來巨響，大概是煙火或爆胎。

「我會考慮一下。」

哈利掛好話筒，進浴室照鏡子。他問自己怎麼會在熱帶氣候待這麼久，皮膚還這麼白。他從來沒有特別喜歡太陽，但是以前晒黑也不用這麼久。或許他去年的生活方式破壞了他製造色素的能力？他往臉上拍冷水，想起施羅德酒館裡面那些皮膚黝黑的酒客，又照了一次鏡子。好吧，反正太陽已經給了他酒糟鼻。

35

一月十九日，星期日

「我們回到起點了，」麗姿說，「卜瑞克弄到不在場證明，我們暫時又得忘記駱肯。哦，還有一個殺警未遂的巨型瘋子在外面逍遙。」她把椅背往後仰，研究起天花板，「有什麼建議嗎，各位？沒有的話會議結束，你們愛幹嘛就幹嘛，不過我這裡還少了幾份報告，希望最晚明天一早就看到。」

眾員警拖著腳步走出門外，哈利待著沒動。

「怎麼樣？」

「沒事。」他說著，一根沒點的菸在嘴裡上下彈動。督察的辦公室實施禁菸令。

「我看得出來有事。」

哈利的嘴角彎起軟弱無力的笑，「就是想這樣啊，督察，我就是想讓妳看得出來有事。」

她的眉間糾起一條嚴肅的皺紋，「有事要告訴我的時候，就告訴我。」

哈利把菸拿下來，放回菸盒，「會，」他站起來，「我會的。」

顏斯靠在椅背上，露出笑容，兩頰發紅，領結閃閃發亮。他讓哈利聯想到壽星小男孩。

「我幾乎要感謝坐牢的日子了，你會更加懂得欣賞平凡的事物，譬如一瓶一九八五年的香檳王。」

他對服務生彈彈手指，服務生趕忙過來，把滴著水的香檳瓶從冰桶拿出來，替他斟酒。

「我好愛他們做這件事，讓你覺得自己像超人。你說呢，哈利？」

哈利摸著杯子玩，「是不錯，但不是我的作風。」

「我跟你不一樣，哈利。」

顏斯微笑著說出這句宣言。他好像又撐得起他的西裝了。或者他只是換了一套幾乎一模一樣的，哈利不確定是哪一種。

「有些人需要奢侈品就像別人需要空氣一樣，」顏斯說，「名車、華服，一些上等的服務，只是我基本必備的東西，讓我感覺……呃，感覺我存在。你能理解嗎？」

哈利搖頭。

「嗯，」顏斯捏著杯腳，「我們兩個之中，我是頹廢的那個。你應該相信你的第一印象，我**就是**一坨屎，而且只要世界上還有我們屎坨的容身之地，我打算就繼續當下去。「Skål.（**乾杯。**）」

他用嘴細細品嘗了香檳的滋味才吞下去，然後咧開嘴笑了，發出愉悅的呻吟。哈利只得微笑舉杯，但顏斯給他一個不以為然的眼神。

「水？現在不是該享受人生的時候嗎，哈利？你真的不需要對自己這麼嚴苛。」

「有時候你就是需要。」

「胡扯，人類基本上都是享樂主義者，有些人只是要花比較長的時間才能領悟。你有女人嗎？」

「沒有。」

「是時候了吧？」

「確實是。不過我看不出來那個跟享受人生有什麼關係。」

「的確。」顏斯看著他的杯子，「我跟你提過我妹妹嗎？」

「你打電話的那個？」

「對。她單身，你知道嗎。」

哈利笑出來，「不要自以為欠我人情，顏斯，我沒做什麼，除了把你抓起來以外。」

「我不是在開玩笑，好女孩一個。她是編輯，不過我想她工作太認真，沒時間給自己找男人，而且會把男人嚇跑。她跟你很像，嚴謹，有主見。對了，你有沒有注意過，每個贏了某某小姐后冠的挪威女生都是這樣跟記者形容自己？說自己有主見？這年頭主見好像花車商品一樣。」

顏斯若有所思。

「我妹妹成年有法定權利以後，自己改了從母姓。她可是非常用力去成她的年、拿她的權。」

「我不確定我和令妹相不相配。」

「為什麼？」

「這個嘛，我是個膽小鬼，我想找的女人要是曖曖內含光的社會工作者，要非常美，美得讓人不敢告訴她。」

顏斯笑出來，「那你跟我妹妹結婚可以問心無愧，你喜不喜歡她都無所謂，反正她太努力工作，你也不會常常見到她。」

「那你為什麼打到她家裡，沒打去公司？你打電話的時候那裡是下午兩點。」

顏斯搖搖頭，「這不要說出去，我從來就記不住時差，我是說搞不懂時間要加還是減。很丟臉，我父親說我早發性癡呆，說是我媽那邊的遺傳。」

他趕忙加了一句，向哈利保證他妹妹沒有這種徵兆，反而比較像反過來。

「好了好了，顏斯，說說你自己吧，你開始考慮婚姻了嗎？」

「噓，不要說這種話，光是聽到那兩個字都會讓我心悸。婚姻哪……」顏斯抖了一抖，「問題是，首先，我的體質不適合一夫一妻。再來，我就是個多情種，結了婚就不能跟別的女人亂來，你知道我的意思嗎？

再也不能跟別的女人上床，這種概念太駭人聽聞了，你不覺得嗎？」

哈利試著同理他的心情。

「假設我真的跟電梯裡那個女生出去了，你覺得結果會怎樣？大恐慌對吧？花那些工夫，就為了對自己證明我還有辦法對別的女人感興趣；有點窩囊，說真的。希麗達她……」顏斯想著用什麼話說，「她有一種我在別人身上找不到的東西，相信我，我可找過了。我不確定能不能解釋得清楚這個東西，反正我不想失去它，因為我知道要再找到可能很難。」

哈利心想，這理由跟他聽過的每一個不相上下。顏斯用手指來回滾著杯子，歪著嘴笑了笑。

「關押候審一定是對我造成什麼影響了，因為我通常不談這些事的。你答應我不會跟我的朋友說。」

服務生過來對他們示意。

「來來來，已經開始了。」顏斯說。

「什麼東西開始了？」

服務生帶他們到餐廳後面，穿過廚房，走上一道窄梯。走廊上待洗的碗盤一籃疊著一籃，一個老嫗坐在椅子上對他們咧嘴笑，露出黑牙。

「檳榔，」顏斯說，「很討厭的風俗，他們一直嚼到腦袋爛掉，牙齒掉光。」

哈利聽見一扇門後面有人喊叫，服務生開了門，他們進入寬大無窗的閣樓。二、三十個男人站成一個窄圈，在那裡指手畫腳；折了角的鈔票在他們中間數著、傳著，快得讓人眼花撩亂。大部分的人穿白色衣服，有些穿著淺色亞麻西裝。

「鬥雞，」顏斯解釋，「私下安排的。」

「為什麼？」哈利得大喊才能讓他聽見，「我是說，我聽說鬥雞在泰國還是合法。」

「某個程度合法。當局准許改良形式的鬥雞，後趾爪要綁起來，才不會鬥死對方，而且有規定的時間長度，不是鬥到死為止。這裡是照傳統規矩經營，所以賭注沒有上限。要不要靠近一點？」

哈利遠遠高過前面那些男人，所以可以輕而易舉看到擂台。兩隻公雞的毛色都是紅褐帶橘，頭一擺一擺，趾高氣昂地走來走去，看起來對對方絲毫不感興趣。

「要怎麼讓牠們鬥起來？」哈利問。

「別擔心，那兩隻公雞有深仇大恨，你跟我就算結仇都不可能到那種程度。」

「為什麼？」

顏斯看著他，「牠們在同一個擂台，牠們是公雞。」

接著，彷彿得到指令一樣，牠們打了起來。哈利只看見翅膀拍來拍去，稻草漫天亂飛。那些男人瘋狂尖喊，有些還上上下下跳著。閣樓裡瀰漫又苦又甜的怪味，是腎上腺素摻雜了汗水。

「看得到雞冠被剪開那隻嗎？」

哈利看不到。

「那隻會贏。」

「你怎麼看出來的？」

「我看不出來，我就是知道。開打之前我就知道。」

「你怎麼……」

「別問。」顏斯咧開嘴笑。

尖喊聲靜止下來，擂台上留下一隻雞；有些人唉聲嘆氣，還有一個穿灰西裝的人氣得把帽子扔到地上。

哈利看著那隻公雞斷氣，羽毛底下有一條肌肉抽了一下，然後再無動靜。實在荒誕，剛才好像鬧劇一場，一團羽毛、翅膀、雞腿，和著尖叫聲。

一根染血的羽毛飄過他的面前。一個穿鬆垮長褲的人把那隻雞抱走，一臉快要哭出來的樣子。另一隻公雞已經再次昂首闊步起來，哈利總算看到分岔的雞冠了。

服務生帶著一疊鈔票走到顏斯旁邊。那些男人有的瞄了他一眼，有的點點頭，但誰都沒說什麼。

「你從來不輸的嗎？」他們回到餐廳以後，哈利問他。顏斯已經點了菸，叫了一杯干邑白蘭地；陳年的四十度軒尼詩，服務生問了兩次才聽懂酒名。哈利很難想像這個顏斯就是昨晚他在電話上安慰過的那個顏斯。

「你知道為什麼賭博是病，不是職業嗎，哈利？因為賭徒喜歡冒險，他們活著、繼續呼吸，就是為了那股讓人戰慄的不安全感。」

他呼出大大的煙圈。

「我則是相反，為了消滅風險，我可以無所不用其極。你今天看到的我贏的那些錢，可是把我的成本和工錢全包了；那可不是小數目，你別不信。」

「但是你從來沒輸過嗎？」

「回報很合理。」

「回報合理？你是說夠讓賭徒遲早有一天把所有身家拿出來典當。」

「差不多這個意思。」

「可是如果你都知道結果，賭博的魅力不會少掉一些嗎？」

「魅力？」顏斯舉起那一疊鈔票，「我想這個夠有魅力了吧，可以替我買到這些。」他往身邊攤開手。

「我這個人比較單純，」他仔細看著雪茄的紅光，「好啦，我們就直說吧，魅力我是真的缺了一點。」

他爆出一陣驢叫似的笑聲，哈利只得陪笑。

顏斯瞥了一眼手錶，從椅子上跳了起來。

「美國開市之前還有一堆事要做，最近真是亂成一團。回頭見了，我妹的事考慮一下。」

他走出門外，留下哈利坐著吸菸，考慮一下他妹妹的事。然後他搭計程車到帕蓬街，他不知道自己要找什麼，反正他走進一家 Go Go Bar，差點要了啤酒，很快又走出去。他在柏雪鴻吃了蛙腿，老闆過來用極差的英語說很想回諾曼第。哈利告訴他，他父親在諾曼第大登陸那天人就在那裡，這不算百分之百實話，但至少讓那個法國人高興了些。

哈利付了錢，找了另一家酒吧。一個鞋跟高得可笑的女孩坐到他身邊來，棕色大眼睛盯著他看，問他想不想要人家幫他吹。我當然想得要命，他暗忖，搖了搖頭。他發現酒吧裡有臺電視懸掛在玻璃層板上方，正在播曼聯隊比賽的精彩鏡頭。他從鏡子裡看到那些女孩子在他正後方那塊窄小親暱的舞臺上跳舞，她們在奶頭上貼了小小的金色星星，這樣酒吧就不算違反禁裸法規。每個女孩子都在小得出奇的內褲上貼了號碼牌，警察不會問用途，但每個人都知道那是為了方便點女孩出場，避免弄錯人。哈利看到她了，20號。蒂姆在四個跳舞的女孩後面，那雙眼睛掃視著吧台前面的一排男人，像雷達一樣。偶爾她的嘴脣閃過一抹微笑，不過並沒有讓她的眼神活起來。她看起來已經跟一個穿著某種熱帶軍服的男人接洽上；德國人吧，哈利猜想，自己也不知道為什麼。他看著她的臀部懶懶地搖來扭去，烏亮頭髮一轉身就從肩上甩開，光滑紅潤的肌膚彷彿從裡面發出光。哈利覺得，要不是她那雙眼睛，她會很美的。

有那麼一剎那，他們的眼神在鏡子裡對上，哈利立刻感到侷促不安。她不像是認出他的樣子，但他還是把視線移向電視螢幕，現在畫面上是一個球員被換下場的背影。同一個號碼。球衣上面的挪威名字是「索爾斯克亞」。哈利如夢初醒。

「他媽的！」他大叫一聲，翻倒了杯子，可樂灑了出去，潑到那名對他堅定不移的交際花腿上。哈利推開人群走出去，身後傳來憤慨的叫喊：「你不是朋友！」

36

一月十九日，星期日

兩個穿綠衣服的男人衝過灌木叢，其中一個彎著腰，肩上扛著受傷的弟兄。他們在倒地的樹幹後面找到掩護，把他放下來，然後舉起步槍瞄準，對著灌木叢開火。一個冷淡的聲音說，這是東帝汶對蘇哈托總統暴政的無望之戰。

講臺上一個男人緊張地翻他的紙張，弄出沙沙聲。他長途跋涉，大老遠來這裡談他的國家，這個晚上很重要。泰國外國記者聯誼會的會議室裡雖然人不多，但是觀眾席上的區區四、五十人極為關鍵，他們聯合起來，可以把訊息傳出去，觸及數以百萬計的讀者。正在播的這部影片他已經看過一百次，他知道再過兩分鐘，自己就得走上火線。

伊瓦．駱肯感覺到一隻手落在他的肩膀上，不禁嚇了一跳，還有一個聲音悄悄地說：「我們要談談。現在。」

半明半暗中他辨認出霍勒的臉。他站起來，兩人一起離開會議室，這時一個半張臉燒成僵硬面具的游擊隊員正在解釋，為什麼他要把過去八年的人生耗在印尼的叢林裡。

「你怎麼找到我的？」他們一走出去他就問。

「我跟彤亞．魏格講過話。你常來這裡？」

「不確定多久才叫做常，不過我想要跟得上最新情勢。而且我在這裡可以遇到有用的人。」

「譬如瑞典和丹麥大使館的人？」

駱肯的金牙閃閃發光，「我說了，我想要跟得上最新情勢。有什麼事嗎？」

「每一件事。」

「哦？」

「我知道你在追誰，而且我知道兩件案子有關聯。」

駱肯的笑容沒了。

「有趣的是，我剛到這裡不久，就去過你監視的地方附近，離那裡只有一箭之遙。」

「這麼巧啊。」很難判斷駱肯這句話有沒有諷刺的味道。

「柯蘭利督察帶我遊河，給我看過一棟挪威人的房子，那個人把整座佛寺從緬甸運到曼谷。大使死的那天他跟大使說過話，但是我們一直找不到他的人。我在喪禮上見過他朋友柏爾克，他說他出門談生意去了。你也知道歐夫．克利普拉吧？」

駱肯沒回答。

「我一直到剛才看足球賽的時候才想到這個關聯。」

「足球賽？」

「全世界最知名的挪威人正好在克利普拉最愛的球隊踢球。」

「所以？」

「你知道奧萊．賁納．索爾斯克亞（Ole Gunnar Solskjær）的背號嗎？」

「不知道。我幹嘛要知道？」

「嗯，全世界的小男孩都知道，而且他的球衣從開普敦到溫哥華都買得到。有時候大人也會買。」

駱肯點了點頭，犀利的眼神盯著哈利，「20號。」他說。

「跟照片裡一樣。我還想到另外幾樣東西，我們在墨內斯背上找到的刀，刀柄有一種特殊的玻璃馬賽克，一位美術史教授告訴我們那是非常古老的刀子，來自泰國北部，可能是撣族做的。今天晚上我問了他，他說撣族也散布到緬甸某些地區；他們在那裡做什麼不重要，重要的是他們蓋了佛寺，他們的佛寺有個特色，就是門窗通常會用刀柄那種玻璃馬賽克裝飾。我來的路上先去找了教授，給他看你拍的照片，駱肯，他斬釘截鐵斷定照片裡的就是撣族佛寺的窗戶。」

他們可以聽到講者已經開始演講。喇叭放出來的聲音鏗鏘刺耳。

「算你厲害，霍勒。現在呢？」

「現在你告訴我幕後的祕密，然後我接手接下來的調查。」

駱肯哈哈大笑，「你在開玩笑吧？」

哈利是認真的。

「很有趣的建議，霍勒，但是我想過不了關，我的老闆——」

「我想**建議**這個詞不合適，駱肯，不如試試**最後通牒**。」

駱肯笑得更大聲，「算你有種，霍勒，可是你怎麼會以為你有資格提出最後通牒？」

「因為等到我跟曼谷警察局長講現在的情況，你麻煩就大了。」

「他們會把你踢出去的，霍勒。」

「為什麼？第一，我接到的命令是在這裡調查謀殺案，不是替奧斯陸的官僚擦屁股。你想把一個戀童癖抓到手，我個人不反對，但那不是我的職責。再來，等到國會聽說有這麼一樁違法調查，知道他們一直被蒙在鼓裡，我猜就有好幾個人要等著被炒魷魚，風險比我大多了。照我看，如果我同流合汙，不說出去，我失業的機率才是會大增。來一根？」

哈利拿出一包新拆封的二十支裝駱駝牌。駱肯搖頭，但是又改變主意。哈利幫忙點了菸，然後兩個人坐到牆邊的兩把椅子裡。會議室傳來熱烈的掌聲。

「你為什麼不放手呢，霍勒？你早就知道你在這裡的任務就是收拾殘局，避免出亂子，你幹嘛不就順著形勢走，替你自己也替我們省了那一大堆麻煩？」

哈利深深吸了一口，再緩緩吐氣。大部分的煙都留在裡面。

「這個秋天我又開始抽駱駝牌，」哈利拍拍他的口袋說，「我有一個前女友以前抽過駱駝牌，她不准我抽她的，她說會養成壞習慣。我們搭火車遊歐洲，在潘普洛納到坎城途中的火車上，我的菸抽完了，她說那是給我教訓。那趟車程將近十個小時，最後我只好去另一個車廂跟別人討了一根菸；她呢，就在那裡爽爽地抽她的駱駝牌。怪人，是吧？」

他舉起菸，對著菸頭吹氣。

「我們到了坎城以後，我還是繼續跟陌生人討菸。一開始她覺得好玩，等到我開始在餐廳裡一張桌子問過一張，她就覺得沒那麼好玩了，她說可以給我一根，但是我拒絕。到了阿姆斯特丹她跟挪威朋友碰面，她的菸盒還擺在桌上，我卻跟別人討起菸來，她就覺得我在耍孩子脾氣。她買了一包給我，說不准再討菸，但是我把那包留在飯店房間。等我們回到奧斯陸，我還照做不誤，她就說我腦袋有病。」

「這個故事有重點嗎？」

「有，她戒菸了。」

駱肯咯咯笑，「所以有好結局。」

「差不多那段時間她遇到一個倫敦來的樂手。」

「那你一定是做得有點過頭了。」駱肯匆匆地含糊說道。

「當然啦。」

「可是你沒有從中得到教訓？」

「沒有。」

他們靜靜地抽菸。

「了解。」駱肯說著，捻熄菸頭。會議室裡開始有人走出來。「我們去別的地方喝杯啤酒，我把來龍去脈告訴你。」

「歐夫．克利普拉是做道路工程的，除此之外，我們對他的了解很少。我們知道他二十五歲就來了泰國，工程學位沒念完，名聲臭爛；還有他把姓從皮得森改成克利普拉。克利普拉是他奧勒松老家那一帶的地名。」

他們坐在一座椅面很寬的皮沙發上，面前是一部音響、一架電視、一張桌子、一杯啤酒、一瓶水，兩只麥克風和一冊歌本。哈利一開始以為駱肯說要去卡拉ＯＫ是在開玩笑，聽到理由之後，才知道不是。他們可以租一間有隔音效果的包廂，按小時計費，不用登記名字，想喝什麼隨意點，而且不會有人來打擾；此外，他們進出卡拉ＯＫ的人數很正常，不會引起注意。這裡根本就是祕密會面的最佳地點，而且顯然駱肯不是第一次來。

「什麼臭名聲？」

「我們挖下去以後才知道，奧勒松市發生過幾次未成年男孩的事件，沒上報，但是流言滿天飛，於是他覺得是時候搬走了。他剛到這裡的時候，註冊了一間營造公司，印幾張名片自稱博士，就開始到處拜訪，說他可以做道路工程。在那個年代，二十年前，要吃得到道路工程這塊餅，只有兩個方法：要不就是跟政府的人有關係，要不就是夠有錢，能收買那些人。克利普拉兩個都沒有，當然機會渺茫，可是他學了兩樣東西，絕對是他今天有這些財富的兩大基礎：泰語和拍馬屁。拍馬屁可不是我胡扯的，他自己都對住在這裡的挪威人吹噓，說他堆笑的技術已經很純熟，連泰國人都覺得太過頭了。還有，他跟幾個搞上關係的政治人物都性好孌童，在簽下合約承造 BERTS 的時候，跟他們成為共犯連帶關係，大概沒什麼壞處。BERTS

就是『希望曼谷高架道路暨鐵路共構系統』。」

「道路暨鐵路？」

「對，你大概注意到了，市區到處都在打鋼樁。」

哈利點頭。

「目前有六千支樁，以後還會更多，不只是為了高速公路，因為高速公路的上方還要給新的火車走。我們現在說的是五十公里的最新科技公路，還有六十公里的鐵路，價值二百五十億克朗，用來防止這座城市噎死自己。你懂嗎？這項計畫絕對是規模空前浩大的城市道路工程，柏油界和枕木界的彌賽亞。」

「克利普拉也在裡面？」

「似乎沒人搞得清楚誰在裡面、誰在外面，只知道原來的港商主將退出不玩了，預算和進度可能都會爆掉。」

「預算超支嗎？還真意外啊。」哈利諷刺地說。

「但這意思是各方人馬會有更多油水可以撈，而且我猜克利普拉已經穩穩卡位，只要有人退出，那些政客就得接受其他廠商拉高投標價格。如果克利普拉有那個財力去咬一口眼前的大餅，他很快就會變成這個地方最有權有勢的企業家。」

「好，可是這跟性侵兒童有什麼關係？」

「沒什麼關係，只是有權有勢的人經常傾向枉法營私。我沒有理由懷疑現任政府不清廉，但是假如某個人有政治勢力，而且逮捕他會更加延誤整個工程，那麼想要引渡回國根本就是機會渺茫。」

「那你還忙什麼？」

「還是有進展。我們在等新的引渡協定生效，生效以後，我們再等一陣子，就可以逮捕克利普拉，然後跟泰國當局說那些照片是在簽署協定以後拍的。」

「然後以與未成年人性交定罪？」

「或許再加一條謀殺。」

哈利縮在他的沙發上。

「你以為你是唯一一個把刀子跟克利普拉連在一起的人嗎，警察先生？」駱肯一邊說，一邊點他的菸斗。

「刀子的事你知道多少？」哈利問。

「我送彤亞．魏格去汽車旅館認屍的，我拍了幾張照片。」

「一群警察就站在那裡看你拍？」

「這個嘛，相機很小一臺，可以裝在手錶裡面，就像這只，」駱肯微笑著說，「外面買得到。」

「然後你就把玻璃馬賽克跟克利普拉連在一起？」

「佛寺拆賣交易的相關人士之中，有一個跟我有往來，他是仰光馬哈希禪修中心的**朋吉**（pongyi）。那把刀是佛寺的裝飾品，被克利普拉買下來了，那位比丘說，刀子有一對，應該還有一把一模一樣的。」

「等等，」哈利說，「你跟這個比丘聯絡，就表示你一定察覺到刀子跟緬甸佛寺有某些關聯。」

駱肯聳聳肩。

「拜託，」哈利說，「你也不是美術史專家，我們還得找個教授出馬，才能確定跟撣族什麼的有關係。你問人之前就懷疑克利普拉了吧。」

駱肯被火燒到手指頭，氣惱地扔了火柴。

「我有理由相信謀殺案可能跟克利普拉有關係。喏，大使被殺那天，我坐在公寓裡，就是克利普拉他家對面。」

「然後？」

「奧特樂．墨內斯大概七點開車過來。八點他和克利普拉開車出去，大使的車。」

「你確定是他們？我看過那輛車，跟大多數大使館的車一樣，窗戶都是深色的，幾乎看不透。」

「車子抵達的時候我從相機鏡頭看見克利普拉。車子停在車庫裡，有一扇門通往主屋，所以一開始我只看見克利普拉站起來，走向那扇門。有一會我誰都看不見，後來才看到大使在客廳裡走動。接著車子又開走，克利普拉也不見人影。」

「你又不能確定是大使。」

「為什麼不能？」

「因為從你坐的位置，你只看得見他的下半身，其他部分都被馬賽克擋住。」

駱肯笑出聲，「哦，下半身就夠多了。」他說完，終於點著菸斗，心滿意足地呼著煙。「因為只有一個人穿著他身上那種亮黃色西裝走來走去。」

換成別的情況，哈利可能會陪個笑臉，但現在有太多事情在他的腦袋裡轉。

「為什麼涂魯斯和警察局長不知道這件事？」

「誰說他們不知道？」

哈利感覺到眼睛後方有股壓力。那些政客一直把他徹底蒙在鼓裡，他左右張望，想找東西砸。

37

一月十九日，星期日

他到家的時候快要十一點了。

「你有訪客。」門口的警衛說。

哈利搭電梯上樓，在泳池邊躺下，聽著如娜游泳時細小規律的拍水聲。

「妳得回家。」過一會他說。她沒回答，他就起身走下樓，一路走回他的公寓。

畢悠納．莫勒站在窗邊往外望。不過才傍晚，天已經漆黑一片。看起來近期之內寒冷還沒打算放手。兒子們覺得好玩得很，他們手指凍僵，臉頰凍紅，一邊往桌子這裡走過來，一邊爭執誰跳得最遠。時間過得這麼快，不久以前他還把他們夾在自己的雪屐之間，滑下葛拉森科倫山的斜坡，昨天他去兒子的房間，問要不要念書給他們聽，卻被他們賞了個怪表情。

妻子說過他看起來一臉疲態，是嗎？或許吧。有很多事情要想，或許比他接下犯罪特警隊隊長職務時想像得多，不是報告、會議、預算，就是手下哪個員警帶著莫勒解決不了的問題，砰砰砰地來敲門；老婆想分居啦，房貸滾雪球了啦，精神瀕臨崩潰邊緣啦。

接下這個位子的時候，他原本期待可以做的指揮辦案這項警察工作，已經變成次要業務。但他還是沒學會掌握隱藏的動機、讀懂弦外之音、玩生涯遊戲。有時候他會想，自己還應該待在位子上嗎，但是他知道妻子在乎這個位子比較高的薪級，而且兒子們想要跳臺專用的雪屐。還有，大概是時候買他們一直在討的電腦了。微細的雪花在窗玻璃前面打轉。他一直是這麼優秀的警察。

電話鈴響。

「我是莫勒。」

「我是霍勒。你一直都知道嗎？」

「喂？哈利，是你嗎？」

「你知道他們特地選我出任務，是因為這案子根本辦不起來？」

莫勒壓低音量。跳臺雪屐和電腦已經全忘得一乾二淨。「我不知道你在說什麼。」

「我只是想聽你說：你不知道奧斯陸的人從一開始就有嫌犯名單。」

「好，哈利，我不知道……我的意思是我不知道你到底在講什麼鬼。」

「局長和外交部那個達格芬．涂魯斯從頭到尾都知道，大使跟一個叫歐夫．克利普拉的挪威人，在大使到達汽車旅館之前半小時同車離開克利普拉家。他們還知道克利普拉有一個該死的充分動機殺掉大使。」

莫勒一屁股坐下。「什麼動機？」

「克利普拉是曼谷數一數二的有錢人，而大使遇上嚴重的經濟難關，他甚至主動發起嚴重違法的調查行動，去查克利普拉性侵兒童的事。大使陳屍現場找到他的公事包，裡面有克利普拉跟一個男孩的照片，不難想像他去找克利普拉的原因。墨內斯一定是讓克利普拉相信了他是獨力調查，照片也是自己拍的，然後他一定開了價，讓他買下『所有的複本』，通常是這樣講的吧？當然你不可能確定墨內斯複洗了幾張，但是克利普拉大概知道勒索者如果是無藥可救的賭徒，譬如大使，那絕對會再上門一次，兩次。所以克利普拉提議開車出去，在銀行下車，然後要墨內斯去汽車旅館等他，說他會帶錢過去。等克利普拉到了旅館，根本不必問是哪一間房，他看得到大使的車停在房間外面不是？媽的，那傢伙甚至有辦法從刀子追回到克利普拉身上。」

「哪個傢伙？」

「駱肯，伊瓦．駱肯，他是老情報員，在這裡幹好幾年了。是聯合國雇員，做難民工作，他說的，但誰知道真的假的？我猜他大部分的薪水來自北約之類的組織，他監視克利普拉好幾個月了。」

「大使不知道嗎？你不是說是大使發起的調查？」

「什麼意思？」

「你一直說大使去那裡勒索克利普拉，可是他明知道那個幹情報的在看著他們。」

「他當然知道，那些照片是從駱肯那裡拿來的，不是嗎？那又怎樣？挪威的大使好意拜訪曼谷最有錢的挪威人，沒什麼好奇怪吧。」

「或許吧。這個駱肯還說了什麼？」

「他告訴我選我出這個任務的真正原因。」

「什麼原因？」

「知道克利普拉調查案的那些人冒著風險，如果他們被發現，天會塌下來，會引起公眾抗議，會有人被砍頭等等。所以發現大使遭到謀殺以後，凶手是誰他們也心裡有數，這時候他們得確定警察辦案不會辦到他們的調查行動上頭。他們得找一個折衷的辦法，做一點事，但不要做太多，免得揭了自己的底。派一個挪威警官來，他們就不會被人指責沒有作為；聽說他們不能派一整組人，因為會得罪泰國警方。」

哈利的笑聲跟另一組正從地球和衛星之間某處呼嘯而過的對話混在一起。

「他們反過來挑了一個他們認為什麼屁都揭發不了的人。達格芬．涂魯斯做了功課，找到最佳人選，一個絕對不會給他們找麻煩的人，因為那個人大概晚上會坐在整箱啤酒前面，白天靠睡覺解決宿醉。哈利．霍勒最適合，因為他根本是個廢人。他們拿得出正當理由，萬一有人質疑，他們可以說這位警員去澳洲出過一次類似的任務，因此得到熱烈推薦；這還不夠的話，就說犯罪特警隊隊長莫勒替他背的書，由莫勒來判斷應該最合適，不是嗎。」

莫勒不喜歡他聽到的內容，現在明白過來，又更加不喜歡。他明白了發問的時候局長從桌子那頭拋過來的視線、微微抬高但幾乎看不出來的眉毛，那是命令。

「可是涂魯斯和局長為什麼要冒著丟工作的風險去抓一個戀童癖？」

「好問題。」

安靜無聲。兩人都不敢把心裡想的事說出口。

「現在怎麼辦，哈利？」

「現在進行『小命自救任務』。」

「意思是？」

「意思是沒人想要背黑鍋，駱肯不想我也不想。談好的結果是我跟他暫時閉嘴，然後合力逮到克利普拉。我猜你寧願從現在開始接管這個案子吧，隊長？或許直接去國會報告？你自己也有一條小命要救，你知道。」

莫勒仔細考慮這一點。他不知道他是不是想要得救，大不了就是被趕回去做警察工作。

「這事情很大條，哈利，我得考慮考慮。再打給你，好嗎？」

「好。」

他們收到另一組來自太空微弱的對話訊號，但是突然安靜下來。他們聽著星星的聲音。

「哈利？」

「嗯？」

「考慮個屁，我挺你。」

「就知道你會，老大。」

「逮捕他以後打電話給我。」

「哦對，我忘記說了，大使被謀殺以後就沒人看到過克利普拉。」

38

一月二十日，星期一

駱肯把夜視望遠鏡遞給哈利。

「危險解除，」他說，「我知道他們的慣例，警衛會在車道尾端大門邊的亭子裡坐著，二十分鐘之內不會再出來巡邏。」

他們坐在一棟房子的閣樓裡，距離克利普拉的土地大約一百公尺。窗口釘了木板，不過木板之間的縫隙夠大，正好塞得下望遠鏡，或是相機。閣樓和克利普拉那幢有龍頭裝飾的柚木宅邸之間，隔著一排矮棚屋、一條馬路，和一道高大的白牆，牆上架著鐵刺網。

「這座城市唯一的問題就是到處都有人，隨時隨地。所以我們得繞過去，到那間棚子的後面翻牆。」

他用手指著，哈利趕忙拿起望遠鏡。

駱肯叫他要穿深色不顯眼的緊身服裝，他選了黑色牛仔褲和他那件黑色的歡樂分隊樂團舊T恤。他穿上T恤的時候想起克莉絲汀，當初唯一一個成功讓她喜歡上的樂團就是這團了，歡樂分隊。他想或許她就是這樣才不喜歡駱駝牌。

「走吧。」駱肯說。

外面空氣沉悶，碎石路上的灰塵飄來飄去，沒有方向。一群男孩在玩藤球；他們圍成圓圈，用腳把小橡膠球踢來踢去，沒注意到兩個一身黑的**發郎**。哈利和駱肯過了馬路，從兩間棚屋中間一溜煙穿過去，順利來到牆邊，沒人發現。朦朧的夜空反射一片來自數百萬盞大小燈光的黃濁色光線，這些燈從來不讓曼谷在這樣的夜裡完全暗下來。駱肯把他的小登山包扔到牆的另一邊去，然後拋了一條又薄又窄的橡膠墊，蓋在鐵刺網上。

「你先上。」他說著，疊起雙手，讓哈利有地方踩。

「你呢？」

「不用擔心我。來吧。」

他把哈利抬上去，讓他抓住牆頭的柱子。哈利一腳踩在墊子上，另一腳翻過去的時候，聽見腳下的橡膠墊被鐵絲刺穿的聲音。他努力不去想隆斯塔市集那個小男生的事；小男生從旗竿上面滑下來，忘了竿底有個繫繩的栓子，爺爺說男孩的宮刑慘叫聲連峽灣對岸都聽得到。

下一秒駱肯已經站在他身邊。

「哇，這麼快。」哈利低聲說。

「退休老人本日的健康操。」

退休老人在前，哈利在後，他們俯身沿著房子外牆快跑，穿過草坪以後，停在轉角處。駱肯拿出望遠鏡，等著警衛的視線移往另一個方向。

「現在！」

哈利衝出去，想像自己是隱形人。到車庫的距離並不遠，但是沿途點著燈，而且他們和警衛亭之間沒有掩護。駱肯緊跟在後。

哈利本來覺得闖空門的方法不可能有這麼多種，但是駱肯堅持要做縝密的沙盤推演，還強調最後這個關鍵階段，他們兩個一定要緊靠在一起跑。哈利問他，一個先跑，另一個把風，難道不會比較好嗎。

「何必把風？要是我們被人看到，我們自己一定知道啊。如果我們分開跑，被看到的機會反而加倍。現在警界什麼都不教了呀？」其餘的計畫內容哈利完全沒有意見。

一輛白色的林肯大陸占據大部分車庫。車庫裡確實有一扇側門通往主屋。駱肯是抱著側門鎖會比前門鎖好開的指望，而且從大門那裡看不到他們。

他拿出他的撬鎖器，埋頭開始工作。

「你有沒有注意時間？」他低聲說。哈利點點頭。根據時間表，距離警衛下一輪巡邏還有十六分鐘。

十二分鐘後哈利感覺全身癢起來。

十三分鐘後他希望舜通會在一陣煙霧中現身。

十四分鐘後他知道他們得放棄這次行動了。

「我們走人了。」他輕聲說。

「再一下。」駱肯埋首在門鎖上，「頂多再幾秒。」

「現在就走！」哈利咬牙切齒噓他。

駱肯沒應聲。哈利吸了一口氣，然後伸出一隻手臂摟住他的肩膀。駱肯轉頭，他們四目交接，金牙閃閃發亮。「賓果。」駱肯小聲說。

門開得順暢無聲。他們悄悄溜進去，靜靜把門關上。就在這時他們聽見車庫裡有腳步聲，門上方的窗戶有手電筒的光照進來，接著就有人用力轉動門把。他們背靠著牆站著，哈利屏住氣，心臟猛跳，把血液送到全身。然後腳步聲漸漸遠去。

哈利發現自己很難壓低音量。「你說二十分鐘！」

駱肯聳聳肩，「左右。」

哈利在心裡數數，張著嘴巴吐氣。

他們打開手電筒，正準備深入屋內，哈利腳下突然傳來嘎吱聲。

「什麼聲音？」他把手電筒往下照，深色的拼花地板上有一小團白色的東西。

駱肯把手電筒照向刷白的牆壁。

「哎，克利普拉亂搞一通，這棟房子只能用柚木蓋才對。哼，這下我對這個人的敬意真的蕩然無存了。」他說，「來吧，哈利，把握時間！」

在駱肯的指揮下，兩人迅速有條理地搜索了房子，哈利專心做駱肯交代的工作，先記住原來的位置才挪東西，不要留指紋，打開抽屜櫥櫃前先檢查有沒有貼膠帶。兩三個小時後他們在廚房桌邊坐下來，駱肯找到幾本兒童色情雜誌，還有一把看起來很多年沒擊發的手槍。兩個他都拍了照。

「這傢伙走得非常匆忙，」他說，「臥室裡有兩只空的行李箱，盥洗用品包放在浴室，衣櫃還塞得滿滿的。」

「說不定他有三只行李箱。」哈利提出想法。

駱肯看他的眼神混合了嫌惡和寬容，他看肯做事但腦袋不靈光的菜鳥，應該也是這種眼神吧，哈利暗想。

「哪個男的會有兩個盥洗包啊，霍勒。」

菜鳥，哈利心想。

「剩一個房間，」駱肯說，「二樓的辦公室鎖住了，德國製的鬼東西，我開不了。」他從登山包裡拿出撬棍。

「我一直希望這個不會派上用場，」他說，「我們弄完以後，那扇門會一團亂。」

「無所謂，」哈利說，「反正我好像把他的拖鞋放錯架子了。」

駱肯發出咯咯笑聲。

他們把撬棍用在鉸鏈上，沒用在門鎖上。哈利反應太慢，結果沉重的門往房間裡倒，發出了巨響。他們呆站幾秒，等待警衛的喊聲傳來。

「你覺得他們聽到了嗎？」哈利問。

「不會啦，這裡的人均噪音多得很，只是砰一聲不會有多少人注意。」

他們的手電筒光束像黃蟑螂在牆壁上亂竄。

辦公桌前的牆上有一幅曼聯紅白布條，掛在裱了框的全隊合照海報上，底下是紅白色的市徽和船隻圖案，刻在木頭上。

光束停在一張照片上。照片裡的男人有張正在微笑的闊嘴，堅挺的雙下巴，兩隻略微浮腫的眼睛閃著愉悅的光芒。歐夫．克利普拉看起來是愛笑的人，金黃色鬈髮在風裡飄，照片一定是在船上拍的。

「他看起來不太符合戀童癖的描述。」哈利說。

「戀童癖很少符合描述。」駱肯說。哈利往他那裡看，但是手電筒照得他什麼都看不見。「那是什麼？」

哈利轉身，駱肯把手電筒照向角落的一只灰色金屬箱子，哈利立刻認出來。

「我知道那是什麼，」他很高興自己終於有一點貢獻，「那是價值五十萬克朗的錄音機，我在卜瑞克的辦公室看過一臺一模一樣的。那個可以錄通話內容，錄音和時間碼不能改動，所以有法律紛爭的時候可以派上用場。如果要在電話中談幾百萬的生意，這個很好用。」

哈利翻閱辦公桌上的文件，看見日本和美國公司的信箋、協議、合約、協議的草稿、草稿的修訂稿，其中許多份都提到了 BERTS 這項運輸工程計畫。他注意到一份封面印著曼谷巴克萊名號的騎馬釘小冊，內容是針對「富利得」這家公司的分析報告。然後他把手電筒往上照，光束一照到牆上的某個東西，他就停了下來。

「賓果！你看，駱肯，這一定就是你說的另一把刀。」

駱肯沒應聲，他背對著哈利。

「你有沒有聽到我——」

「我們得出去了，哈利，馬上。」

哈利轉身看見駱肯的手電筒照著牆上一具閃著紅光的小盒子，當下他感覺彷彿被毛線棒戳進耳朵，哀鳴的警笛聲響亮得很，他立刻變成半聾。

「延遲警報器！」駱肯大喊的時候，人已經跑起來，「關掉手電筒！」

哈利在黑暗中跟著他跌跌撞撞下了樓梯，跑向通往車庫的側門。

「等等。」哈利蹲下來，用手把地板上的灰泥塊掃起來。

他們可以聽見外頭傳來人聲和鑰匙噹啷噹啷的響聲。一束月光穿過門上頭的窗，被玻璃馬賽克染成了藍色，落在他們面前的拼花地板上。

「你在幹嘛？」

哈利沒有時間回答，因為他們聽見門閂轉動的聲音。他們到了側門，再下一秒已經跑了起來，低著頭穿過草坪，把警笛歇斯底里的哀鳴拋在身後，愈來愈遠。

「好險。」到了牆外以後，駱肯說。哈利看著他，月光照在他的金牙上。駱肯連喘都沒喘一下。

39

一月二十日，星期一

哈利把剪刀插進插座的時候，燒掉了牆裡某個地方的電線，所以他們現在又坐在閃爍的燭光下了。駱肯剛剛開了一瓶金賓威士忌。

「幹嘛皺鼻子，霍勒？不喜歡這氣味？」

「氣味沒什麼問題。」

「那是口味囉？」

「口味很棒。金賓跟我是老朋友了。」

「啊。」駱肯給自己倒了一大杯，「現在沒那麼好了是嗎？」

「人家說他是損友。」

「那現在誰跟你作伴？」

哈利舉起可樂瓶，「美國帝國主義文化。」

「現在完全戒了？」

「秋天的時候喝了不少啤酒。」

駱肯咯咯笑。

「現在答案揭曉了。我一直在思考涂魯斯到底為什麼要選你。」

哈利知道這是間接的稱讚。駱肯認為涂魯斯本來可以選個更蠢的蠢蛋。選哈利一定有別的理由，因為他並不是個無能的警察。

哈利對著酒瓶點點頭，「那個會減輕噁心感嗎？」

駱肯抬高眉毛。

「可以讓你暫時忘記工作嗎？我是說那些小孩。那些照片，那些狗屁倒灶的事？」

駱肯一口氣乾了那一杯，又給自己倒一杯。他啜了一口，放下杯子，然後往後靠著椅背。

「哈利，我有做這個工作的特殊資格。」

哈利隱約懂得他話中的意思。

「我知道他們怎麼想，他們被什麼驅動，他們從哪裡得到快感，他們可以抵抗哪些誘惑，哪些不行。」

他拿出他的菸斗，「就我記憶所及，我一直都懂他們。」

哈利不知道該說什麼好，所以不吭聲。

「你說你現在不喝了？你很擅長這個嗎，哈利？擅長戒掉東西？就像那個香菸的故事，你就是做了個決定，就堅持下去，無論發生什麼事？」

「呃，對，我想是吧，」哈利說，「問題是我做的決定不見得都是好決定。」

駱肯又咯咯笑。哈利聯想到一個老朋友，也會這樣咯咯笑。他把他葬在雪梨，但是他會定期在夜裡來訪。

「那我們一樣，」駱肯說，「我這輩子從來沒有動過任何小孩一根汗毛。我夢過，幻想過，為這個哭過，但是我從來沒做過。你可以懂嗎？」

哈利吞了吞口水。

「我不知道我幾歲的時候繼父第一次強暴我，我猜頂多五歲。我十三歲的時候把斧頭砍進他的大腿、傷到動脈，他休克差點死掉。後來他沒死，但是落得坐輪椅。他說那是意外，說他砍柴的時候斧頭滑掉了。

他大概覺得我們從此兩不相欠吧。」

駱肯舉起杯子，盯著褐色液體看。

「經過統計，小時候被性侵過的人，自己變成性侵犯的機率最大。」他說，「你大概認為這是個巨大的矛盾吧？」

哈利做了個鬼臉。

「是真的，」駱肯說，「通常戀童癖都確確實實清楚他們對小孩造成什麼傷害，許多性侵犯自己都經歷過那些恐懼、困惑和愧疚。你知道有好幾個心理學家說，性刺激和渴望死亡兩者之間有緊密的關係嗎？」

哈利搖頭。駱肯一口氣乾杯，臉皺了起來。

「跟被吸血鬼咬一樣，你以為你死了，然後你醒過來，發現自己變成了吸血鬼，變得長生不死，無法止住對血的渴望。」

「而且永遠渴望死亡？」

「正是。」

「那你為什麼跟他們不一樣？」

「每個人都不一樣，霍勒。」駱肯填好了菸絲，把菸斗放在桌上。他已經脫掉黑色高領針織衫，汗水在打赤膊的身體上發亮。他的體格強壯勻稱，但是鬆軟的皮褶和萎弱的肌肉洩漏了他的年齡，也許還洩漏了某一天他終究會死的事實。

「那時候在瓦爾德，他們在我位於軍官食堂的置物櫃裡找到一本兒童色情雜誌，我被基地指揮官叫過去。算我走運吧我想，他們沒有把我呈報上去，沒有在我的檔案裡記上一筆，只是要我從空軍退役。我在情報職務中接觸到所謂的特勤局；他們送我去美國受訓，然後把我派到韓國，名義上是替挪威戰地醫院工作。」

「那你現在究竟是替誰工作？」

駱肯聳聳肩，表示不重要。

「你不覺得羞恥嗎？」哈利問。

「當然覺得啊，」駱肯露出疲倦的笑容，「每天都覺得。這是我的弱點。」

「你為什麼要告訴我這些？」哈利問。

「這個嘛，首先，我太老了，沒辦法再到處躲躲藏藏。第二，因為除了我自己，我還有別人要考慮。第三，因為我的羞恥主要在於情緒層面，而不是理性層面。」

他彎起一邊嘴角，露出諷刺的笑。

「以前我會訂閱《性行為檔案》，看看有沒有哪個學者能說清楚我是哪一種怪物。主要是出於好奇，而不是羞恥。我讀過一篇文章，講的是一個瑞士的戀童癖修士，我確定他也什麼都沒做過，但是文章才到一半，我就看到他把自己關在房間裡，喝下摻了玻璃碎片的魚肝油，所以我再也沒把文章讀完。我寧可把自己看成教養和環境的產物，但是無論如何，還是個有道德的人。我學著跟自己和平共處，霍勒。」

「可是，你自己是戀童癖，你要怎麼處理與童妓相關的工作？你會不會興奮起來？」

駱肯垂眼看著桌子，入了神。「霍勒，你有沒有幻想過強暴女人？你不必回答，我知道一定有。幻想強暴某個人不等於你就真的想要去做，對吧，也不等於你不適合處理強暴案。就算你可以懂男人很容易控制不住自己，但這種事其實很簡單，這就是錯的，違反了法律。這王八蛋會付出代價。」

第三杯一乾而盡。他已經喝到瓶標的位置。

哈利搖搖頭，「抱歉，駱肯，我很努力要接受，可是很難。你買兒童色情照，你就是共犯，沒有你這種人，這種髒東西就不會有市場。」

「確實，」駱肯的眼睛變得呆滯，「我不是聖人，對，這個世界會變成苦難之地，我也幫忙推了一把。

我有什麼話好說？就像那首歌詞說的：如果下雨，我也會和大家一樣，淋濕了身體。」

哈利突然也感覺變得蒼老。蒼老又疲倦。

「所以那團泥塊是什麼東西？」駱肯問。

「我只是瞎想，突然想到墨內斯後車廂裡找到的螺絲起子上面，也有相似的灰泥。有點黃，不是一般那種粉牆塗料的白。我會把泥塊送去檢驗，跟車裡的灰泥比對。」

「那會有什麼意義？」

哈利聳肩，「你永遠不知道什麼東西會有什麼意義，你為一件案子收集的資訊有百分之九十九毫無用處，你只能祈禱你有慧眼，看得出眼前那百分之一。」

「的確是。」駱肯閉上眼睛，靠到椅背上。

哈利下樓到了街上，跟戴著利物浦隊帽子的無牙男買了明蝦湯麵。無牙男把麵從黑色大鍋舀進塑膠袋裡，打了個結，然後露出他的牙齦。哈利在廚房找到兩個湯碗，把駱肯搖醒，嚇了駱肯一跳。之後他們就在沉默中吃麵。

「我想我知道是誰下令進行調查的。」哈利說。

駱肯沒應聲。

「我知道你沒辦法等到跟泰方的協定簽名蓋章才開始臥底任務，事情很緊急，對吧，急著非弄出個結果不可，所以你才提前行動。」

「你就是不放棄，是吧。」

「現在說這個還有意義嗎？」

駱肯吹著湯匙，「收集證據可能要花很長時間，」他說，「說不定要好幾年。時間因素比任何事情都重要。」

「我敢打賭沒有任何書面紀錄可以回溯到主要推手身上，如果事情曝光的話，一切都是外交部那個涂魯斯一個人的意思。我說的沒錯吧？」

「高明的政客向來都會替自己做好掩護，不是嗎？他們會把骯髒活交給內閣大臣做，而內閣大臣不給命令的，他們只是告訴局處首長要怎麼做才能加快或延緩升遷。」

「你會不會剛好講的是內閣大臣歐斯基德森？」

駱肯把一隻蝦子吸進嘴裡，沉默地咀嚼。

「所以吊在涂魯斯面前的紅蘿蔔是什麼？常務次長的位子？」

「我不知道。我們不談那種事。」

「那警察局長呢？她不是也有點冒險？」

「她大概是個優秀的社會民主黨員吧，我想。」

「政治野心？」

「或許。或許他們兩個冒的險都不像你想像的大。跟大使在同一棟大樓裡辦公不代表——」

「不代表你就是他的人馬？那你到底替誰做事？你是自由接案嗎？」

駱肯對著湯裡的倒影微笑，「霍勒，告訴我，你那個女人後來怎麼樣了？」

哈利看著他，滿臉困惑。

「那個戒菸的。」

「我跟你說了，她遇到英國的樂手，跟他去了倫敦。」

「那之後呢？」

「誰說還有之後？」

「你啊，你談起她的樣子。」駱肯笑出聲。他剛才已經放下湯匙，倒回椅背上。「講一下啦，霍勒，從那以後她真的就不抽菸了?永遠不抽?」

「不是,」哈利平靜地說,「但是現在她不抽了,永遠不抽。」

他看著那瓶金賓,閉上眼睛試著回想某一杯酒的暖熱,只有一杯,他的第一杯。

哈利坐在那裡,一直到駱肯睡著。然後他兩手勾著這位老兄的肩膀底下,把他拖上床蓋條毯子,之後就離開了。

江河苑的警衛也睡著了。哈利考慮過要不要叫醒他,最後還是決定不要。今天晚上每個人都該睡一下。門縫下塞了一封信,哈利沒拆開,放到床邊桌上跟另一封擺在一起。然後他站在窗邊,看著一艘貨船從鄭王橋下滑行而過,漆黑而無聲。

40

一月二十一日，星期二

哈利到辦公室的時候，已經接近十點，正好遇到阿諾要出門。

「你聽說了嗎？」

「聽說什麼？」哈利打了個呵欠。

「你們奧斯陸警察局長下的命令。」

哈利搖頭。

「今天晨會上聽說的，那些大頭開了個會。」

哈利衝進督察辦公室的時候，坐在椅子上的麗姿嚇了一跳。「哈利，早安？」

「才不安咧，我到五點才睡。聽說調查行動要縮小規模，怎麼回事？」

麗姿嘆口氣，「看來我們的局長又聊了一次天。你家局長一直在說預算不夠、人手不足，想要你回去；我家局長也開始神經緊張，因為我們為了這件案子，把其他辦到一半的謀殺案都放下了。當然他們沒說要擱置，只說把優先順序往下調。」

「意思是？」

「意思是我接到命令，要在這兩三天內確定你坐上飛機。」

「然後？」

「我告訴他們一月的班機通常都滿訂，所以可能至少要一個星期。」

「所以我們有一個星期的時間？」

「不是，他們說經濟艙客滿的話，就訂頭等艙。」

哈利大笑，「那要三萬克朗。還說預算不夠咧？他們開始緊張了，麗姿。」

麗姿靠向椅背，椅子發出嘎吱聲。

「你想聊一聊嗎，哈利？」

「妳想嗎？」

「我不知道我**想不想**，」她說，「有些事最好不要去碰，對吧。」

「那我們何不照做？」

她轉頭打開百葉窗往外看。哈利坐的位置正好可以看見麗姿的光頭，在陽光下彷彿有一道白色光環。

「你知道這個國家的菜鳥警察平均薪水多少嗎，哈利？一個月一百五十美金。全國有十二萬名員警努力掙錢養家，可是我們給的薪水甚至不夠他們養活自己。如果他們其中有些人只要睜一隻眼、閉一隻眼，就可以賺一些外快，會很奇怪嗎？」

「不會。」

她嘆氣。「我個人是從來就做不到撒手不管，天知道，我是可以撈一點外快的，但是我心裡會過不去。聽起來可能有點像童子軍誓言，可是事實上事情總得有人去做。」

「再說，那是妳的——」

「責任，對，」她露出疲倦的笑容，「我們都有自己的十字架要背。」

哈利開始講。麗姿弄了一點咖啡，告訴總機她不接電話。她寫了些筆記，又弄了一些咖啡，觀察天花板，罵髒話，最後叫哈利出去，讓她可以思考。

一小時後她又打給他，火冒三丈。

「靠，哈利，你知道你現在是要我做什麼嗎？」
「知道，而且我看妳也心知肚明。」
「我要冒著丟掉工作的危險，如果我同意掩護你和這個叫駱肯的。」
「感謝妳。」
「去你的！」
哈利咧開嘴笑了。
接起曼谷商會電話的女人聽見哈利說英語就掛了電話。他改要阿諾撥電話，然後寫了「富利得」三個字，就是他在克利普拉的辦公室看到印在那份報告封面上的名字。「就查一查他們是做什麼的，老闆是誰等等。」
阿諾去打電話，哈利則在桌上敲他的手指，後來也拿起電話撥出去。
「霍勒。」電話那頭說。霍勒當然是他父親的姓，可是哈利知道這是父親的習慣，指的是他們一家人。他自報家門的語氣彷彿他母親還坐在那間綠色客廳的椅子上刺繡或讀書。哈利懷疑他也開始對她說話了。
父親剛剛起床，哈利問他這天有什麼計畫，沒想到他竟然說要去拉伍蘭的山屋。
「去劈一點柴，」他說，「我的柴快用完了。」
他極少到山屋去。
「你怎麼樣？」他父親問。
「很好，很快就回去了。小妹怎麼樣？」
「她還過得去。不過她永遠做不了廚子。」
他們兩個都咧嘴笑了，哈利可以想像小妹做完那頓週日午餐之後，廚房成了什麼樣子。

「嗯，你回來的時候最好帶點好東西送她。」他說。

「我會的。你呢？想要什麼嗎？」

線路安靜下來。哈利咒罵自己，他知道他們在想同一件事，知道他要的是哈利在曼谷買不到的東西。每次都是這樣，每次他以為自己終於讓爸爸走出來了，就又會說了什麼或做了什麼，讓爸爸想起她；於是他又會失去父親，他又會回到無聲的自我流放隔絕中。這對小妹來說更難受，哈利不在的時候，小妹是加倍的孤單。

他父親咳了幾聲，「你可以……你可以帶一件泰國那種襯衫回來。」

「是嗎？」

「是，謝謝。還有一雙好穿的耐吉運動鞋，在泰國應該很便宜。我昨天把舊的那雙拿出來，已經不好穿了。對了，你慢跑的狀況怎樣？要不要去漢內克萊法參加測驗？」

哈利放下話筒的時候，感覺胸口上方卡著一團怪東西。

這天剩下的時間哈利什麼事也沒做。

他隨手亂畫，然後想著那些塗鴉是不是像什麼東西。

顏斯打來問辦案進度，哈利說那是國家機密，顏斯表示理解，但是又說如果知道他們有另一個主嫌，他會睡得比較好。接著顏斯說了一個剛剛在電話上聽到的笑話：有一個婦科醫生跟同事說他有個病人的陰蒂像醃黃瓜一樣，「那麼大？」同事問。「不是，」婦科醫生回答，「那麼鹹」。

顏斯為這個在金融界流傳的笑話品質不佳而道歉。

之後哈利想把笑話講給阿諾聽，不過他或者阿諾的英語可能不足以擔當這個任務，因為後來場面變得很尷尬。

然後他去麗姿的辦公室，問她可不可以讓他在那裡坐一會。一小時後她受夠了那個無聲無息的東西，要他滾出去。

他又到柏雪鴻吃晚餐。那個法國人跟他說法語；哈利微笑，用挪威語說了幾句。

哈利又夢見她。紅髮散開，眼睛平靜安詳。他等著通常會接著出現的畫面，等著海草從她的嘴巴和眼窩長出來，但是沒有。

「我是顏斯。」

哈利醒來，才知道自己在睡夢中接了電話。

「顏斯？」他不知道為什麼心臟突然跳得這麼快。

「抱歉，哈利，事情緊急，如娜不見了。」

哈利完全清醒過來了。

「希麗達急瘋了。如娜應該要回家吃晚餐的，可是現在已經半夜三點。我打給警察了，他們也通知巡邏車注意，可是我想請你也幫幫忙。」

「幫什麼？」

「幫什麼？我不知道。你可以過來嗎？希麗達的眼睛快哭瞎了。」

哈利可以想像那個場景，他並不想目睹其他的。

「顏斯，現在我沒什麼能做的。如果她還沒醉過頭的話，你就給她一顆煩寧錠，把如娜朋友的電話打過一遍。」

「警察也這樣說。希麗達說她一個朋友都沒有。」

「該死！」

第五部

41

一月二十二日，星期三

希麗達・墨內斯絕對已經醉得不適合服用煩寧鎮靜錠，她醉得不適合大多數的事物，只適合再醉下去。

顏斯・卜瑞克似乎沒發現。他一直跑進跑出，從廚房拿水和冰塊，像隻被追捕的獵物。

哈利坐在沙發上，心不在焉地聽她咿咿呦呦。

「她覺得出事了。」顏斯說。

「跟她說超過八成的失蹤人口最後人都好好地回來了。」哈利說得好像他的話需要翻譯成她的咿呦語似的。

「我跟她說過了，可是她覺得有人對如娜做了什麼事，她的骨頭感覺得到，她說的。」

「胡扯！」

顏斯坐在椅子邊緣扭著雙手。他似乎完全沒有思考或行動的能力，一臉哀求地看著哈利，「如娜和希麗達最近常常吵架，我在想或許……或許她故意逃家，要讓媽媽難受。這也不是不可能。」

希麗達開始咳嗽，沙發這一頭也跟著震動。她坐起來，又呑了幾口琴酒。通寧水早就被遺忘了。

「她有時候會這樣。」顏斯當她不在場似的說。不過說她不在場也說得通，哈利看得出來，她的嘴巴都張開了，還發出輕微的鼾聲。顏斯瞄了她一眼。

「我第一次見到她的時候，她說她喝通寧水防瘧疾；通寧水有奎寧的成分，你知道。可是少了琴酒喝起來實在沒意思。」他淡淡地笑了一下，又拿起電話確定有撥號音，「萬一她……」

「我了解。」哈利說。

他們到露台上坐，聽著城市的聲音，氣鑽機的聲音穿過嗡嗡車聲而來。

「新的高架高速公路，」顏斯說，「現在工程夜以繼日在進行，將來會直接通過那一個街區。」他指著。

「我聽說有個挪威人也摻和在裡面，叫歐夫．克利普拉，你知道他嗎？」哈利用眼角瞄著顏斯。

「歐夫．克利普拉呀，知道，當然知道，我們公司是他最大的經紀商，我替他做了不少外匯買賣。」

「哦？你知道他現在在搞什麼嗎？」

「搞什麼？他一直在收購公司，如果你要問的是這個。」

「哪一種公司？」

「大部分是小型承包公司。他打算買幾家分包商，才有能力在BERTS交通工程合約裡面多分幾杯羹。」

「這樣做聰明嗎？」

顏斯精神來了，有別的事可想，顯然讓他心情輕鬆起來。「只要能拿到收購所需的資金就是聰明之舉。還有，得要在那些公司關門大吉之前拿到工程才行。」

「你知道一家叫富利得的公司嗎？」

「當然知道，」顏斯笑出聲，「克利普拉要我們做過分析，我們建議他買下來。問題是你怎麼會知道富利得。」

「這次的建議不太走運，是嗎？」

「是，是不太……」顏斯一臉困惑。

「我昨天讓人打聽了一下，結果聽說這家公司根本已經破產。」哈利說。

「是沒錯。不過你怎麼會對富利得這麼有興趣？」

「這樣說吧，我有興趣的是克利普拉。你對他的財力有概念，這件事對他的打擊有多大？」

顏斯聳聳肩，「通常不會是問題，不過為了BERTS他已經靠信貸收購了很多公司，這件事已經變成紙牌屋，吹口氣就會垮，如果你懂我意思的話。然後克利普拉也會跟著倒。」

「他聽你們公司的建議，或者應該說你的建議，買了富利得，才不過兩週的時間富利得就破產了，現在他打造起來的一切有可能因為一個經紀人的建議而土崩瓦解。我不懂什麼公司分析啦，但我知道三週時間非常短，他一定是認為你賣了他一輛少了引擎的中古車，你這種奸商應該要關在牢裡才對。」

顏斯漸漸懂了哈利思考的方向。

「你該不會是說歐夫．克利普拉……？你開玩笑！」

「這個嘛，我有個理論。」

「什麼理論？」

「歐夫．克利普拉在汽車旅館殺了大使，然後嫁禍給你。」

顏斯站起來，「你真的太離譜了，哈利。」

「坐下來聽我說，顏斯。」

顏斯嘆口氣又倒回椅子上。哈利往前靠著桌子。

「歐夫．克利普拉為人積極好勝對吧？是個行動派？」

顏斯遲疑地說：「對。」

「假設奧特樂．墨內斯有克利普拉的把柄，開口向他要脅一大筆錢，但是克利普拉自己正為了錢焦頭爛額。」

「哪種把柄？」

「我們就說墨內斯需要錢，手上又剛好有一些會讓克利普拉日子很難過的東西。通常克利普拉可能有辦法處理，但是碰上這個手頭正緊的關頭，壓力太大了，他感覺像被逼到牆角的老鼠。你跟上了嗎？」

顏斯點點頭。

「他們搭大使的車離開克利普拉家，因為克利普拉堅持要在比較低調的地方一手交錢、一手交把柄。大使不反對，他也有他的理由。克利普拉在銀行門口下車，讓大使先去汽車旅館，這樣他稍後可以悄悄進去旅館，沒人看見。我看他下車的時候，腦子裡還沒想到你，可是他接著就開始想了，說不定他可以一石二鳥，他知道下午大使找過你，無論如何你都會被捲進警方的調查之中。接著他又開始胡亂想著：說不定好心的卜瑞克先生那天晚上沒有不在場證明？」

「為什麼他會想到這個？」

「因為他要你們公司寫一份公司分析，交期就在隔天。你當他的經紀人很久了，他對你的工作習慣略知一二，說不定他還用公用電話打給你，確認你不接電話，所以沒人可以為你提供不在場證明。他已經嘗到血的滋味，現在他想更進一步，讓警方相信你說謊。」

「錄影帶？」

「既然你是克利普拉的外匯經理顧問，他一定上門拜訪過幾次，而且知道停車場的規矩。說不定墨內斯無意間提過你陪他下樓開車，克利普拉也知道你會對警方陳述這件事。隨便一個還可以的偵查員都會找錄影帶查證。」

「所以歐夫．克利普拉買通管理員，然後用氫氰酸把他毒死滅口？抱歉，哈利，要我想像歐夫．克利普拉跟一個黑人小鬼討價還價，還買了鴉片、在他家廚房用氫氰酸加料，這實在是強人所難。」

哈利從菸盒拿出最後一根菸，他已經盡力留著不抽到現在了。他瞥了一眼手錶，其實沒有理由相信如娜會在清晨五點鐘打電話，不過他發現自己一直注意著，不讓電話離開視線範圍。顏斯拿出他的打火機，哈利都還來不及開始找自己的。

「謝謝。顏斯，你知道克利普拉的背景嗎？你知不知道，他來的時候好像只是個學藝不精的三腳貓，但其實他是逃離挪威，躲避已經傳開的醜聞？」

「我知道他挪威的工程學位沒念完，這個知道，其他的倒是第一次聽說。」

「你覺得像他這樣流亡在外的人，已經是社會的局外人了，還會對發跡的必要手段有什麼顧忌嗎？尤其是走到哪裡或多或少都公認行得通的手段？克利普拉已經在全世界最腐敗的國家中最腐敗的產業裡打滾超過三十年，你有沒有聽過那首歌，『如果下雨，我也會和大家一樣，淋濕了身體。』」

顏斯搖頭。

「我的意思是，克利普拉是個生意人，他和大家一樣，遵守同一套遊戲規則。這些人都得確定自己不會弄髒手，所以他們花錢找人做他們要做的骯髒事。我猜克利普拉連吉姆．拉孚的死因都不知道。」

哈利吸他的菸，味道不像他想像中的好。

「我懂了，」顏斯終於說，「可是破產事件是有理由可以解釋的，所以我不懂他為什麼會怪我。那時候我們是向一個跨國企業買了那家公司，他們沒有把美元債務價值固定住，因為他們還有來自其他子公司的美元收入。」

「什麼？」

「長話短說就是，那家公司脫離原集團、被克利普拉買下的時候，美元也受到極大的壓力，好像正在倒數計時的炸彈。我跟他說要賣掉美元期貨，立刻固定債務現值，可是他說要等，他說美元被高估了。如果是正常的匯率波動，你可以說他最慘就是冒了個險，可是當時的情況是比最慘還要慘，三週之內美元對泰銖幾乎翻了一倍之多，等於公司的債務也翻了一倍。那家公司不是在三週之內，而是在**三天**之內破的產！」

顏斯把「三天」講得很大聲，連希麗達都在睡夢中抽了一下，嘟噥了一陣。他擔心地望著她的方向，等到她翻過身去繼續打呼才回頭。

「三天！」他又輕聲說了一次，而且比出大拇指和食指，表示時間有多短。

「所以你覺得他沒道理怪罪你？」

顏斯搖頭。哈利捻熄他的菸，這發展真是掃興。

「就我對克利普拉的了解，他的字典裡沒有『道理』兩個字。你不能低估人性裡的沒道理，顏斯。」

「什麼意思？」

「鎚子吧？」

「你鎚釘子如果鎚到手，會把什麼東西往牆上丟？」

「那，當鎚子的感覺怎麼樣啊，顏斯・卜瑞克？」

五點半哈利打電話到警局，電話轉了三個人才找到一個勉強可通英語的，但她說他們沒有任何消息。

「她會出現的。」她說。

「我敢肯定她會，」哈利說，「我想她人在某間旅館裡，過不了多久她就會搖鈴要早餐。」

「什麼？」

「我想……算了。謝謝妳的幫忙。」

顏斯陪他下階梯，哈利抬頭看著天空，天色微明。

「事情都結束以後，我想請你幫一個忙。」顏斯深吸一口氣，露出羞怯的笑容，「希麗達已經答應嫁給我，我需要一個伴郎。」

過了幾秒鐘哈利才聽懂他的意思。震驚之下，他不知道該說什麼好。

顏斯研究著自己的鞋尖。「我知道聽起來很奇怪，她丈夫才過世不久，我們這麼快就要結婚，可是我們有我們的理由。」

「是沒錯，可是——」

「因為你跟我認識不久？我知道，哈利，不過要不是你，我現在不會是自由身。」他抬起下巴微笑，「反正你考慮考慮。」

哈利在街上招到計程車，這時東方天際線正轉亮，哈利本來猜想那些廢氣煙霾在夜裡就會消失不見，原來它們只是蟄伏在房子和房子中間，現在又隨著日升而起，成了瑰麗紅曦的一部分。他們沿著是隆路開，那些樁柱在血淋淋的柏油路上投下無聲長影，好似沉睡的恐龍。

哈利坐在床上盯著床邊桌，他現在才想起收到信的事。他拿起最近收到的信封，用鑰匙拆開。大概是因為兩個信封一模一樣，他才會以為後來這封也是如娜寫的。信文是打字雷射列印，簡短扼要：

哈利·霍勒，我看得到你，不要再靠近了。你一上回國的飛機她就會平安回家。到哪裡我都找得到你。你只有一個人，孤身一人。20號。

感覺彷彿有人掐住他的喉嚨，他得站起來才能呼吸。

不會吧，他想，該不會又發生了吧。

我看得到你……20號。

那個人知道他們知道的事。

你只有一個人。

有人說出去了。他拿起電話，又放下電話。想，快好好想想！之前吳什麼都沒拿走。他又拿起話筒，拆開發話這一頭，麥克風旁邊果然有一個晶片模樣的小黑塊。哈利看過這種東西，俄國製，說不定比美國中情局用的竊聽器還精良。

他狠狠踢翻了床邊桌，腳上傳來陣陣抽痛，反而減輕了其他所有的痛。

42

一月二十二日，星期三

麗姿拿起咖啡杯湊到嘴邊喝，唏哩呼嚕的聲音讓駱肯抬起一邊眉毛看了哈利一眼，好像在問這是哪來的生物。他們在蜜麗卡拉ＯＫ店，牆上掛的照片裡，白金髮瑪丹娜用渴求的眼神俯視著他們，而數位伴唱版〈我只是打來告訴你，我愛你〉（*I Just Called to Say I Love You*）無憂無慮、拖拖拉拉地唱著。哈利想關掉遙控器，他們已經讀過信，還沒人有反應。哈利找到正確的按鍵，音樂驟然停止。

「我要告訴你們的就是這些，」哈利說，「你們也看得出來，我們有保密漏洞。」

「你不是說在電話裡找到吳放的竊聽器？」駱肯問。

「那不能解釋為什麼這個人知道我們在追他，我在電話上沒說多少。總之，我建議從現在開始我們在這裡開會。如果我們找到洩密的人，也許可以循線查到克利普拉，但我認為我們不應該從那一頭查起。」

「為什麼？」麗姿問。

「我感覺洩密者跟克利普拉一樣偽裝得很好。」

「真的？」

「克利普拉寫這封信，就是在告訴我們他有內線，如果我們有任何揪出內鬼的機會，他就不可能那樣寫了。」

「為什麼不問那個明擺在眼前的問題？」駱肯問，「你怎麼知道內鬼不是我們其中一個？」

「我是不知道，但就算是，我們反正也已經輸了，所以我們得冒這個險。」

其他人點點頭。

「不用說，時間對我們不利；也不用說，情況對這女孩不利，這種綁架案有七成是以撕票收尾。」他盡量用平淡的語氣說，而且避看他們的眼睛，因為他明明白白知道，他的想法和感覺都寫在眼睛裡。

「我們從哪裡開始？」麗姿問。

「從消去法開始，」哈利說，「先排除掉她**不在**的地方。」

「嗯，只要他還帶著她，就不太可能出得了任何一國的邊境，」駱肯說，「也不可能入住旅館。」

麗姿同意，「他大概在可以長時間躲著的地方。」

「他獨力犯案嗎？」哈利問。

「克利普拉跟幫派家族沒有任何關聯，」麗姿說，「他插手的那種組織犯罪不搞綁票這種事。找個人處理吉姆．拉孚那種煙鬼沒那麼難，可是綁架白人女孩、大使的女兒……他想雇的人一定會先查個清楚才答應，他們會知道接下這一票，就會被警方全力追殺。」

「所以妳認為他是自己一個人？」

「我說了，他不在那些幫派家族裡面，家族講義氣、講傳統，但是克利普拉這個人會雇用他自己不是百分之百信任的打手，遲早這些打手會發現他要綁架這個女孩的原因，可能會拿來算計他。從他殺掉吉姆．拉孚滅口就可以看出來，他不擇手段也要隱藏自己的身分。」

「好，我們就假設他獨力犯案。他會把她藏在哪裡？」

「一大堆地方，」麗姿說，「他的公司一定有許多房產，其中想必有一些空著。」

駱肯大聲咳嗽，順了順呼吸，吞了吞口水。

「我老早就懷疑克利普拉有一個祕密愛巢，有時候他會帶兩三個小男孩開車出去，一直到隔天早上才回來。我從來沒查到那個地方，一定沒有登記過，但顯然是他的世外桃源，離曼谷不會太遠。」

「可以找到哪個男孩來問嗎？」哈利說。

駱肯聳聳肩，看著麗姿。

「這是個大城市，」她說，「按照我們的經驗，我們一開始找這些男孩，他們就會像朝露一樣消失。而且這樣得把很多人捲進來。」

「好，那算了，」哈利說，「我們不能冒險讓克利普拉聽到風聲，知道我們在做什麼。」

哈利拿筆規律地敲著桌緣。他突然煩躁起來，發現〈我只是打來告訴你，我愛你〉的旋律竟然還在他的腦袋裡打轉。

「那，總結一下，我們假設克利普拉自己把肉票帶在身邊，還有他人在從曼谷開車可到的偏僻住所。」

「我們現在怎麼辦？」駱肯問。

「我去一趟芭達雅。」哈利說。

他是外僑界的邊緣人物，哈利不覺得他在這個案子裡很重要，只是又一個逐好天氣而居的挪威人罷了。羅德·柏爾克跟他上次在喪禮見到的一樣，一樣那雙生氣勃勃的藍眼睛，一樣的金鍊示人。他站在門口，看著哈利把四輪傳動大豐田回轉一圈，停在他家前面。塵土飄落碎石地，而哈利還在跟安全帶和車鑰匙奮戰。一如往常，他打開車門時，對撲面而來的熱氣毫無防備，於是不自覺大口喘起氣來。空氣裡有鹹味，告訴他海就在那些矮丘後面。

「我聽到你的車子往車道過來，」柏爾克說，「好特別的車啊，那部。」

「我租了店裡最大的，」哈利說，「我學到了，大車優先，你要大才能應付這裡這些靠左行駛的瘋子。」

柏爾克笑出聲，「你有沒有找到我說的新高速公路？」

「有，找到了，只是路還沒全部完工，有些路段用沙包擋起來。不過每個人都輾過沙包繼續開，我就比照辦理了。」

「聽起來挺剛好的，」柏爾克說，「不太合法，但也不太違法，也難怪我們會愛上這個國家對吧？」

他們脫鞋進屋，冰涼的石磚地板刺著哈利光溜溜的腳。客廳裡掛著照片，有探險家南森、劇作家易卜生、挪威王室等等；其中一張有個男孩坐在抽屜櫃上，斜眼看著鏡頭，他年紀大約十歲，腋下夾著一顆足球。餐桌和鋼琴上一疊疊整齊堆著報紙文件。

「我一直在努力為我的人生稍作整理，」柏爾克說，「找出發生的事件和原因。」

他指著其中一堆，「那些是離婚文件，我盯著它們看，看看能不能想起來。」

一個女孩端著托盤進來。哈利嘗了她倒的咖啡，發現是冰的，抬頭狐疑地看著她。

「你結婚了嗎，霍勒？」柏爾克問。

哈利搖頭。

「那好，繼續保持。他們遲早都會想給你弄一個來。我有一個害我傾家蕩產的老婆，還有一個也正在害我的成年兒子，我卻怎麼都想不通我對他們做了什麼。」

「你怎麼會跑來這裡？」哈利問著，又啜了一口。其實沒那麼難喝。

「我來這裡替挪威電信局做一件工作，他們在幫泰國某家電信公司安裝交換機。來過三趟以後，我就再也沒回去了。」

「再也沒？」

「我離婚了，需要的東西這裡都有。有一陣子我認真以為我渴望挪威的夏天，峽灣啦，山啦，還有……呃，你知道的，那些東西。」他朝牆上那些照片點個頭，彷彿它們就可以代表剩下的全部。「然後我回了挪威兩次，可是兩次我都在一個星期之內又回來，我受不了挪威，一踏上挪威的土地就很想回來這裡。我現在知道了，我屬於這裡。」

「你做什麼工作？」

「我是個馬上就要退休的電信通訊顧問，偶爾接一些工作，不會太多。我想弄清楚我還剩多少年可活，算一算這段時間我需要多少錢過活。我一根指頭都不要留給那些禿鷹。」他笑著對那些離婚文件揮揮手，好像在驅邪。

「歐夫．克利普拉呢？他為什麼還待在這裡？」

「克利普拉？嗯，我想他也有類似的故事。我們兩個都沒什麼好理由回國。」

「克利普拉大概有非常好的理由不回國。」

「那些閒言閒語絕對都是胡說八道，如果歐夫搞過那種事，我才不會跟他有任何關係。」

「你確定嗎？」

柏爾克目光炯炯。「有幾個挪威人為了錯誤的目的來過這裡。你也知道我在城裡的挪威人圈子算是大老，我們對同胞在這裡的行為抱著責任感，我們大多數都是正派體面的人，也做了該做的事。這些該死的戀童癖已經大大毀壞芭達雅的名聲，甚至現在有人問起我們住在哪裡，很多人都開始回答那庫阿、仲天這些地方了。」

「『做了該做的事』是什麼意思？」

「這樣說好了，有兩個回家了，有一個很不幸，再也回不去。」

「他從窗戶跳出去嗎？」哈利提出假設。

柏爾克發出洪亮的笑聲，「不是，我們沒做到那種程度，不過那大概是警察第一次收到用諾爾蘭口音講泰語的匿名線報吧。」

哈利微笑，「令公子？」他指著那張坐在抽屜櫃上拍的照片。

柏爾克似乎吃了一驚，不過點了點頭。

「看起來是個好孩子。」

「那時候是，」柏爾克帶著悲傷的眼神微笑，自己又說了一次：「那時候。」

哈利看看手錶。從曼谷到這裡的車程花了將近三小時，不過他這一路上像是新手駕駛，一直到最後幾公里才放鬆些；或許回程只要兩個鐘頭多一點。他從資料夾拿出三張照片放在桌子上，駱肯已經把照片放大成十乘十二，以求完整的衝擊效果。

「我們認為歐夫・克利普拉在曼谷附近有一個祕密住所，你可以幫我們嗎？」

43

一月二十二日，星期三

電話上小妹聽起來心情很好，她認識了一個男生，安德斯。他剛剛搬進松恩中心，住在同一條走廊，小她一歲。

「他也戴眼鏡，可是沒關係，因為他長得帥呆了。」

哈利大笑，在腦海裡想像小妹的新對象。

「他真是有夠瘋，他覺得他們會准許我跟他生小孩欸，你想想看。」

哈利想了一想，然後明白將來會有一些困難的對話要進行。不過現在他只覺得欣慰，小妹這麼開心。

「你在難過什麼？」這個問題隨著他的深吸氣而來，深吸氣是他聽說父親會去看小妹之後，自然的反應。

「我在難過嗎？」哈利問。他心知肚明，小妹總是比他更擅長診斷他自己的心境。

「對，你在難過某件事。是那個瑞典女生嗎？」

「不是，不是碧姬的事。我在煩惱一件事，不過很快就會沒事了，我會解決的。」

「那就好。」

出現難得的沉默，因為小妹沒講話。哈利說他們最好掛電話了。

「哈利？」

「什麼事，小妹？」

他可以聽到她在做好開口的準備。

「我們現在可以把那些事都忘掉了嗎？」

「哪些事？」

「你知道的啊，那個男人。我跟安德斯，我們……過得很開心，我不想再想那件事了。」

哈利沉默下來，然後深吸了一口氣，「他攻擊你，小妹。」

她的聲音裡立刻多了眼淚，「我知道，你不用再告訴我一次。我不想再想那件事了，你聽到了嗎？」

她抽泣著，哈利感覺胸口一緊。

「拜託啦，哈利？」

他可以感覺到自己正用力捏著話筒，「不要想。不要想了，小妹，都會沒事的。」

他們已經在象草叢裡躺了快兩個小時，等著太陽下山。一百公尺外一處矮樹林的邊緣，有一間用竹子和木頭搭建的傳統泰式小屋；屋子中間有個露台，外面沒有門柵，只有一條小碎石路通往屋子正門。屋前有個東西像是彩色鳥屋蓋在柱子上，那是**菩拉普姆**（phra phum），地基主小祠。

「屋主得拜這些地基主，祂們才不會搬進屋子裡，」麗姿一邊伸腿一邊說，「所以你要供奉食物啦、香啦、菸什麼的，讓祂們高興。」

「這樣就夠了？」

「這間的話不夠。」

他們沒聽到也沒看到任何生命跡象。哈利努力想點別的，不要去想屋裡可能有什麼。他們從曼谷到這裡開車只花一個半小時，感覺卻好像來到另一個世界。他們勉強在路旁的小棚子後面找到地方停車，旁邊是個豬圈。停好車以後，他們找到一條小徑，沿著長滿樹木的陡坡可以通往羅德．柏爾克解釋過的那個小高地，克利普拉的小屋就在上面。樹林嫩綠，天空碧藍，七彩鳥兒從頭上飛過；哈利仰躺著，聽四周的寂靜。一開始他以為耳朵裡塞了棉球，後來才想到是怎麼回事，原來他自從離開奧斯陸以後，周遭一直不曾安靜無聲。

夜幕降臨，寂靜就結束了。一開始是此起彼落的摩擦聲和嗡鳴，彷彿管弦樂團在幫樂器調音；接著演奏會開始，呱呱呱，咯咯咯，來自樹上的嚎叫和洪亮尖嘯也加入了，樂曲在一段漸強音中響徹雲霄。

「這裡一直都有這些動物嗎？」哈利問。

「別問我，」麗姿說，「我是都市小孩。」

哈利感覺有個涼涼的東西拂過他的皮膚，把手抽開來。

駱肯咯咯地笑，「只是青蛙出來夜間散步罷了。」他說。果然，他們四周很快就滿是青蛙，牠們想往哪裡跳就往哪裡跳，顯然是隨心所欲。

「呃，只有青蛙的話，就沒關係。」哈利說。

「青蛙也是食物啊。」駱肯說。他把黑色帽兜拉到臉上，「有青蛙的地方，就有蛇。」

「你開玩笑吧！」

駱肯聳聳肩。

哈利不想知道真相，卻又忍不住問，「哪一種蛇？」

「五、六種眼鏡蛇、一種綠色的蝰蛇，一種鎖蛇，其他還有很多種。小心哪，人家說泰國常見的三十種蛇之中，就有二十六種有毒。」

「靠。怎麼分辨有沒有毒？」

駱肯又用那個憐憫菜鳥的眼神看他，「哈利，以機率來看，你應該直接假設全部都有毒吧。」

時間是八點。

「我準備好了。」麗姿不耐煩地說著，第三次檢查她的史密斯威森六五〇上膛了沒有。

「怕嗎？」駱肯問。

「只怕局長在我們搞定之前就發現我們在幹嘛。」她說，「你知道曼谷交通警察的平均壽命有多短嗎？」

駱肯把一隻手放到她肩上。

「好，走了。」麗姿低頭跑過高大的草叢，消失在黑暗中。

駱肯用望遠鏡觀察屋子，哈利則是拿獵象槍替她掩護前線。獵象槍是麗姿跟警械室要來的，另外還要了一把魯格SP一〇一手槍。他不習慣戴小腿槍套，可是肩套在外套屬於無用之物的地方並不流行。滿月高掛天空，給了他足夠的光線辨認門窗的輪廓。

麗姿閃了一下手電筒，代表她已經在一扇窗戶底下就位。

「換你了，哈利。」駱肯發現他在猶豫，開口道。

「媽的，你一定要提到蛇嗎？」哈利說著，檢查了一下腰帶上的小刀。

「你不喜歡蛇？」

「哼，我碰過的那些給我很惡劣的第一印象。」

「被咬的話，一定要抓住那條蛇，到時才能給你正確的解毒劑。再來，如果你被咬兩次，那就沒差了。」

黑暗中哈利看不清楚駱肯是不是在笑，但他猜正是如此。

哈利跑向暗夜中隱約可見的屋子。因為他在跑，屋脊上那顆凶猛的龍頭看起來好像在動，不過整棟屋子死氣沉沉，一片安靜。他背包裡那把大鎚的柄敲著他的背。他已經沒在想蛇的事了。

他抵達第二扇窗，對駱肯打了暗號就蹲下來。他有一陣子沒跑過這麼長距離了，大概是因為這樣，他的心臟才跳得這麼快。他聽見旁邊傳來輕微的呼吸聲，是駱肯。

哈利建議過施放催淚瓦斯，但是駱肯斷然反對；放瓦斯的話，他們自己什麼都看不見，而且也沒理由認為克利普拉會拿刀抵住如娜的脖子，等著他們來。

駱肯對哈利舉起拳頭，這是暗號。

哈利點點頭，感覺口乾舌燥，這是血液裡有適量腎上腺素在流動的徵兆，錯不了。手裡的槍托又濕又黏，他先確定了門是往內開的，然後駱肯才揮出大鎚。

月光照在鐵塊上，剎那間他彷彿正在發球的網球員；然後鎚子落下，巨大的一擊砰一聲砸破了門鎖。

下一秒哈利已經在屋裡，手電筒掃射著室內。他馬上就看見她了，但是光束繼續移動，彷彿自有主張。廚房層架、一臺冰箱、一條板凳、一個耶穌像十字架。他現在聽不見那些蟲鳴鳥叫了，他已經回到雪梨，只聽見鐵鍊的聲音，碼頭上波浪啪啪拍打著船身，海鷗發出尖叫，也許是因為碧姬妲躺在甲板上，芳魂已經永遠歸天。

一桌四椅，一座櫥櫃，兩個啤酒瓶，一個男人躺在地上不動，頭底下有血，手被她的頭髮蓋住，椅子下有把槍，一幅畫著水果盤和空花瓶的畫。靜物。靜止的生命。手電筒掃過她身上，他又看見了，看見那隻手，靠著桌腳，往上指著。他聽見如娜的聲音：「感覺得到嗎？你可以永生不死！」彷彿她在努力召喚力量，最後一次抗議死亡。一扇門，一個冷凍櫃，一面鏡子。他眼前一黑，失去視野之前短暫看見自己──一身黑衣，帽兜蓋住頭，看起來就像劊子手。哈利鬆開手電筒。

「你還好嗎？」麗姿問著，把一隻手放在他肩膀上。他想回答，張開嘴，卻什麼都沒說出口。

「這是歐夫．克利普拉沒錯。」駱肯說。他在那個死人旁邊蹲下，現場只靠天花板上一顆裸燈照明。「好怪，我看這個人看了好幾個月。」他把手放在那人的額頭上。

「不要碰！」

哈利抓著駱肯的領子，把他拉起來。「不要……！」他又放手，像剛才抓他一樣突然。「對不起，我……總之不要碰任何東西，還不要。」

駱肯沒說話，盯著他看。麗姿那雙不存在的眉毛之間又皺起那條深紋。

「哈利？」

他頹然跌到椅子上。

「都結束了，哈利。我很遺憾，我們大家都遺憾，可是都結束了。」

哈利搖頭。

她靠過去，把大而溫暖的手放在他的脖子上，像以前他母親會做的那樣。靠，靠，靠。

他站起來，把她推開，走到外面。他可以聽見麗姿和駱肯小聲的交談從屋裡傳過來。他抬頭看天，想找星星，卻一顆都找不到。

哈利上門的時候已近半夜，希麗達開的門。他的眼睛往下看，他沒有事先打電話，從她的呼吸聽得出來，她馬上就要流眼淚。

他們面對面坐在客廳。他看到琴酒瓶裡一滴不剩，但她看起來還算清醒。她擦掉眼淚，「她本來要當跳水選手的，你知道嗎？」

他點點頭。

「可是他們不讓她參加普通的比賽，他們說評審會不知道怎麼打分數。有人說這樣不公平，單手跳水比較占便宜。」

「請節哀。」他說。這是他來了以後第一次開口。

「她不知道，」她說，「如果她知道，她就不會那樣子跟我說話。」她的表情扭曲，一邊抽泣，眼淚順著嘴邊的皺紋流成小河。

「不知道什麼，墨內斯太太？」

「不知道我生病了！」她大叫，把臉埋進手裡。

「生病？」

「不然我為什麼要這樣麻醉自己？我的身體很快就會被吃掉了，已經腐爛了，都是死掉的細胞。」

哈利沒說話。

「我想告訴她的，」她對著指間低語，「醫生跟我說六個月，可是我想找個好一點的日子再告訴她。」

她的聲音低得幾乎聽不見，「可是沒有好日子。」

哈利坐不住，站了起來。他走向眺望庭院的大窗，刻意避開牆上的全家福，因為他知道他的目光會遇上誰。月光映在泳池上。

「他們有沒有再打電話來？妳先生的債主？」

她放下雙手，眼睛哭得又紅又醜。

「打過，可是那時候顏斯在，他跟他們談了。後來我就沒再聽過這件事。」

「所以，他在照顧妳，是嗎？」

哈利覺得奇怪，有這麼多問題可問，為什麼自己偏偏問了這個。也許是想慰問她，想提醒她身邊還有人在，卻弄擰了。

她沉默地點頭。

「現在妳打算結婚？」

「你反對嗎？」

哈利轉向她，「不反對，為什麼我要反對？」

「如娜……」她沒再說下去，眼淚又開始滾落臉頰，「我這輩子沒體驗過多少愛，霍勒，想在死前得到幾個月的幸福，很過分嗎？她就不能准嗎？」

哈利看著飄進泳池的一小片花瓣，聯想到馬來西亞來的貨船。

「妳愛他嗎，墨內斯太太？」

在接下來的無聲中，他仔細聽著有沒有霧笛響起。

「愛他？有差別嗎？我可以想像我愛他，我想我誰都可以愛，只要他愛我。你懂嗎？」

哈利看了吧臺一眼。吧臺就在三步之內，三步，兩顆冰塊和一只玻璃杯。他閉上眼睛，可以聽見冰塊在杯子裡匡啷匡啷，酒瓶倒出棕色液體時的咕嚕嚕，最後還有蘇打水混進酒精裡的嘶嘶聲。

44

一月二十三日，星期四

早上七點哈利回到案發現場。五點的時候他放棄入睡的念頭，穿好衣服，在停車場搭上計程車。四下無人，鑑識組這夜已經告一個段落，至少還要一個鐘頭才會再出現。他把橘色的警告膠帶撥開，走進屋裡。白天看起來頗不相同，一切平靜安詳，井井有條，只有血跡和粗糙地板上的兩個人形粉筆畫證明這是他夜裡來過的同一個房間。

他們沒找到任何書信，也沒人對發生什麼事有任何疑問。疑問之處反倒是歐夫・克利普拉為什麼要先殺了她再自殺。他知道遊戲結束了嗎？如果是這樣，為什麼不放她走就好？也許不是計畫好的，也許他開槍殺她，是因為她企圖逃跑，或是因為她說了什麼話，讓他失控？然後他才開槍自殺？哈利搔了搔頭。

他研究著她的粉筆輪廓和還沒洗的血跡。克利普拉用他們找到的那把丹威森手槍射中她的頸部，子彈直接穿透，扯破主動脈；心臟停止跳動之前，傷口噴出的血極多，甚至流到廚房水槽邊。法醫說因為大腦供氧不足，她當下就失去意識，心臟再跳了三、四下就死亡。從窗戶上的彈孔可以看出克利普拉射殺她時站的位置，哈利站在克利普拉的屍體粉筆輪廓裡，角度正確。

他看著地板。

血在他頭躺過的位置凝結成一個黑色的光環。就這樣。他是含著槍口開槍自殺，哈利看到現場鑑識的人已經把子彈穿過雙層竹牆的地方用粉筆圈起來。他想像克利普拉躺下來，轉頭看著她，也許想著她魂歸何處，然後扣下扳機。

他走到外面，找到子彈穿出的地方。他從彈孔看進去，視線直直對上對面牆上那幅畫。靜物。奇怪，他以為會往下看見地上的克利普拉輪廓。他繼續往前一天他們躺過的那處草地前進，步伐踩得很用力，就怕碰上蛇。最後他來到地基主小祠，一尊笑臉凸肚佛像占了大半地方，此外還有枯掉的花插在一只瓶子裡，四根濾嘴菸，兩根點過的蠟燭。從瓷像背後的一個白色小洞可以看出遭到彈擊，哈利拿出他的瑞士刀，挖出一顆已經變形的子彈。他回頭看著屋子，子彈的軌跡是一條水平直線，克利普拉自裁的時候當然是站著的，他怎麼會以為他躺著？

他走回屋裡。不對勁。樣樣事物看起來都這麼乾淨整齊。他打開冰箱，空的，沒有可以讓兩個人活命的東西。他打開廚房的櫃子，一臺吸塵器掉了出來，撞上他的大腳趾。他咒罵出聲，把吸塵器推回去，可是還來不及關上櫃門，吸塵器又掉出來。他仔細看，發現一個用來掛吸塵器的勾子。

規矩，他心想，這裡有規矩。可是被人弄亂了。

他把壓在冷凍櫃上的啤酒瓶拿走，然後打開蓋子。泛白的紅肉朝著他發亮。肉沒有包裝，就是大塊大塊放在裡面，有些部位的血已經凍成黑色的膜。他拿出一塊，仔細端詳之後，對自己病態的想像力罵了聲髒話就放了回去。那看起來就是一清二楚的標準豬肉。

哈利聽見聲音，急急轉身。一個身影愣在門口，是駱肯。

「天啊，你嚇了我一大跳，哈利，我以為這裡沒半個人。你在這裡幹嘛？」

「沒幹嘛，東看西看。你呢？」

「想看看有沒有什麼文件可以用在戀童癖那個案子。」

「為什麼？那個案子應該已經結束了，他人都死了，不是嗎？」

駱肯聳聳肩，「我們需要確切的證據，證明我們做對了事情，因為現在我們監視他的事一定會成為聚光燈焦點。」

哈利看著駱肯。他看起來是不是有點緊繃？

「拜託，你都有那些照片了，還有什麼更好的證據？」

駱肯笑了笑，但是笑得不夠開，哈利沒看見他的金牙。「你可能說得對，哈利，我大概只是個神經緊張的老頭，想要有百分之百的把握。你找到什麼了嗎？」

「這個。」哈利拿起那顆鉛彈說。

「嗯，」駱肯看著鉛彈，「在哪找到的？」

「那邊那座地基主小祠。我想不通為什麼。」

「有什麼問題？」

「那代表克利普拉開槍自盡的時候，一定是站著。」

「所以呢？」

「那樣的話，血應該噴得整個廚房地板都是，可是只有他躺著的地方有他的血，而且那裡的血也不多。」

駱肯用指尖捏著子彈，「你沒聽過自殺案件的真空效應嗎？」

「說來聽聽。」

「死者吐出肺裡的空氣，閉口含住槍管，嘴裡就形成了真空，也就是說，血會往嘴裡流，不會從傷口流出去。血會流到胃裡，留下這些小謎團。」

哈利看著駱肯，「這我還是第一次聽到。」

「三十出頭就無所不知的話，也太無聊了。」駱肯說。

彤亞．魏格打過電話，說挪威所有大報都打來了，其中比較嗜血的幾家還預告即將抵達曼谷。挪威報紙頭條目前焦點集中在那位才身故不久的大使遭殺害的女兒，歐夫・克利普拉雖然在曼谷有身分地位，在老家卻不為人知，《資本報》前兩年訪問過他沒錯，但是他還沒當過培爾・史戴・隆寧（Per Ståle Lønning）或安娜・葛羅斯伍的節目嘉賓，所以逃過了大眾的注意。

據報「大使之女」和「不知名挪威大亨」雙雙遭到槍擊身亡，頭號嫌疑犯是侵入者或竊盜。

在泰國，報紙上倒是滿滿都是克利普拉的照片。《曼谷郵報》記者質疑警方提出的竊盜失風殺人論，他在報導中寫著無法排除克利普拉謀殺如娜・墨內斯再自殺的可能性。這家報紙還隨意臆測事件對BERTS交通工程計畫的影響，哈利看了感覺大開眼界。

不過兩國的報紙都強調泰國警方透露的消息極少。

哈利開到克利普拉家的大門口，按了喇叭。他不得不承認已經喜歡上這部豐田大吉普車。警衛走出來，哈利拉下車窗。

「警察。我打過電話。」他說。

警衛打開柵門之前，先給了他一個警衛慣常的眼神。

「可以幫我打開前門的鎖嗎？」哈利問。

警衛跳上車側踏板，哈利感覺到他的眼睛在仔細看自己。哈利把車停進車庫，警衛甩著他那串鑰匙，喀啦喀啦地響。

「大門在另一頭。」他說。哈利差點脫口說他知道。警衛把鑰匙插進鎖孔，正要轉開，又回頭對哈利說：

「我們是不是見過，長官？」

哈利微笑。會是什麼洩漏的？刮鬍水？他用的肥皂？據說氣味是大腦記得最清楚的感覺。

「機率很低。」

警衛回給他一個笑容，「抱歉，長官，那一定是別人。我不會分辨**發郎**的臉。」

哈利翻了翻白眼，但是翻到一半就停了，「對了，你記不記得克利普拉出門之前，有沒有一輛藍色的大使館車子進來過？」

警衛點點頭，「車子倒是記得住。那也是一個**發郎**。」

「他長什麼樣子？」

警衛笑出來，「我剛才說……」

「他穿什麼衣服？」

他搖搖頭。

「西裝？」

「應該是吧。」

「黃色西裝，黃色的，像小雞一樣？」

警衛皺眉，直直盯著他看，「小雞？哪有人穿小雞顏色的西裝。」

哈利聳聳肩，「呃，就是有人穿。」

他站在他跟駱肯來過的走廊，研究著牆上的小圓孔。看起來好像有人想要掛畫，後來放棄釘螺釘這件事。

他上樓進了辦公室，翻了翻文件，多半是隨便翻翻。他打開電腦。得輸入密碼，他試了曼聯的英文縮寫。不對。

出現的訊息彬彬有禮，是英語。

老特拉福球場。又錯。

只剩一次機會，電腦就會自動鎖定。他左看右看，好像在房間裡找線索一樣。他自己的呢？他呵呵笑了出來，對啦，挪威最常見的密碼。他小心翼翼地輸入P-A-S-S-W-O-R-D，按下確定鍵。

機器似乎猶豫了一秒鐘，接著就自動關掉，然後他收到一個沒那麼有禮的訊息，白底黑字，寫著拒絕他存取。

「靠。」

他試了關機又開機，但是只有白畫面。

他又翻了一些文件，找到一張最新的富利得股東名單，上面列了一個新增的股東，艾勒梅有限公司，持有百分之三的股份。艾勒梅，哈利突然有了個天馬行空的想法，但是又被他自己否決了。

他在一個抽屜的最下面找到錄音機的使用手冊。他看了看手錶，嘆口氣，得開始讀手冊才行。半個小時後，他已經在播放錄音帶，大部分是克利普拉的聲音用泰語在嘰哩咕嚕，但他聽到幾次富利得這個名字。三小時後他放棄了，就是找不到任何一捲帶子有凶殺案那天跟大使的對話；話說回來，也沒有那一天的任何錄音。他把其中一捲帶子塞進口袋裡，關掉機器，出去前沒忘了踢電腦一腳。

45

一月二十四日，星期五

他沒太大感覺，參加這場喪禮就像看重播的電視，同一個地點，同一個牧師，同樣的骨灰罈，同樣在禮成離場時被陽光刺得睜不開眼睛，還有同樣那群人站在階梯頂端，帶著疑惑互相對望。「差不多」同樣的一群人。哈利對羅德．柏爾克說哈囉。

「你找到他們的，是嗎？」他只說了這個。他那雙機靈的眼睛蒙上了一層灰霧，他看起來不一樣了，彷彿發生的事件讓他老了幾歲。

「我們找到他們的。」

「她這麼年輕。」這句話聽起來像疑問句，彷彿他要人跟他解釋，這種事怎麼會發生。

「好熱。」哈利換個話題。

「沒有歐夫那裡熱。」他好像隨口說說的樣子，聲音裡卻有股尖刻冷硬的味道。他用手帕抹抹眉毛，「對了，我發現我需要離開這種熱度一陣子，已經訂了回去的機票。」

「回去？」

「對，回挪威，愈快愈好。我打電話給兒子，說我想見他。我過了好一會才搞懂電話上的人不是他，是他兒子。呵呵，我老了，我是個老爺爺了，真不錯。」

教堂的陰影下，桑沛和阿藕小姐站在一起，和其他人分開。哈利走過去，雙手合十回應他們的合十禮。

「可以問妳一個問題嗎，阿藕小姐？」

她看了桑沛一眼才點頭。

「妳負責整理大使館的郵件，印象中有沒有收過一家富利得公司寄來的東西？」

她想了想才回答問題，附帶抱歉的微笑，「我不記得了，信件很多。你要的話，我明天可以到大使的辦公室找找，可能要一點時間，他不太會整理東西。」

「我在想的不是大使。」

她露出一頭霧水的表情。

哈利嘆口氣，「我連這個重不重要都不知道，不過如果妳找到任何東西，可以跟我聯絡嗎？」他問。

她定睛看著桑沛。

「她會的，警察先生。」桑沛說。

哈利坐在麗姿的辦公室裡等著，麗姿衝進來，上氣不接下氣，額頭上粒粒汗珠。

「哦天啊，」她說，「你在外面都可以感覺到柏油穿過鞋底。」

「簡報做得怎樣？」

「還可以吧，我猜。老闆恭喜我們破案，也沒細問報告的內容，甚至對匿名線報指向克利普拉的說法全都買帳。假如局長真認為有什麼地方可疑，他也不打算作文章吧。」

「我想也是，畢竟他不會有什麼好處。」

「你這是在嘲諷嗎，霍勒先生？」

「哪兒的話，柯蘭利小姐，只是一個天真年輕的警察開始懂得遊戲規則罷了。」

「或許吧。不過他們內心深處大概都很高興克利普拉死了，如果這案子上了法院，會爆出一些非常難看的事情，不只是兩個警察局長難看，兩國的政府也一樣。」

麗姿脫掉鞋子，愜意地往後靠。椅子彈簧發出咿咿呀呀聲，錯不了的汗腳臭味瀰漫整個房間。

「是啊，稱某些人的心，稱得很引人注意，妳不覺得嗎？」哈利說。

「什麼意思？」

「我不知道，我覺得臭不可聞。」

麗姿瞄了瞄她的腳趾頭，然後看著哈利。

「有沒有人說過你很疑神疑鬼，哈利？」

「有啊，當然有，可是這不代表沒有小綠人在追妳，對吧。」

她一臉茫然不知所措，「放輕鬆，哈利。」

「我會努力。」

「那，你什麼時候走？」

「跟病理醫師和鑑識組的人談過就走。」

「為什麼要跟他們談？」

「只是要擺脫我的疑神疑鬼。妳知道……就幾個胡思亂想的東西。」

「好吧，」麗姿說，「你吃過沒？」

「吃過了。」哈利騙她。

「喔，我好討厭自己一個人吃飯，不能就陪我吃嗎？」

「改天吧？」

哈利站起來，走出辦公室。

年輕病理醫師邊說話邊擦眼鏡，有時話中停頓太長，害哈利疑惑他慢吞吞的話語是不是根本早就告一段落；可是接著來了一個字，又來了一個，然後他又繼續講下去，好像剛才塞住的瓶塞又自己彈開了一樣。他聽起來像是害怕哈利會批評他的英語。

「男的躺在那裡最多兩天，」醫師說，「這種熱天，時間再長他的屍體就……」他鼓起臉頰，然後用兩隻手臂示範，「……會像一個超級大氣球，而且你也會注意到味道。至於女的……」他看著哈利，又鼓起臉頰，「同上。」

「克利普拉中槍到斷氣有多快？」

醫師潤潤嘴脣，哈利覺得自己真的可以感覺到時間的流逝。

「很快。」

「她呢？」

醫師把手帕塞進口袋。

「立刻。」

「我是說，他們兩個有沒有可能在中槍以後還移動過、抽搐過什麼的？」

「沒有。」

「我讀過資料，在法國大革命期間，還沒發明斷頭臺、還是由劊子手親手執行的時候，死刑犯都聽說劊子手偶爾會失手，而且如果他們站得起來、下得了行刑臺，就可以自由離開。當時好像有些人沒有頭了還試著站起來，走了幾步路才倒下，群眾當然是歡聲雷動。如果我沒記錯的話，有個科學家解釋過，大腦可能某個程度上預先設定了程式，而且肌肉可能會超時運作，因為頭被砍下來之前，有大量腎上腺素注入心臟；剁雞頭的時候就是這樣。」

醫師露出訕笑的表情，「很有娛樂效果，警官，不過恐怕這些是無稽之談。」

「那這個你怎麼解釋？」

他把克利普拉和如娜躺在地上的照片遞給醫師，醫師看著照片，然後又戴上眼鏡仔細端詳。

「解釋什麼？」

哈利指著照片，「你看這裡，他的手被她的頭髮蓋住。」

醫師眨眨眼，彷彿眼睛裡有一小粒灰塵，讓他看不清楚哈利的意思。

哈利揮走一隻蒼蠅，「欸，你知道人的潛意識可以憑本能就做出結論，對吧？」

醫師聳聳肩。

「這麼說吧，我的潛意識在我不自覺的狀況下就做出結論，判斷克利普拉開槍自殺的時候一定是躺著的，因為只有這樣，他的手才有可能放在她的頭髮下面。可是從彈道角度看起來，他中彈的時候人是站著，他怎麼可能先對她開槍，然後對自己開槍，又讓她的頭髮蓋在自己的手上面而不是壓在下面？」

醫師拿下眼鏡，又擦了起來。

「或許兩槍都是她開的。」他說。不過這時哈利已經走了。

哈利摘下墨鏡，瞇起刺痛的眼睛，往陰暗的餐廳裡看。有一隻手在空中揮，他就往棕櫚樹下的一張桌子走過去。那人站起來的時候，一束陽光讓他的鋼邊鏡框閃了一下。

「看來你收到留言了。」達格芬・涂魯斯說。他的襯衫腋下有兩大塊深色，椅背上掛著一件外套。

「柯蘭利督察說你打過電話。什麼風把你吹來？」哈利伸出手問。

「大使館的行政工作。我今天早上到的，來處理一些文書作業。還有我們得任命新大使。」

「彤亞・魏格？」

涂魯斯露出有氣無力的微笑，「要看看，得考量很多事情。這裡吃什麼好？」

一個服務生已經站在他們的桌子旁邊，哈利抬頭看他，表示探詢的意思。
「鰻魚，」服務生說，「越南風味，加了越南的玫瑰紅酒和——」
「不要，謝謝。」哈利說，然後仔細看了菜單，指著椰奶湯，「還有礦泉水。」
涂魯斯聳聳肩，點頭表示要一樣的。
「恭喜啊，」涂魯斯往齒間塞了一根牙籤，「你什麼時候走？」
「謝謝，不過恐怕你的祝賀來得早了點，涂魯斯，還有幾條線索要收尾。」
牙籤停住了，「收尾？那不是你的工作，你打包回家就好。」
「沒那麼簡單。」
那雙冷硬、藍色的官僚眼睛炯炯發光，「結束了，你聽懂了嗎？案子已經破了，昨天奧斯陸的頭版全都寫了，克利普拉殺了大使和他女兒。不過我們會撐過去的，霍勒，我猜你說的是曼谷的警察局長，他說他們看不出動機，還說克利普拉可能瘋了，這麼簡單，又這麼完全無法理解。不過重要的是大家會買帳，而且是正在買。」
「所以這樁醜聞只是怎麼記錄的問題？」
「不完全是這樣。我們已經順利把汽車旅館的事壓下來了，重點是沒把首相捲進來。現在我們還有別的問題要煩惱，媒體一直打電話到這裡來問為什麼早先沒有發布大使遇害的消息。」
「你怎麼回答？」
「我還能怎麼回答？語言問題啦，誤解啦，泰國警方一開始傳來的資訊有誤啦，那一類的。」
「他們信了？」
「沒有，他們不信，但是他們也不能指責我們提供不實資訊，新聞稿上說的是大使被人發現陳屍在汽車旅館，這又沒錯。你找到那個女兒和克利普拉的時候說了什麼，霍勒？」

「我沒說什麼。」哈利深吸幾口氣，「聽我說，涂魯斯，我在克利普拉家找到幾本色情書刊，從那些雜誌看起來，他是戀童癖。這一點在任何警方的報告中都沒有提到。」

「真的？這個嘛，好吧。」他的聲音絲毫沒有透露出在掩蓋什麼，「總之，你在泰國已經沒有任務了，莫勒要你盡快回去。」

滾燙的椰奶湯端上桌，涂魯斯懷疑地看著他那一碗。他的眼鏡起了霧。

「你到扶那布機場的時候《世界之路報》要去給你好好拍張照。」他酸溜溜地說。

「嘗嘗紅色那個。」哈利用手指著說。

46

一月二十四日，星期五

蘇帕瓦迪是泰國偵破最多凶案的人，麗姿說的。他最重要的工具是一架顯微鏡、一些試管和石蕊試紙。他坐在哈利對面，笑容燦爛如太陽。

「你說對了，哈利，你給我們的那一些灰泥塊，和大使後車廂螺絲起子上的灰泥，內含相同的石灰水成分。」

針對哈利的問題，他不只回答是、不是就罷，反而把整個問題重述一遍，以免造成任何誤解。蘇帕瓦迪對語言的掌握極佳，他知道英語的問答句對泰國人來說可能很複雜，如果哈利在泰國上錯公車，心生懷疑而對另一個乘客說：「這**不是**往華藍蓬的車，是吧？」而且重音和抑揚頓挫都正確，那個泰國人可能會回答「是」，意思是「是，你說的沒錯，這不是往華藍蓬的車。」**發郎**都知道有這種狀況，蘇帕瓦迪的經驗是大多數的**發郎**腦袋比較不靈光，不懂問答的邏輯，所以他早就下了結論：最好用完整的句子回答問題。

「你又說對了，哈利，克利普拉小屋裡的吸塵器集塵袋內容物很有意思，有大使後車廂地毯的纖維，還有大使西裝、克利普拉外套的纖維。」

哈利愈聽愈激動，「我給你的那兩捲帶子呢？有沒有送到雪梨去？」

蘇帕瓦迪笑得更燦爛了（如果還能更燦爛的話），因為這是最讓他開心的一點。

「這是二十世紀，警官，我們不必送帶子，那至少要花上四天。我們把錄音帶轉錄成數位檔案，用電子郵件寄到你那個聲音專家那裡去。」

「哇，可以這樣喔？」哈利這樣問，一半是要讓蘇帕瓦迪高興，一半是自己覺得無奈，電腦迷總是讓他覺得自己很老，「赫蘇斯．馬格斯怎麼說？」

「一開始我跟他說絕對不可能從答錄機留言分辨出發話者所在的空間，但是你朋友說得非常可信，他說了很多頻域、赫茲那些東西，真是如沐春風。你知道嗎，耳朵可以在百萬分之一秒內分辨一百種不同的聲音？我覺得我跟他可以——」

「結論呢，蘇帕瓦迪？」

「他的結論是兩則錄音來自兩個不同的人，但是很有可能在同一個房間錄的。」

哈利可以感覺到心跳加速。

「冷凍櫃裡的肉呢？」

「這次你又對了，哈利，冷凍櫃裡的肉是豬肉。」

蘇帕瓦迪眨眨眼，得意地哈哈大笑，哈利知道他還沒講完。

「然後？」

「可是血不只是豬血，有一些是人血。」

「知道是誰的嗎？」

「嗯，再過幾天才能拿到確切的ＤＮＡ檢驗結果，所以暫時只能給你九成準確度的答案。」

如果蘇帕瓦迪有一把小號在手上，哈利敢說他會先吹一段進場儀式的短曲。

「血是我們那位克利普拉先生的。」

哈利總算跟顏斯通上電話，他在他的辦公室。

「你還好嗎，顏斯？」

「好啊。」

「真的？」

「怎麼了？」

「你聽起來……」哈利找不到詞可以形容他聽起來怎麼樣。「你聽起來有點難過。」他說。

「對啊。不是，這很難說出口，她失去所有的家人，還有……」他的聲音愈來愈小，最後停了。

「還有你？」

「別說了。」

「說嘛，顏斯。」

「只是萬一我想從這樁婚事抽腿，現在也絕對不行了。」

「為什麼？」

「天啊，現在她就只有我了，哈利，我知道我應該想到她，還有她受的這些苦，可是我想的都是我自己，還有我給自己找的麻煩。我顯然不是個好人，可是這些事情實在嚇到我了，你懂嗎？」

「我想懂吧。」

「媽的，如果只是為了錢就好了……至少那個東西我還懂，可是這些……」他思索著該用什麼字眼。

「感情？」哈利提出建議。

「對，實在是煩死了。」他笑得陰沉，「反正，我已經決定了，這輩子就一次，我要做一件不只是為了我自己做的事，而且我要你在場，如果你偵測到一絲一毫抗拒的跡象，就往我的屁股踢一腳。希麗達還有別的事情要煩惱，所以我們已經定好日子，四月四日，曼谷的復活節——聽起來怎麼樣？她已經開始往好的一面想了，也下了幾分決心要少喝一點酒。我會把你的機票寄過去，哈利，別忘了我就指望你了，你可不准反悔啊。」

「如果我是最適合的伴郎人選，我實在沒辦法想像你的社交生活像什麼樣，顏斯。」

「我認識的每個人至少都被我騙過一次，我可不想要那種故事出現在伴郎致詞裡，好嗎？」

哈利笑出聲，「好啦，給我幾天想一想。不過我打來是要請你幫個忙，我想查富利得的一個股東，一家叫做艾勒梅的公司，可是這家公司登記的資料就只有一個曼谷的郵政信箱，另外就是確定股本資金已經繳了。」

「那一定是近期才買進的股東，我還沒聽過這個名字。我打幾通電話，看看能不能問出什麼。我再回你電話。」

「不要，顏斯，這個絕對要保密，只有我跟麗姿、駱肯知道這件事，所以你一定不能跟任何人提，就連警方都沒有別的人知道。我們三個今天晚上要開祕密會議，如果你可以在那之前查到東西，那最好。我再打給你，好嗎？」

「好吧，聽起來很沉重啊，我以為案子已經了結了。」

「今天晚上會。」

氣鑽機打在石頭上的聲音震耳欲聾。

「你是喬治．沃特斯嗎？」那些穿連身工作服的人把黃色頭盔男指給哈利看，於是哈利對著他的耳朵大喊。

他轉向哈利，「我是。你哪位？」

他們下方二十公尺處，車陣以蝸牛的速度爬著，又一個塞車的午後。

「霍勒警探，挪威的警察。」

沃特斯把一張工程圖稿捲起來，交給他身邊兩個人其中一個。

「哦對，克利普拉。」

他對那些鑽孔的人比了個暫停的手勢，隨著機器關閉，四周相對安靜下來，像有過濾器蓋住耳膜。

「威克牌，」哈利說，「LHV5。」

「哦，你跟它打過照面囉？」

「很多年前暑假在工地打工用過一臺，把我的腎都震成汁了。」

沃特斯點點頭。他的眉毛被太陽晒成淺色，一臉疲憊，皺紋已經深深刻進這張中年臉孔裡。

哈利指著腳下，那條混凝土道路穿過高矮參差的鋼筋水泥荒野，好似古羅馬水道橋，「這就是曼谷的救星BERTS？」

「對，」沃特斯往哈利視線的方向看過去，「你現在就站在上面。」

他語帶莊嚴，加上他人在這裡、不在辦公室，哈利於是知道了，富利得的主管喜歡工地多過帳本，看工程逐漸成形，比埋首解決公司的美元債務更讓他精神抖擻。

「讓人想到中國的萬里長城。」哈利說。

「這會把人連結起來，不是把人阻絕在外。」

「我來是想問克利普拉和這項工程的事。還有富利得的事。」

「悲劇。」沃特斯說，但是沒講明指的是哪個部分。

「你認識克利普拉嗎，沃特斯先生？」

「不敢說認識，我們在董事會上見過幾次，他打過一兩次電話給我，」沃特斯戴上墨鏡，「就這樣。」

「打過一兩次電話給你？富利得這家公司不是挺大的嗎？」

「員工超過八百個。」

「你是這裡的主管，卻幾乎不跟你公司的老闆說話？」

「歡迎來到企業界。」沃特斯眺望那條道路和整座城市，彷彿其餘的事物都與他無關。

「他投了很多錢在富利得，你的意思難道是他不在乎？」

「他顯然對公司的經營方式沒什麼異議。」

「對艾勒梅這家公司你有任何了解嗎？」

「在股東名單上看過這個名字。我們最近有別的事情要關心。」

「譬如怎麼解決美元債務？」

沃特斯又轉向哈利。他在墨鏡裡看見扭曲的自己。

「那件事你知道多少？」

「我知道你們公司如果想撐下去就要再融資。你們現在沒有義務提供任何資訊，因為股票已經下市，所以你們對外界可以隱瞞問題一陣子，祈求救星帶著新資金出現。你們現在有機會從BERTS拿到更多合約，所以如果現在就舉旗投降，就太讓人鬱悶了，對嗎？」

沃特斯對工程師打個手勢，讓他們去休息。

「我猜這個救星會出現，」哈利繼續說，「他會用很便宜的價錢把公司買下來，等到合約滾滾而來，大概就會家財萬貫了。有多少人知道公司的慘況？」

「我告訴你，小老弟——」

「我叫霍勒。有董事會吧，董事會當然知道，還有嗎？」

「我們會通知所有股東，除了他們之外，閒雜人等沒必要知道。」

「你認為誰會買下這家公司，沃特斯先生？」

「我是公司執行長，」沃特斯突然厲聲說，「我是股東雇來的，不會插手易主的事。」

「就算你和其他八百個人可能要走路？就算你再也不能繼續搞這個？」哈利朝著沒入霧靄中的水泥路

點點頭。

沃特斯沒回答。

「其實這個搞不好比較像『黃磚路』。《綠野仙蹤》裡面的，你知道吧？」

喬治．沃特斯緩緩點頭。

「你聽我說，沃特斯先生，我打電話找過克利普拉的律師，還有兩三個還在的小股東，過去這幾天，艾勒梅有限公司大肆收購他們在富利得的股分，他們那些人都沒辦法再給富利得融資，這下子他們可以脫手又不至於慘賠，可高興的了。你說你對公司老闆的問題沒興趣，沃特斯先生，可是你看起來是個負責任的人，艾勒梅就是你的新老闆。」

沃特斯拿下墨鏡，用手背揉眼睛。

「你可以告訴我艾勒梅背後是誰嗎，沃特斯先生？」

鑽孔機又開始鑽了，哈利得靠近一點才聽得到。

哈利點點頭，「我只是想聽到你說出來。」他大聲回應。

47

一月二十四日，星期五

伊瓦・駱肯知道完了，他的身體裡沒有任何一根纖維放棄，但是已經完了。恐慌一波波襲來，沖刷全身又退去。他一直都知道自己死期將至，這是全憑理智得到的結論，但是他的確信卻像融冰，涓滴流過全身。那次他在越南美萊村踩到陷阱，一根發出臭屎味的竹尖樁穿過大腿，另一根從腳底一路穿到膝蓋，他站在那裡，分秒不曾想過自己會死。後來他躺在日本，發著燒打著顫，他們說他的腳得鋸掉的時候，他說他寧死也不截肢，其實他心裡知道死不是選項，他根本不可能死，他們拿了麻醉劑來，他還把針筒從護士手中打落。

真是白癡。後來他們讓他留住他的腳，**能痛才能有命活**，他在床頭牆上刻了這句話。他在岡部市的醫院待了快一年，才打贏血液感染這場仗。

他告訴自己這一生已經很長。長命畢竟還是挺了不起的一件事。再說他看過有人下場更慘的，所以何必抗拒？然而他的身體說不，用這輩子他一直說不的方式，對催促他越線的欲望說不；被解職退伍的時候對被他們擊垮說不；被羞辱、瘡疤被揭開的時候，也對自憐說不。不過最重要的是，他一直對閉上眼睛說不，因此他把一切看進眼裡，戰爭，痛苦，殘酷，勇氣，人性，他看過如此之多，所以可以心安理得地說自己活得夠本了。就算是現在他也沒閉上眼睛，他幾乎不眨眼。駱肯知道他要死了，如果他有眼淚，他會哭的。

麗姿・柯蘭利看看手錶，八點半了，她和哈利已經坐在蜜麗卡拉OK店快一個鐘頭，連照片裡瑪丹娜渴求的表情都開始變成不耐。

「他人呢？」她說。

「駱肯會來的。」哈利說。他站在窗邊，已經把百葉窗拉起來，看著是隆路上蝸行的車頭燈劃過自己的倒影。

「你什麼時候跟他講話的？」

「就在跟妳講完之後。他那時在家整理照片和照相設備。駱肯會來的。」

他用手背壓著眼睛。今天早上起床後，眼睛就一直刺刺紅紅的。

「我們起個頭吧。」他說。

「什麼意思？」

「我們得把案情全部順過一遍，」哈利說，「最後再重建一次。」

「好，可是為什麼？」

「麗姿，我們一開始就走錯了。」

他鬆開拉繩，百葉窗嘩地掉下來，聽起來好像有東西穿過茂密的樹葉落下。

駱肯坐在椅子上，一排刀子擺在面前桌上，每一把都能在幾秒內置人於死地。說來確實奇怪，殺人竟然這麼容易，甚至有時你會覺得不可思議，大多數人竟然能活到他們現在的歲數。只要一個圓弧線動作，削柳橙皮似的，喉嚨就斷了；鮮血湧出的速度之快，死亡旋即到來。至少由內行人來下手的話，就有這麼快。

在背上捅一刀就需要更高的精準度，你有可能連刺二、三十次都刺不到什麼，只是對人肉一陣無害的亂砍罷了。可是如果你懂得人體構造，懂得如何刺入心或肺，那就易如反掌。如果你從前面下手，最好瞄準低處，然後往上拉，這樣可以插進胸腔，切入重要器官。不過從後面下手比較輕鬆，瞄準脊椎側邊就行了。開槍殺人有多容易？非常容易。他第一次殺死人用的是半自動槍，在韓國。他瞄準目標，扣下扳機，看見一個男人倒下，就這樣。沒有任何負疚的痛苦，沒有噩夢，沒有精神崩潰。或許是戰爭的關係，但他不相信戰爭能解釋一切。或許他缺乏同理心？有個心理學者跟他解釋過，他成為戀童癖，乃是心靈受損之故。乾脆說邪惡之故算了。

「好，現在妳仔細聽，」哈利已經在麗姿對面坐下來，「案發當天七點，大使的車子到了歐夫·克利普拉家，但開車的人不是大使。」

「不是？」

「不是。警衛印象中沒看過穿黃西裝的人。」

「所以？」

「麗姿，妳看過那套西裝，加油員相比之下都算樸素了。妳覺得妳忘得了那樣的西裝嗎？」

她搖頭，哈利繼續說。

「駕駛把車停在車庫，按了側門的電鈴。克利普拉開門的時候，大概迎面就對上了槍口吧。客人進屋，關上門，客氣地請克利普拉張開嘴巴。」

「客氣？」

「我要讓故事精彩一點，可以吧？」

麗姿噘起嘴，在嘴脣前面擺出一根手指。

「然後他把槍管伸進去，命令克利普拉含住，接著開槍，冷血、無情地開槍。子彈穿過克利普拉的後腦，射進牆壁。凶手把血跡擦掉，然後……呃，妳也知道那樣會搞得多髒。」

麗姿點頭，揮手要他繼續。

「總之，這位神祕客把所有痕跡都去掉，最後從後車廂拿了那把螺絲起子，把子彈從牆壁撬出來。」

「你怎麼知道？」

「我在走廊看到地板上有灰泥塊，還看到彈孔。鑑識組已經證實，所含的石灰水成分和後車廂螺絲起子的相同。」

「然後？」

「然後凶手又出去，走到車子那裡挪了挪大使的屍體，好把螺絲起子放回去。」

「所以他已經殺了大使？」

「這個晚一點再說。凶手換上大使的西裝，然後進去克利普拉的辦公室，從擇族的對刀之中拿了一把，又拿了祕密小屋的鑰匙。他還從克利普拉的辦公室打了一通很快結束的電話，而且拿走對話的錄音帶。接著他把克利普拉的屍體扔進後車廂，八點左右開車離開。」

「你說的我很難跟上，哈利。」

「八點半他在王利那裡登記住房。」

「拜託，哈利，王利已經指認登記入住的人就是大使。」

「王利沒有理由懷疑床上那個死人跟登記的人不是同一個，他看見的就是一個穿黃西裝、戴墨鏡的發郎罷了。還有，別忘了，王利認屍的時候，大使背上可是插了一把非常讓人分心的刀子。」

「對。刀子的內情呢？」

「大使是死於刀下沒錯，但是時間早在他們進汽車旅館之前。我猜是薩米人的刀子吧，因為上面塗了馴鹿油。那種東西在挪威的芬馬克郡到處都買得到。」

「可是法醫說傷口和那把撣族刀子吻合。」

「嗯，本來就會吻合。撣族那把刀刃長寬都大於薩米刀，所以不可能看出先用了另一把刀。妳快跟上啊。凶手載著後車廂兩具屍體來到汽車旅館，要了一間遠離櫃臺的房間，方便他倒車以後走個幾公尺就能把墨內斯扛進房間裡。他還要求在他說可以之前不要打擾他。他在房間裡又換了一次衣服，然後替大使換上那套西裝，可是他在壓力之下搞砸了。妳還記得我說大使顯然要跟女人見面，因為他的皮帶扣得比平常緊？」

麗姿咂了咂嘴，「凶手扣皮帶的時候沒注意到磨舊的那一格。」

「不重要的小失誤，不會洩漏他的身分，但就是許多這種小地方透露出案情不合理。把墨內斯放在床上以後，他把那把撣族刀小心地插進舊傷口裡，然後擦拭刀柄，去除所有痕跡。」

「這也可以解釋為什麼旅館房間裡的血不多，他是在別的地方遇害。為什麼法醫沒注意到？」

「刀傷會流多少血向來難說，要看割斷哪一條動脈，還有刀刃能阻斷多少血流，一切看起來沒有任何明顯的異常。九點左右他帶著後車廂裡的克利普拉離開汽車旅館，開車到克利普拉的祕密小屋。」

「他知道那棟屋子在哪裡？那他一定認識克利普拉。」

「他對他十分了解。」

影子落在桌子上，一個男人在駱肯對面坐下。陽台外面是震耳欲聾的車流喧囂，整個房間充滿廢氣臭味。

「你準備好了嗎？」駱肯問。

那個綁根辮子的巨人看著他，顯然驚訝他說泰語。

「我準備好了。」他回答。

駱肯虛弱地微笑，他覺得疲憊。「那你還等什麼，快動手吧。」

「他到了克利普拉的祕密小屋，打開門鎖，把克利普拉扔進冷凍櫃。接著他清洗後車廂，又用吸塵器打掃，讓我們找不到任何屍體的痕跡。」

「好，但你怎麼會**知道**這些？」

「鑑識組在冷凍櫃裡找到克利普拉的血，吸塵器裡找到兩個死者身上衣物的纖維。」

「嘖嘖，所以大使沒有潔癖嘛，我們察看車子的時候你說他有。」

哈利微笑，「我看到大使的辦公室以後，就知道他不是整齊乾淨那種人。」

「我有沒有聽錯？你剛才說你犯了一個**失誤**？」

「對，妳沒聽錯，」哈利伸出一根食指，「可是克利普拉是那種人，小屋裡的東西樣樣乾淨整齊，你記得嗎？櫥櫃裡甚至有個勾子可以固定吸塵器。可是我打開櫃門的時候，吸塵器掉出來了，好像上次用過的人不知道擺東西的規矩一樣。所以我才會把吸塵器集塵袋送到鑑識組。」

麗姿緩緩搖著頭，哈利繼續說。

「我看到冷凍櫃裡那些肉，就想到裡面大可以放一具男屍，放上幾個星期都不會……」哈利鼓起臉頰，用雙手示範。

「你這人怪怪的，」麗姿說，「你要看醫生。」

「妳到底想不想聽完？」

她想。

「之後他開車到汽車旅館，停好車，進房間，把車鑰匙放進墨內斯的口袋，然後消失得杳無蹤跡。是真的一點痕跡都沒有。」

「等一下！我們開車到小屋那次，單程就花了九十分鐘不是嗎？從這裡過去的距離差不多，我們那位蒂姆小姐在十一點半發現屍體，也就是你說凶手離開汽車旅館的兩個半小時後，他不可能在墨內斯的屍體被發現以前趕回旅館。還是你忘了這一點？」

「沒忘，我甚至開過那段路。我九點出發，在小屋等了半個小時再開回來。」

「結果？」

「我回來的時候十二點過十五分。」

「看吧，兜不起來。」

「妳記得我們跟蒂姆問話的時候她怎麼說車子的嗎？」

麗姿咬住上唇。

「她不記得有什麼車子，」哈利說，「因為車子不在那裡。十二點十五分他們在櫃臺等警察來，沒發現大使的車子又溜進來。」

「天啊，我還以為我們面對的是行事謹慎的凶手。他回來的時候警察有可能已經在等著他。」

「他很謹慎，但是他不可能料到回來之前就有人發現發生凶案了。他們說好的，蒂姆要等到他打電話才能進去，不是嗎。可是王利等得不耐煩，差一點就壞了事。凶手放回鑰匙的時候，不可能懷疑出了問題。」

「所以純粹是好運？」

「這個人做事不靠運氣的。」

他一定是滿州人，駱肯暗忖，或許來自吉林省。韓戰期間他聽說紅軍有許多士兵從那裡募來，因為那裡的人身材非常高大。不論這種作法道理何在，總之這些士兵踩到泥淖的時候反而陷得更深，而且是更顯著的目標。房間裡另外有一個人站在他身後哼著歌，駱肯不敢打包票，但是聽起來像披頭四的〈執子之手〉（*I Wanna Hold Your Hand*）。

那個中國人已經從桌子上挑了一把刀（七十公分的弧形軍刀能不能就簡單稱之為刀，倒是個問題）。他雙手握刀掂了掂，就像棒球選手挑球棒一樣，然後一語不發就把刀高舉過頭。駱肯咬緊牙關，就在這時候，巴比妥鹽鎮靜劑帶來的愉悅睏倦感已經消退，血液在血管裡凍結，他再也控制不了自己。他開始尖叫，拉扯把手綁到桌子上的皮束帶，於是背後那個哼哼唱唱的聲音開始往他靠近，有隻手抓住了他的頭髮，猛地把他的頭往後拉，接著他的嘴就被塞了一顆網球。他的舌頭和上顎感覺得到毛茸茸的球面，球像吸墨紙一樣吸著唾液，他的尖叫聲變成微弱的呻吟。

前臂上的止血帶綁得很緊，他的手早就失去知覺，於是軍刀一聲悶響砍下來的時候，他什麼感覺都沒有，一瞬間還以為沒砍中。然後他看見自己的右手在刀刃的另一邊，原本緊握著的拳頭，現在正在慢慢張開。切口乾淨俐落，他可以看見兩根截斷的白色手骨凸出來；是橈骨和尺骨，他在別人身上看過，自己身上還是第一次。因為綁了止血帶，血流得不多。人家說快速的截肢不會痛，才怪，那是難以承受的痛。他等著休克，等著麻痺不省人事，但是那條通道馬上就封閉了，一直在哼歌的那個人往他的上臂插了針筒，直接穿過襯衫，連尋找血管都省了。這就是嗎啡的好處，打在哪裡都有效。他知道他可以撐過去，可以撐很久；他們要多久，就有多久。

「如娜．墨內斯呢？」麗姿正在用火柴棒剔牙。

「他隨時都可以把她接走。」哈利說。

「然後把她帶到克利普拉的祕密小屋。之後呢？」

「從窗戶上的血跡和彈孔看起來，她是在屋裡被射殺，可能一到那裡就把她殺了。」

像這樣把她當作凶案被害者來提起，容易多了。

「我不懂，」麗姿說，「他為什麼要綁架她然後立刻殺了她？我以為從頭到尾的重點就是利用她威脅你停止調查。如果如娜．墨內斯死了，他就威脅不了你，你可能會要求在順從他的條件之前，看到她安全無虞的證據。」

「我要怎麼順從他的條件？」哈利問，「回挪威——然後如娜就會笑著回家？綁匪會因為我答應不去煩他，就算手上沒有其他施壓的籌碼也鬆一口氣？妳當時是這樣看待情勢發展的嗎？妳以為他會就這樣放她……」

哈利注意到麗姿的眼睛，才發現自己已經提高音量。他閉上嘴。

「我不是，沒有，我說的是凶手怎麼想。」麗姿說著，仍舊定睛看著他，雙眉之間那條憂慮的皺紋再次出現。

「抱歉，麗姿，」他的指尖抵住下顎，「我一定是累了。」

他站起來，又走到窗邊。玻璃內側的冷空氣和外側的濕熱空氣碰在一起，在玻璃上形成灰色的薄霧。

「他綁架她不是因為怕我查出更多不該查的東西，他沒理由這樣想，我根本只看得到我的鼻尖這麼遠。」

「那綁架的動機是什麼？為了證實我們的假設，證實謀殺大使和吉姆．拉孚的凶手是克利普拉？」

「那是第二個動機，」他對著玻璃說，「首要動機是他必須連她一起殺。我第一次……」

他們可以聽見隔壁房間傳來微弱的貝斯聲。

「什麼，哈利？」

「我第一次見到她的時候，她就已經大禍臨頭了。」

麗姿深呼吸，「快九點了，哈利，或許你應該現在就告訴我凶手是誰，不必等到駱肯來吧？」

駱肯七點鐘的時候鎖了家門走到街上，要招計程車去蜜麗卡拉ＯＫ店。他立刻就發現那輛車了，是豐田可樂娜，坐在方向盤後面那個男人好像把整輛車都填滿了。他看見後座有另一個人影，想過要不要走過去問清楚他們要幹嘛，但還是決定先測試測試；他自認知道他們的目的和幕後主使者。

駱肯招了計程車。開過幾條街以後，他看得出來那輛可樂娜確實在跟蹤他們。

司機注意到後座這個**發郎**不是觀光客，於是放棄推薦按摩行程，不過駱肯請他繞路的時候，他顯然又修正了看法。駱肯的視線和他在後照鏡中相遇。

「要繞一繞看看風景嗎，先生？」

「好，看一下。」

十分鐘後，沒有任何疑慮了，那兩個警察的計畫顯然是讓駱肯引路，帶他們到祕密會議地點。駱肯覺得奇怪，警察局長怎麼會聽到他們會面的風聲，而且不過是手下督察跟外國人有一些稍微不合常規的合作，何必這麼介懷；雖然他們不是完全照規矩來，不也是做出了一些成果嗎。

到了蘇帕路，車流停滯，動彈不得。司機擠進兩輛公車中間，指著建造中的橋墩；上週有鋼梁掉落，砸死機車騎士。他看過報導，照片也刊出來了。司機搖搖頭，拿出一塊布擦拭儀表板、車窗、佛像，還有王室成員的照片，接著拿出一份《泰國日報》放在方向盤上，嘆口氣，打開體育版。

駱肯從後擋風玻璃看出去，他們和豐田可樂娜之間只隔著兩部車。他看看錶，七點半，就算不甩掉這兩個白癡，他還是會遲到。駱肯做了決定，於是拍拍司機的肩膀。

「我看到一個熟人。」他一邊用英語說，一邊指著身後。

司機半信半疑，就怕這個**發郎**打算坐霸王車。

「馬上回來。」駱肯說著，勉強擠出車門外。

又短了一天壽命；他呼吸著足以毒昏一窩老鼠的二氧化碳，這樣想著，一邊冷靜地穿越車陣，走向那輛豐田。有一側的車頭燈一定是撞上過什麼東西，因為光束直直照在他的臉上。他準備好要說的話，心裡已經在期待看見他們驚訝的表情。剩下兩、三公尺的距離，駱肯現在看得清楚車裡的兩個人了，突然間他沒了把握，他們的外表有些地方不對勁，就算警察通常不是絕頂聰明好了，至少也會知道跟蹤人的時候謹慎至上。太陽下山一陣子了，後座那個男人卻戴著墨鏡，駕駛座那個巨人長相又非常引人注意。駱肯正想轉身，車門就開了。

「嘿，先生。」一個輕柔的聲音說。麻煩大了，駱肯想回到計程車上，可是有輛車擠過來，擋住他的去路。他回頭看著可樂娜，那個中國人正往他走過來。「嘿，先生。」他又說了一次；這時對向車道上的車陣已經開始移動，他的聲音像是颶風中的低語。

駱肯曾經赤手空拳殺死一個人。他一拳擊中他的後頸，敲碎他的喉頭，跟他在威斯康辛訓練營學到的分毫不差。但那是很久以前了，那時他還年輕，而且是出於恐懼的情況下。現在他不懼不怕，只是憤怒。

也許不會有什麼差別。

他感覺到兩隻手臂環抱著自己、雙腳已經離地的時候，知道不會有任何差別了。他想大喊，可是得有空氣，聲帶才能振動，他的氣都被擠掉了。他看見星空緩緩旋轉，接著就被車內的絨布天花板遮住了。

他感覺到頸子上的氣息又熱又癢。從可樂娜的擋風玻璃看出去，墨鏡男正站在計程車旁，從駕駛座車窗遞了幾張鈔票進去。抓住駱肯的手鬆開了，他顫抖著深吸一大口骯髒的空氣，彷彿暢飲山泉水。

計程車司機關上車窗，墨鏡男回頭正往他們走來。他剛剛拿掉墨鏡，踏進破車頭燈的光束裡，於是駱肯認出來了。

「顏斯・卜瑞克？」他驚愕低語。

48

一月二十四日，星期五

「顏斯．卜瑞克？」麗姿突然大喊。

哈利點點頭。

「不可能！他的不在場證明呢？不是有一捲他媽的錯不了的錄音帶，證明他八點鐘打了電話給他妹妹？」

「對，他是**打過**，但不是從他的辦公室。我問他怎麼會在上班時間打給他那個工作狂妹妹，他說他忘了當時挪威幾點。」

「所以呢？」

「妳聽過會忘記另一個國家現在幾點的外匯經紀人嗎？」

「我不懂。」

「我看見克利普拉有一個跟卜瑞克一樣的機器以後，一切就清楚明白了。射殺克利普拉以後，他打電話到他妹妹的答錄機，他知道不會有人接。他在克利普拉的辦公室打的，打完把錄音帶帶走。錄音帶可以顯示撥電話的時間，卻看不出地點。我們沒考慮過帶子有可能是來自另一部錄音機。不過我可以證明克利普拉的辦公室掉了一捲帶子。」

「怎麼證明？」

「妳記得一月七日下午，大使的手機曾經撥出一通電話給克利普拉嗎？這通電話不在他辦公室裡任何一捲錄音帶上。」

麗姿笑出來，「那個王八蛋製造了天衣無縫的不在場證明，然後坐在牢裡等著打出王牌，讓他的不在場證明更加有力？」

「我想我從妳的聲音裡聽出欽佩之意了，督察。」

「完全是專業手法。依你看，他是從一開始就全計畫好了嗎？」

哈利看著他的手錶，他的腦袋開始滴滴答答打著摩斯電碼，告訴他事情不對勁。

「我唯一有把握的，就是卜瑞克做什麼都照計畫來，他從來沒有拿任何細節碰運氣過。」

「你怎麼能這麼肯定？」

「這個嘛，」他拿一只空杯子抵著臉，「他告訴我的。他非常討厭冒險，除非知道贏定了，否則他不會參賽。」

「我猜你也想通了他怎麼殺大使的囉？」

「首先他跟著大使下去地下停車場，這一點接待員可以證實。然後他搭電梯上樓，這一點他在電梯裡搭訕邀約的女子也可以證實。他大概是在停車場裡殺了大使，在大使上車的時候用薩米刀從背後捅他，拿走車鑰匙，然後把他丟進後車廂。接著他鎖上車門，走到電梯那裡等，等到有人按電梯，他就可以確定上樓途中會有證人。」

「他甚至邀她出去，讓她記得自己。」

「對，如果出現的是別人，他就再想別的辦法。然後他擋掉所有來電，讓人感覺他在忙，接著又搭電梯下樓，開著大使的車到克利普拉家。」

「可是如果他在停車場殺了大使，攝影機應該會拍到才對。」

「妳以為監視錄影帶為什麼會不見？當然不是有人想要破壞卜瑞克的不在場證明。他讓吉姆・拉孚把帶子給他了，我們看拳擊賽那晚遇到卜瑞克，他正是要趕著回辦公室，可不是急著跟美國客戶談事情，而是要找吉姆．拉孚，好進去重新錄影，蓋掉他殺害大使的影像，還有重新設定時間，弄成有人想要破壞不在場證明的樣子。」

「他幹嘛不直接拿走原來的帶子就好？」

「他是個完美主義者，他知道遲早會有個年輕聰明的警察發現影片內容跟時間兜不上。」

「怎麼會？」

「因為他用了另一個晚上的帶子來假造案發時間的影片。警察會查訪大樓內的員工，遲早會找到有人一月七日五點到五點半之間曾經開車經過攝影機，卻**不在**影片內，當然這就會成為帶子遭到蓄意破壞的證明。下雨和輪胎水痕的事，只是讓我們更快達到他要的效果而已。」

「所以你也沒有比他預期的更聰明嘛？」

哈利聳聳肩，「沒有。不過無所謂，我死不了；吉姆．拉孚就有所謂了，他收到的報酬可是有毒的鴉片。」

「因為他是目擊證人？」

「我說過，卜瑞克不喜歡冒險。」

「可是動機呢？」

哈利從鼻子吹氣，聲音彷彿大卡車煞停。

「你記不記得我們好奇過，為了六年五千萬克朗的處分權殺死大使，是不是足夠充分的動機？確實不是，可是如果後半輩子都可以擁有這些錢，顏斯．卜瑞克就有足夠的動機殺死三個人了。根據遺囑，如娜成年後會繼承這些錢，可是遺囑並沒有提到如娜死亡後如何處置，這些錢的歸屬顯然會根據繼承順位而定，也就是說，財產會屬於希麗達．墨內斯。現在的遺囑並沒有讓她無法取得財產。」

「卜瑞克要怎麼讓她把錢交出來？」

「他什麼都不必做，希麗達・墨內斯只剩六個月的壽命，時間足夠她跟他完成婚禮，也足夠卜瑞克扮演完美先生。」

「所以他除掉她的丈夫和女兒，等到她死了，就可以繼承財產？」

「不只這樣，」哈利說，「他已經把錢花掉了。」

麗姿皺起眉頭。

「他買了一家快破產的公司，叫做富利得。如果曼谷巴克萊的預測沒錯，這家公司的價值會變成他付的錢的二十倍。」

「那其他人為什麼要賣？」

「富利得的主管喬治・沃特斯說，『其他人』是幾個小股東，在歐夫・克利普拉變成大股東以後，他們拒絕把股份賣給他，因為他們知道有大利多正在醞釀。可是克利普拉消失以後，他們聽說美元債務會拖垮公司，所以都歡歡喜喜地接受了卜瑞克的出價；替克利普拉管理財產的律師事務所也是。成交價總共一億克朗左右。」

「可是卜瑞克還沒把錢弄到手。」

「沃特斯說簽約的時候付一半，剩下一半六個月內付清。他怎麼付頭款我不知道，一定是找別的門路湊齊了錢。」

「如果她沒在六個月內死掉呢？」

「不知道為什麼，我就是覺得卜瑞克一定會讓這件事發生，他替她調的酒……」

麗姿若有所思地看著空中，「他不覺得正好在這個時候成為富利得的新主人會顯得可疑嗎？」

「對，所以他才用艾勒梅有限公司的名義買了那些股份。」

「總會有人找出背後是誰。」

「不是他，表面上不是。這家公司登記的是希麗達的名字。不過當然啦，等她死了他就會繼承。」

麗姿把嘴噘成無聲的O，「這些你是怎麼想出來的？」

「有沃特斯幫忙。不過我在克利普拉家看見富利得股東名單的時候，就開始懷疑了。」

「真的？」

「艾勒梅，」哈利微笑，「一開始這名字讓我懷疑伊瓦．駱肯，他打越戰時得到一個綽號叫LM，跟艾勒梅諧音。不過正確答案比這個還無聊。」

「我放棄。」

「艾勒梅倒過來，是梅勒艾，希麗達．墨內斯的娘家姓。」

麗姿看著哈利，好像他是動物園裡的珍禽異獸。

「你太神了。」她在嘴裡嘟噥。

顏斯看著手上拿的木瓜。

「你知道嗎，駱肯，你咬一口木瓜，吃起來會有嘔吐味。你有沒有注意過？」

他張口咬住果肉，汁液沿著他的臉頰流下來。

「然後會變成屍的味道。」

他往後靠，笑出聲音來。

「你知道，這裡的中國城賣木瓜一顆五銖，幾乎等於不用錢，每個人都買得起，吃木瓜就是人家說的簡單小幸福之一。至於其他種簡單小幸福，你就要等到失去了才懂得珍惜，譬如……」顏斯比手畫腳地，好像在思索合適的類比，「譬如擦屁股，或是打手槍，這些都至少需要一隻手。」

他從中指抓起駱肯的斷手，拿到他的面前。

「你還有一隻，想想吧，想想**每一件**沒有手就不能做的事。我已經想過了，我來幫幫你。你不能剝柳橙，不能穿釣餌，不能摸女人的身體，不能扣你自己的褲子。對，你甚至不能對自己開槍，萬一你想開的話。你每件事情都會需要人家幫忙，每一件。想想吧。」

血從那隻手滴落，又從桌面反彈，濺到駱肯的襯衫上，留下紅色小點。顏斯放下那隻手，那些指頭指著天花板。

「反過來說，雙手俱全的話，就沒什麼辦不到的事，你可以勒死人，可以捲大麻菸，可以拿高爾夫球桿。你知道現在醫學有多進步嗎？」

顏斯一直等，等到他確定駱肯真的不打算回答。

「他們可以把手縫回去，連一根神經都不會受損；他們會到你的手臂裡把神經拉下來，像拉橡膠手套一樣，六個月內你就幾乎看不出來那隻手斷過。當然啦，這要看你能不能及時找到醫生，還有記不記得把手帶去。」

他走到駱肯的椅子後面，把下巴靠到他肩膀上，對著他的耳邊低聲說：

「看看那隻手多漂亮，很美不是？幾乎像米開朗基羅那幅畫裡的手，那畫叫什麼來著？」

駱肯沒回答。

「你知道的嘛，Levi's牛仔褲廣告用過的那個。」

駱肯的視線停在上方空中的某個點。顏斯嘆了口氣。

「顯然我們兩個都不是藝術行家，哦？好吧，或許這件事結束以後我會買幾幅有名的畫，看看能不能生出一點興趣。對了，你覺得再過多久就會來不及把手縫回去？半個小時？一個小時？如果我們用冰塊冰起來，說不定可以久一點喔，可惜今天冰塊用完了。不過你運氣好，這裡到安素醫院開車只要十五分鐘。」

他深吸一口氣，然後湊到駱肯耳邊大吼：

「**霍勒和那個女的在哪裡？**」

駱肯嚇了一跳，隨即痛得齜牙咧嘴。

「抱歉，」顏斯說著，從駱肯的臉頰上捏起一小塊木瓜渣，「只是找到他們真的對我很重要。」

駱肯的嘴脣吐出粗啞的低語，「你說的沒錯……」

「什麼？」顏斯往他的嘴巴靠過去，「你說什麼？大聲點，老兄！」

「你說的沒錯，木瓜有嘔吐味。」

麗姿雙手交疊，放在頭上。

「吉姆·拉孚那件事，我不太能想像卜瑞克在廚房攪拌氫氰酸和鴉片。」

哈利嗤笑，「卜瑞克也這樣說過克利普拉。妳說的沒錯，他有一個幫手，專家級的。」

「沒人會刊廣告徵這種專家，對吧。」

「是沒有。」

「或許是他碰巧認識的人？他去過某些邪門歪道的地方，或是……」她看見他在看著自己，就住了嘴，「幹嘛？」她說，「怎麼了？」

「不是很明顯嗎？是我們的老朋友吳啊，他跟顏斯從頭到尾都是一夥的，是顏斯要他竊聽我的電話。」

「同一個人又替墨內斯的債主做事，又替卜瑞克做事，似乎太過巧合了。」

「因為根本不是巧合。希麗達·墨內斯告訴我，那些在大使死後一直打電話討債的錢莊流氓，自從卜瑞克跟他們講過電話之後，就沒再打來。這樣說好了，我是不太相信他嚇阻了他們啦，我們去泰印旅人的時候，索仁森先生說他們跟墨內斯沒有債務要清，說不定他講的是事實，我猜卜瑞克還了大使的債，當然了，條件是得到其他種服務。」

「吳的服務。」

「正是。」哈利看著錶，「媽的，駱肯是怎麼了？」

麗姿嘆口氣站起來，「打給他看看吧，說不定他睡著了。」

哈利搔搔下巴，若有所思，「說不定。」

駱肯感覺胸口在痛。他從來沒有心臟的問題，但是對心臟病的徵兆略知一二。如果是心臟病發作，他希望強度足以致死，反正他都要死了，能奪走卜瑞克的樂趣也好。不過誰知道呢，說不定他一點樂趣都沒有，說不定這種事對卜瑞克的意義和對他的意義一樣，都是該做的工作。一發子彈，射倒一個人，就這樣。他看著卜瑞克，看著他的嘴巴一張一合，竟然發現自己什麼都聽不到。

「歐夫·克利普拉叫我替富利得的美元債避險，但他是在吃飯的時候講的，不是用電話，」顏斯說，「我簡直不敢相信我的耳朵，五億左右的交易，他竟然口頭上給指示，沒留下任何可以追查的紀錄！這種機會你等半輩子都等不到啊。」

顏斯用一條餐巾擦擦嘴。

「我回到辦公室以後，用我自己的名字做了美元的交易，如果美元跌了，我只要把交易轉移到富利得名下就好，就說我只是要照我們事先談好那樣，固定美元債的現值；如果美元漲了，我可以把獲利放進自己的口袋，直接否認克利普拉曾經要我買進美元，他什麼證據都沒有。你猜結果怎樣，伊瓦？我可以叫你伊瓦嗎？」

他把餐巾揉成一團，瞄準門邊的垃圾桶。

「對，克利普拉威脅我，說要去找曼谷巴克萊的高層告狀，我跟他說，如果曼谷巴克萊支持他，他們就得賠償他的損失，而且他們會失去旗下最好的經紀人。簡單地說，他們除了站在我這邊，別無辦法。所以他又威脅要動用政壇人脈，你知道嗎？他沒機會做到這個地步，因為我發現我可以解決掉一個麻煩，解決掉歐夫·克利普拉，順便接收他的富利得；這家公司馬上就要一飛沖天了。我這樣說不是因為我希望、相信會一飛沖天，不是像那些蹩腳分析師那樣；我是真的**知道會**，我會讓它一飛沖天。」顏斯的眼睛發著光，「就像我知道這個哈利·霍勒和光頭女人今天晚上會死一樣，一定會發生。」他看看錶，「對不起，搞得這麼灑狗血，不過**光陰似箭啊**，伊瓦，該考慮怎麼做對你最有利了，是不是？」

駱肯一雙空洞的眼睛盯著他看。

「不怕，哦？你是硬漢嗎？」卜瑞克有點不知所措，他從鈕扣孔裡拉出一段鬆脫的縫線，「我要告訴你他們會有什麼下場嗎，伊瓦？他們會在河裡，各綁在一根柱子上，身上一顆子彈，臉呢，像摔爛的肉派。聽過這種說法嗎，伊瓦？沒聽過？可能你年輕的時候沒人這樣說，哦？我從來就沒辦法想像，一直到我這位朋友吳告訴我，船的螺槳真的可以把人的臉皮扯下來，露出底下的肉，你懂我的意思嗎？這是吳從這裡的幫派學到的妙招。當然了，大家可能會問，這兩個人到底做了什麼，讓幫派這麼抓狂；不過他們永遠查不到的對吧，尤其是不會從你這裡查到，因為你會告訴我他們在哪裡，這樣可以換到免費的手術，還有五百萬美金。你已經有很多消失的經驗了，弄個新的身分什麼的，不是嗎。」

伊瓦·駱肯看著顏斯的嘴唇開合，聽著遠處某個人聲的回音。螺槳、五百萬、新身分，這些字眼啪啪啪地飄過去。他在自己眼裡從來就不是英雄，他也從來沒有死得其所這種非分之想，可是他知道是非對錯，在合理的範圍內，他一直努力做對的事。除了顏斯和吳，沒有人會知道他臨死之際有沒有抬頭挺胸，情報局也好，外交部也好，那些退下來的老人都不會喝著啤酒談起老駱肯，反正駱肯也不會在乎。他不需要死後留名，他這一生一直是個不為人知的祕密，所以同樣不為人知的死，大概也很自然。

不過，雖然眼前不是故作姿態的場面，他也知道如果順了顏斯的意，頂多就是換來一個好死，可是他已經感覺不到痛了，所以不值得。就算駱肯聽清楚了顏斯的提議，也沒有差別，做什麼都不會有任何差別了，因為此刻他腰帶上的手機開始嗶嗶地響。

49

一月二十四日，星期五

哈利正要掛掉電話，卻聽到喀答一聲，接著是新的撥號音，於是他知道電話已經從駱肯家轉到手機上。他等著，讓電話響了七聲，才終於放棄，然後謝謝櫃臺後面那個綁辮子的女孩讓他借用電話。

「我們有麻煩了。」他回到包廂以後說。麗姿已經脫掉鞋子，在檢查皮膚乾燥的地方。

「塞車，」她說，「向來都是塞車。」

「電話轉到他的手機，可是他也沒接。我覺得不對勁。」

「放心，他在這麼祥和的曼谷會出什麼事？一定是把手機忘在家裡了。」

「我做錯了一件事，」哈利說，「我告訴卜瑞克我們今天晚上要碰面，要他查查艾勒梅公司背後是誰。」

「你什麼？」麗姿把腳從桌子上放下來。

哈利一拳搥向桌面，把咖啡杯震得彈了起來。「幹，幹，幹，幹！我是想看他的反應。」

「反應？哈利，這不是玩遊戲。這不是玩遊戲欸！」

「我不是在玩遊戲，我打算在開會的時候打電話給他，這樣我們可以找個地方跟他碰上面。我本來想約在檸檬草。」

「我們去過的那家餐廳？」

「離這裡近，而且好過冒險去他家突襲。我們有三個人，所以我想可以當場逮捕吳。」

「可是你卻提到艾勒梅，把他嚇跑？」麗姿抱怨。

「卜瑞克不是笨蛋，他早就發現事情不妙，他又講起當他的伴郎那些有的沒的，就是要測試我，看我是不是盯上他了。」

麗姿哼了一聲，「說那什麼要男人威風的屁話！如果你們兩個在這案子裡面放了什麼個人的東西進去，就給我拿掉。老天爺啊！哈利，我還以為你很專業，不會出這種錯。」

哈利沒回答，他知道她說得對，他表現得像個外行。到底為什麼要提到艾勒梅公司？他明明有一百種約見面的藉口可以用。也許是顏斯說的話有幾分道理，他說過有些人就是喜歡為了冒險而冒險；也許他就是卜瑞克鄙視的那種賭徒。不對，不是這樣，反正不是這麼簡單，有一次他爺爺跟他解釋為什麼從來不獵殺停在地上的松雞，他說這樣「不好」。是這個原因嗎？出於某種遺傳到的打獵倫理：你要先把獵物嚇飛，才能開槍獵殺，讓牠們有個象徵性的逃脫機會。

麗姿打斷他的思緒。

「所以現在怎麼辦，警探？」

「等，」哈利說，「我們給駱肯半個小時，如果他沒出現，我會打電話給卜瑞克。」

「如果卜瑞克沒接呢？」

哈利深吸一口氣，「那我們就打電話給警察局長，動員所有警力。」

麗姿咬著牙罵了髒話，「我跟你說過交通警察過的是什麼日子嗎？」

顏斯看著駱肯的手機螢幕咯咯笑，手機鈴聲已經停止。

「你這部手機不錯啊，伊瓦，」他說，「易利信做得很好嘛，你不覺得嗎？可以看到來電號碼，如果是不想講話的對象，就不必接。如果我猜的沒錯，有人正在奇怪你怎麼還沒出現，因為這種時間並不會有很多朋友打給你對吧，伊瓦。」

他把手機往肩後拋，吳敏捷地往旁邊一站，接住手機。

「查一下那個號碼是誰的、在哪裡。馬上。」

顏斯在駱肯身旁坐下。

「現在手術變得很緊急了喔，伊瓦。」

他摀住鼻子，低頭看著地板上椅子周圍形成的一灘血。

「我是說真的，伊瓦。」

「蜜麗卡拉ＯＫ，」吳講英語一頓一頓的，「我知道在哪裡。」

顏斯拍拍駱肯的肩膀。

「對不起啊，我們現在得走了，伊瓦，等我們回來再去醫院吧。」

駱肯注意到腳步的震動愈來愈遠，等著感覺用力關門的氣壓，但是沒感覺到，反而聽見耳邊有個人聲遙遠的回音。

「喔，對了，我差點忘記，伊瓦。」

他感覺到太陽穴上有股熱熱的氣息。

「我們需要東西把他們綁在柱子上，這條止血帶可以借我嗎？會還你的，我保證。」

駱肯張嘴，感覺喉嚨裡的痰液在他吼叫的時候都鬆脫了。有人接管了他的頭腦，他感覺不到皮束帶的拉扯，只看見鮮血漫過桌面，襯衫袖子浸成紅色。門關上了他也沒發覺。

哈利被門上的一聲輕敲嚇一跳。

不是駱肯，而是櫃臺那個女孩，他不由得皺起眉頭。

「你哈利嗎，先生？」

他點頭。

「電話。」

「我就說吧，」麗姿說，「賭一百銖，是塞車。」

他跟著女孩到櫃臺，潛意識裡注意到烏黑的頭髮和細瘦的頸子，跟如娜一樣。他看著女孩頸背上的黑色細毛。她轉過身，迅速笑了一笑，然後伸出手，他點點頭接過話筒。

「喂？」

「哈利？是我。」

哈利的心臟開始加速全身血液循環，他還以為感覺得到血管在擴張。他呼吸了幾下，才冷靜清晰地開口。

「駱肯在哪裡，顏斯？」

「伊瓦嗎？他手上忙著，去不了。」

哈利從他的聲音聽得出來，偽裝已經結束，現在是顏斯・卜瑞克在說話，跟他初次在辦公室見到的是同一個人，同一種揶揄挑釁的語氣；說話的那個男人自知勝利在手，但是想要先享受一番，再使出**致命一擊**。哈利想弄明白，到底是怎麼搞的，情勢就這樣變得不利於他了。

「我一直在等你的電話，哈利。」這種聲音不是出自孤注一擲的男人，而是坐在駕駛座、一隻手從容不迫放在方向盤上的男人。

「喔，你現在領先了，顏斯。」

顏斯大笑，「看起來我一直都領先哪，哈利，感覺怎麼樣？」

「很累。駱肯在哪？」

「你想知道如娜死之前說什麼嗎？」

哈利感覺額頭皮膚底下刺痛著。「不想，」他聽見自己說，「我只想知道駱肯在哪裡，你對他做了什麼，還有我們可以去哪裡找到你。」

「哈利，那是一次許三個願望欸！」

話筒上那層膜隨著他的笑聲震動起來，但是還有另一樣東西在搶著抓住哈利的注意力，他不太辨認得出來的東西。笑聲戛然停止。

「你知道要執行這樣的計畫需要犧牲多少嗎，哈利？要再三檢查，所有的枝枝節節都要好好盯著，確保萬無一失；更不用說肉體上受的罪了，殺人是一回事，可是你以為我那些時間喜歡坐在牢裡嗎？你可能不相信，可是我說的關於坐牢的事是真的。」

「那你何必橫生枝節，那麼麻煩？」

「我跟你說過了，減少風險要花成本，但是花得值得，向來都值得。陷害克利普拉可是要費一番工夫。」

「那你幹嘛不弄得簡單點？把他們都幹掉，然後推給幫派？」

「你的想法就跟你平常追緝的那些輸家一樣啊，哈利，你就像賭徒，你忘記全局，忘記結果。當然我可以用更簡單的方法殺掉墨內斯、克利普拉和如娜，而且確定不留下任何痕跡，可是那樣不夠，因為我接收墨內斯的財產和富利得之後，我就會很明顯有殺死他們三個的動機了，不是嗎？三起謀殺都牽連到一個人、一個動機，就連警察都可以想到這一點，你不覺得嗎？就算你們找不到任何天殺的證據，你們還是可以把我的日子搞得很難過，所以我必須設計另一套劇本給你們，讓其中一個被害人變成犯人，案情不會複雜得讓你們解不開，也不會簡單得讓你們不滿足。你要謝謝我才對，哈利，你追查克利普拉的時候，我可是讓你很有面子啊，對不對。」

哈利聽得並不專心，他的心思已經回到過去，那時也有一個謀殺犯的聲音在他的耳邊，那時是背景的水聲洩漏了他的位置，可是現在哈利聽到的就只有微弱的音樂聲，什麼地點都有可能。

「你想怎樣，顏斯？」

「我想怎樣？嗯，我想怎樣呢？就聊一聊吧，我想。」

把我留在電話上，哈利暗忖。他想把我留在電話上，為什麼？電子鼓咚咚鏘鏘，單簧管顫悠悠地奏著。

「不過你想知道確切原因的話，我只是打來告訴你……」

哈利可以聽到〈我只是打來告訴你，我愛你〉的音樂聲。

「……你同事應該去整個容，你覺得呢，哈利？哈利？」

話筒搖來擺去，就在地板上方不遠處盪成一條弧線。

哈利往走廊另一頭跑，感覺臀上腺素痛快地激增，彷彿打了一針。剛才他把話筒一扔、從小腿槍套拔出魯格SP一〇一順便上膛，嚇得那個綁著辮子的女孩直往牆上靠。哈利大喊報警，不知道她聽懂了沒有？沒時間想這個了，他已經到了，他踢開第一道門，直直對上四張被槍枝嚇壞的臉。

「對不起。」

到了下一個包廂，他差點在驚嚇之下開槍。地板中間站著一個矮個子黑皮膚的泰國人，兩腿大張，身穿亮閃閃的銀色西裝，戴著A片風格的墨鏡。過了幾秒鐘哈利才領悟他在做什麼，可是剩下的〈獵犬〉（*Hound Dog*）歌詞已經卡在這位泰國貓王的喉嚨裡出不來。

哈利看著走廊，至少還有五十個包廂，他的頭裡面一直有個地方警鈴大作，可是腦袋實在負荷過度，他就只想把它關掉，但現在他聽得一清二楚了，麗姿！該死，顏斯把他留在電話上啊！

他往走廊另一頭衝過去，就在轉彎以後，看見他們包廂的門開著。他不再思考，不害怕，不抱希望，就只是跑，心裡明白自己已經跨過不情願殺人的界線。再也不像噩夢了，不像在及腰的水裡快跑。他衝進門裡，看見麗姿在沙發後面縮成一團，於是他舉槍往四周揮舞，可是太遲了，他的腎臟下方挨了一記，打得他喘不過氣。下一秒他就感覺到脖子被勒緊，眼角瞥見纏成圈的麥克風線，還有一股咖哩味往他襲來。

哈利把手肘往後一推，撞上某個東西。他聽見一聲呻吟。

「死吧。」一個拳頭跟著這句話從身後過來，打中他的耳朵下方，讓他頭暈眼花起來，感覺下顎出了大事。接著脖子上的電線又開始收緊，他想辦法伸了一根手指進去，可是沒有用，他麻木的舌頭被擠到嘴巴外面，彷彿有人從裡面正在親他。或許他不必付看牙的帳單了，他的眼前已經一片黑。

哈利的腦袋嘶嘶叫著。他受不了了，他想下定決心死掉，可是身體不願意配合。他本能地往空中伸出一隻手臂，可是現在沒有泳池撈網可以自救了，只有祈禱，彷彿他正站在暹邏廣場的陸橋上，祈求永生。

「住手！」

繞在脖子上的電線鬆了，氧氣有如瀑布般灌入肺裡。再多一點，他還要再多一點！包廂裡的空氣似乎不夠，他的肺好像就要從胸口爆開一樣。

「放開他！」麗姿已經爬起來跪在地上，她的史密斯威森六五〇指著哈利。

哈利感覺得到吳在身後蹲低身體、再次拉緊電線，不過這次哈利已經把左手伸進電線和脖子之間。

「射他。」哈利發出唐老鴨的粗啞嗓音。

「放手！快點！」麗姿的黑瞳孔充滿恐懼和憤怒，她的耳朵淌著一行血，流過鎖骨，又流進領口。

「他不會放手，妳要開槍射他。」哈利用沙啞的嗓子低聲說著。

「快點！」麗姿大喊。

「開槍！」哈利大叫。

「閉嘴！」麗姿想穩住重心，拿槍的手搖搖晃晃。

哈利往後靠著吳，感覺就像靠在牆上一樣。麗姿的眼睛裡有淚水，頭還往前傾。哈利看過這種狀況，她嚴重腦震盪，他們快要沒有時間了。

「麗姿，聽我說！」

電線收緊，哈利聽見手側緣的皮膚綻開。

「妳的瞳孔放大，妳快要休克了，麗姿！聽我說！妳一定要趕快開槍才來得及！妳馬上就要失去意識了，麗姿！」

她的嘴唇吐出一聲啜泣，「去你的，哈利！我沒辦法，我……」

電線割進肉裡，好像切奶油一樣。他想握拳，但有些神經應該是斷了。

「麗姿！看著我，麗姿！」

麗姿眨了又眨，一雙朦朧的眼睛看著他。

「很好，麗姿，如果妳可以想辦法射不中我，妳就一定可以射中他！」

她張著嘴看他，然後放下槍，突然大笑起來。吳已經開始往前擠了，哈利想把他擋在後面，卻好像在擋火車一樣。他們已經來到她頭上了，這時有個東西在哈利面前爆開，一陣劇痛在神經通道中流竄，這次是一種新的痛感，灼痛。他聞到她的香水味，感覺到她的身體隨著吳把他們壓倒在地而垮下。轟鳴從開啟的門口隆隆傳出，響遍走廊。接著是一片寂靜。

哈利在呼吸，他困在麗姿和吳中間，但他的胸口還在起伏，這只有一個意思，就是他還活著。有個東西一直在滴，他努力抗拒那個記憶，現在可沒時間回憶濕繩索和碼頭上又冷又鹹的答答水滴，這裡又不是雪梨。滴滴答答的東西落在麗姿的額頭上、眼皮上，然後他又聽見她的笑聲了，她睜開了眼睛，那是兩扇黑窗，白色的窗框安在紅色牆上。爺爺正在揮他的斧頭，悶悶鈍鈍的敲擊聲，木頭砰的落在踏得硬實的土地上。天空是藍的，草搔著他的耳朵，一隻海鷗飛進視野又飛出去。他想睡覺，可是他的臉著了火，他可以聞到自己的肉味，火藥燒掉了毛孔。

他呻吟一聲，從人體三明治中滾開。麗姿還在笑，兩眼大睜；他讓她繼續笑。

他把吳翻過來面朝上。吳的臉停在驚訝的表情，下顎掉了下來，對額頭上那個黑色射入口以示抗議。他已經移動過吳了，卻還是聽得見水滴聲。他轉身看著後面的牆，發現果然不是幻聽，瑪丹娜又換了髮色，吳的辮子黏到相框的頂端去了，替她弄了個黑色龐克頭，還滴著看起來像蛋酒混紅色果汁的東西。辮子掉到厚地毯上，輕輕地啪嗒一聲。

麗姿還在笑。

「開派對嗎？」他聽見門口有人說話，「竟然沒邀請顏斯？我還以為我們是朋友哩……」

哈利沒轉身，他的眼睛搜尋著地板，拚命找那把槍。一定是吳偷襲他的時候掉到桌子下或椅子後面了。

「在找這個嗎，哈利？」

這還用說嗎。他慢慢轉身，迎面就是他的魯格SP一〇一槍口。他正要張嘴說話，就看到顏斯準備開槍，他兩手握著槍，而且身體已經微微前傾，準備承受後座力。

哈利看見施羅德酒館裡那個往後搖著椅背的警察，看見他濕潤的嘴唇和那抹蔑笑；他沒真的笑出來，不過那抹笑還是在，跟警察局長要求肅靜的時候一模一樣的笑。

「遊戲結束了，顏斯，」他聽見自己說，「這次你逃不掉的。」

「遊戲結束了？哪有人真的這樣說話？」顏斯搖頭又嘆氣，「你看太多白癡動作片了，哈利。」

他的手指勾住扳機。

「可是……呃，好吧，這件事是真的結束了，你把場面弄得比我計畫的還好哩，你覺得大家發現一個幫派嘍囉跟兩個警察死在彼此的槍下，會把責任算在誰頭上？」

顏斯瞇起一隻眼睛，在三公尺距離下簡直多此一舉。他可不是賭徒，哈利想著，閉上眼，下意識吸了氣，準備受死。

他的耳鼓震碎了，震了三次。他可不是賭徒。哈利感覺他的背撞上牆，撞上地板和不知名的東西，無煙火藥的味道很刺鼻。無煙火藥的味道。這下他不懂了，顏斯不是開了三次槍嗎？他不是應該聞不到味道了嗎？

「靠！」聽起來好像有人在羽絨被底下大叫。

煙散了，他看見麗姿背靠牆坐著，一隻手抓著一把冒著煙的槍，另一隻手摀著肚子。

「天啊，他打中我！你在嗎，哈利？」

我在嗎？哈利也好奇。他模模糊糊想起把他踢倒的那一腳。

「怎麼回事？」哈利大喊，耳朵還聾著。

「我先開槍的，我打中他，我知道我打中他了，哈利，他怎麼會跑掉了？」

哈利站起來，先打翻了桌上的杯子，才好不容易站穩腳步。他的左腿睡著了。睡著？他把手放在屁股上，褲子濕透了。他不想看，於是伸出一隻手。

「槍給我，麗姿。」

他的眼睛盯著門口。血，油地氈上有血。往那個方向。那個方向，霍勒，跟著已經替你標出來的路徑走就對了。他看著麗姿，她放在藍色襯衫上的手指間有一朵紅玫瑰正在綻放。幹，幹，幹！

她一邊呻吟，一邊把史密斯威森六五〇遞給他。

「把他抓回來，哈利。」

他遲疑了。

「這是命令！」

50

一月二十四日，星期五

每一步他都用力把腿踢出去，希望它不會癱軟。眼前天旋地轉，他知道是自己的大腦想要逃避疼痛。他跛著腿從櫃臺那個女孩面前經過，她凍結成〈吶喊〉那張畫的姿勢，嘴裡一個聲音都沒吐出來。

「叫救護車！叫醫生！」哈利一吼，她醒了過來。

接著他人已經在外面。風停了，空氣就只有熱，要命的熱。有一輛車子剛剛打斜角衝過馬路，柏油路面有煞車痕，車門開著，而且駕駛在車外頭揮著手臂指著天。哈利舉起雙手，看也不看就跑到馬路對面，他知道他們看到他豁出去的樣子，可能就會煞車。他聽到尖銳的橡膠摩擦聲，抬頭看著那人手指的方向，一隊灰色大象的剪影高聳在上。他的大腦忽而清晰忽而混亂，就像嚴重失常的汽車收音機，接著有一聲號角充斥整個夜空，聲音滿到天邊。喇叭大鳴的重型卡車從他的腳邊呼嘯而過，哈利感覺那一陣風差點把他的衣服給撕了。

他回過神，視線往上搜尋，順著混凝土橋墩看——那條高架「黃磚路」，BERTS運輸系統。對啊，為什麼不往那跑呢？說起來也合理。

有道鐵梯通往混凝土構造的一處開口，就在他頭上十五、二十公尺高的地方，從開口可以看見一部分月亮。他把槍柄咬在嘴裡，發現腰帶垂了下來，但努力不去想這顆削斷了腰帶的子彈對他的髖骨做了什麼，只是抓住梯子，靠雙臂把自己拉了上去。鐵梯壓著麥克風線割出來的傷口。

什麼都感覺不到，哈利想著，隨後又罵了聲髒話，因為血像紅色橡膠手套一樣流了滿手，害他抓不住梯子。他把右腳歪著擺到梯檔上，使勁一推，這樣登上一階，然後又使勁推。現在好一點了，只要不暈倒就好。他往下看，有十公尺嗎？他最好別暈倒，繼續往前、往上。四周暗了下來，他以為是自己眼睛的問題，所以停下腳步，可是往下一看，既看得見底下的車子，也聽得見警笛像鋸刀一樣劃破天際。他又往上看，梯子頂端的開口是黑的，看不見月亮了。天空被雲遮住了嗎？有一滴水滴到槍管上，又在下芒果雨？哈利往下一階前進，他的心臟怦怦跳，漏了幾拍，又繼續跳。它在盡力運作中。

有什麼用呢？他往下看，心裡一邊想著。很快第一輛警車就會到了，顏斯大概沿著這條幽靈路哈哈大笑地跑了，已經下了前面兩個街口的梯子，然後天靈靈、地靈靈，突然從人群中消失。去他媽的綠野仙蹤。那滴水流到槍柄，流進哈利咬緊的齒間。

他立刻想到三件事。第一，如果顏斯看到自己活生生從蜜麗卡拉ＯＫ出來，他大概不會跑掉；他沒得選，非完成這件事不可。

第二，雨滴吃起來不會又甜又帶金屬味。

第三，不是雲遮住天空，而是有人擋住開口，有人正在流血。

然後事情又開始快得令他措手不及。

他希望左手還有足夠的神經，才握得住梯檔。他用右手把槍從嘴裡拿出來，這時看見頭上的梯檔火花一閃，又聽見子彈彈飛的咻咻聲，感覺有東西掃過褲腳。他瞄準那一團黑色開槍，受傷的下巴感覺到了後座力。有個槍口冒出火光，於是哈利一口氣清空了彈匣，不停地按，喀、喀、喀、喀。可惡的外行人。又看得見月亮了。他把槍扔了，槍還沒落地，人已經在爬梯子。他上去了，道路、工具箱、重機具都沐浴在黃光下；光來自綁在上方一顆大得荒謬的氣球。顏斯坐在一堆沙土上，雙手交疊在腹部，前後搖著身體，一邊大笑。

「靠，哈利，你把事情都搞砸了，你看。」顏斯打開雙手，血不斷流出，濃稠的血閃著光澤。「黑色的血，意思是你打中肝臟了，哈利。我的醫生可能會要我禁酒，這可不妙。」

警笛愈來愈大聲。哈利努力控制呼吸。

「我要是你的話，就不會放在心上，我聽說泰國監獄供應的白蘭地很爛。」

他跛著腿往顏斯靠近，顏斯舉槍對著他。

「好了好了，哈利，話不必說過頭，不過是有點痛罷了，有錢的話，沒什麼不能治的。」

「你沒有子彈了。」哈利說著，繼續往前走。

顏斯邊笑邊咳嗽，「這招不錯，哈利，不過恐怕你才沒子彈吧。我會數。」

「你會嗎？」

「哈哈，我不是說過嗎，數字，我靠這種東西賺錢的呀。」

他空著的手比手指給哈利看。

「兩發在卡拉ＯＫ店射你和那個男人婆，三發對梯子，所以還有一發可以給你，哈利，真是有備無患呢，你知道。」

哈利只差兩步遠。

「你看太多白癡動作片了，顏斯。」

「好精彩的遺言。」

顏斯帶著抱歉的表情坐直身體，接著扣下扳機。喀嗒聲震耳欲聾，顏斯的怪表情突然換成了驚訝。

「不管什麼槍一律六發子彈，只有白癡動作片才有這種事啦，顏斯。你那把是魯格ＳＰ一〇一，五發。」

「五發？」顏斯生氣地瞪著槍看，「五發？你怎麼知道？」

「我靠這種東西賺錢的呀。」

哈利可以看見底下路面上的藍燈，「你最好把槍給我，顏斯，警方很可能一看見槍枝就開槍。」

顏斯把槍遞給哈利，臉上寫滿困惑。哈利把槍塞進腰間。也許是因為少了腰帶，槍從褲管裡滑了下來；也許是因為他累了；也許是因為他看見顏斯，心想那是投降的眼神就鬆懈了，總之那一拳打中他以後，他踉踉蹌蹌往後退，完全意料不到顏斯的動作會這麼快。他感覺左腿軟了下去，接著頭就砰一聲撞上水泥地。

他昏迷了一秒。不可以失去意識，他有如無線電拚命地搜尋電臺。他看見的第一樣東西是一顆閃著光芒的金牙。哈利眨眨眼。那不是金牙，而是從薩米刀刃反射出來的月光。接著那塊飢渴的鋼鐵就往他劃了過來。

哈利永遠不會知道他是憑直覺反應，或者他的動作背後有一道心理過程。他舉起左手攤開來，直直伸向那段白晃晃的鋼鐵，刀子穿破他的手掌，絲毫不費力。整段刀刃都穿過去以後，哈利把手抽走，踢出沒受傷的腿，踢中了黑血的位置。顏斯彎腰呻吟，往旁邊一倒，跌進沙堆裡。哈利勉強爬起來，跪在地上，顏斯則是已經蜷縮成胎兒的姿勢，兩手抱著肚子，尖叫起來；很難說是在笑還是痛叫。

「幹，哈利，痛成這樣實在太奇妙了。」他一下子喘氣，一下子哼哼唧唧，一下子大笑。

哈利站起來，看著穿過手心手背的刀子，不確定怎麼做比較明智，拔出來好，還是留著止血好？他聽見下面街道上有個喊叫的聲音從擴音器傳出來。

「你知道現在會怎樣嗎，哈利？」顏斯已經閉上眼睛。

「不太清楚。」

顏斯安靜了一會，振作精神。「那我來解釋吧。今天會變成一大堆警察、律師、法官的大發薪日。你這個王八蛋，哈利，我得花一大筆錢了。」

「你是什麼意思？」

「我是什麼意思？你又在玩挪威童子軍那套嗎？什麼都能買的到啊，只要你有錢。我就有錢，再說……」他咳了幾聲，「幾個在建築業有油水的政客，不會想看到 BERTS 泡湯。」

哈利搖搖頭，「這次不一樣，顏斯，這次不一樣。」

顏斯齜牙咧嘴，那痛苦的表情綜合了笑臉和苦相。「要打賭嗎？」

哈利心想，拜託，別做任何會後悔的事，霍勒。他看看錶；這是他這一行的反射動作，寫報告要填逮捕時間。

「有一件事我很好奇，顏斯。我問你艾勒梅公司的事情，柯蘭利督察說我對你透露太多了。或許我真的是吧，不過你早就知道我知道是你，對不對？」

顏斯勉強自己把注意力放在哈利身上，「有一陣子了，所以我才搞不懂你為什麼那麼努力幫我解除羈押。哈利，為什麼？」

哈利覺得頭暈，於是找了個工具箱坐下來。

「嗯，也許當時我還沒發現自己已經知道是你；也許我想看你接下來要打什麼牌；也許我只是想要你露出馬腳。我不知道。是什麼事情讓你認為我已經知道了？」

「有人說的。」

「不可能，今天晚上之前我一個字都沒說過。」

「有人不用你說就知道。」

「如娜？」

顏斯的臉頰在打顫，嘴角堆起白沫。「你知道嗎，哈利？如娜有人家說的那種第六感，我說那個叫做觀察力。你得學著好好隱藏你的思緒，哈利，不要什麼都跟敵人說。真是不可思議，女人被威脅切掉女性象徵的時候，什麼都願意告訴你。你——」

「你用什麼威脅她？」

「乳頭，我說我會割掉她的乳頭。你覺得怎麼樣，哈利？」

哈利已經抬頭面向天空，閉上眼睛，好像期待下雨一樣。

「我說錯什麼了嗎，哈利？」

哈利感覺到熱空氣通過鼻孔。

「她一直等著你呢，哈利。」

「你在奧斯陸的時候住哪家飯店？」哈利低聲說。

「如娜說你會來救她，說你知道是誰綁架她的。她哭得像個嬰兒，還用她的義肢揮打，滿好笑的，所以——」

金屬震動的聲音傳來。匡啷匡啷匡啷。他們正在爬梯子上來。哈利看著還插在手上的刀子。不能用這個。他四下張望。顏斯的聲音刺著他的耳朵。他的肚腹升起一股快感，頭部有個輕柔的嘶嘶聲，好像喝香檳醉了一樣。不要動手，霍勒，忍住。但是他已經感覺到墜落的狂喜。不管了。

工具箱的鎖踢個兩腳就棄守了，那把氣鑽機是威克牌，重量輕，頂多二十公斤，而且一按鈕就啟動了。顏斯立刻閉嘴，腦袋慢慢理解接下來會怎樣以後，眼睛就瞪大了起來。

「哈利，你不可以——」

「張開。」哈利說。

機器震動的咆哮聲淹沒了底下的車水馬龍、吵吵鬧鬧的擴音器、震動的鐵梯。哈利往顏斯靠過去，張開雙腿，臉還是朝天，眼睛還是閉著。天在下雨。

哈利跌坐沙堆。他仰躺著，凝視天空；他在沙灘上，她問他可不可以幫忙塗防晒乳，她的皮膚很敏感，可不想被太陽晒死。她不是晒死的。然後他們到了，人聲吵嚷，靴子在水泥地上踩踩踏踏，上過油的槍枝拉保險的喀嗒聲。他睜開眼睛，被照在臉上的光弄得什麼都看不見，光束移開以後，他瞥見朗山的身影。

哈利聞到自己膽汁的味道，接著胃裡的東西就填滿了口鼻。

尾聲

51

麗姿醒過來，知道會看見黃色天花板和丁字形的灰泥裂縫。這兩週她一直盯著那一處裂縫，因為顱骨骨折，醫生不准她讀字看電視，只能聽廣播。他們說槍傷很快就會好，重要器官都沒有受損。對她來說不重要就是。

有位醫生看過她，問她有沒有生小孩的打算。她搖頭，不想聽完，他也就默默順了她的意。要聽壞消息以後有得是時間，現在她想專注在好消息，例如接下來幾年不必指揮交通，還有警察局長來過，說她可以放幾週假。

她的眼神飄到窗框上。她想轉頭，但是他們在她的頭上裝了個長得像鑽油塔的儀器，讓她想動也動不了。

她不喜歡獨處，從來就不喜歡。彤亞·魏格前一天來看過她，問她知不知道哈利怎麼了，好像他用心電感應跟躺在那裡昏迷的她聯絡過一樣。不過麗姿了解魏格的關心不只是職業的關係，所以就沒說什麼，只說他時間到了就會出現的。

彤亞·魏格看起來孤單又沮喪。哎，她死不了的，她就是那一種人。她已經接到要接任大使的消息，五月上任。

有人咳嗽，她張開眼睛。

「還好嗎？」一個沙啞的聲音說。

「哈利？」

打火機喀答一聲，接著她就聞到菸味。

「你回來啦？」她說。

「只是撐著。」

「你在幹嘛？」

「實驗，」他說，「想找出失去意識的終極之術。」

「聽說你自己出院了。」

「他們沒什麼能替我做的了。」

她小心翼翼地笑，讓空氣一點一點爆出來。

「他怎麼說？」哈利問。

「畢悠納．莫勒嗎？奧斯陸在下雨，看起來今年春天會比較早到。其他就沒什麼新鮮事。叫我跟你打招呼，告訴你兩邊的人都鬆了一口氣。涂魯斯處長帶花來，問起你的狀況，叫我跟你說恭喜。」

「莫勒怎麼說？」

麗姿嘆氣，「好吧。我幫你傳話了，他也去查了。」

「然後？」

「你也知道卜瑞克不太可能跟你妹妹的強暴案有任何關係，不是嗎。」

「是。」

她聽得見他吸氣時菸草發出的劈啪聲。

「也許你就算了吧，哈利。」

「為什麼？」

「卜瑞克的前妻聽不懂那些問題，她甩了他是因為他很**無趣**，沒別的原因。而且……」她吸口氣，「而且你妹妹被強暴的時候，他根本不在奧斯陸。」

她努力想聽出他的反應。

「很遺憾。」她說。

她聽見香菸落地，還有橡膠鞋跟把菸蒂往石磚踩的聲音。

「好吧，我只是想看看妳怎麼樣了。」他說。傳來椅腳刮地的聲音。

「哈利？」

「我在。」

「我就說一件事。你要回來，答應我你會回來，不要留在那裡。」

她可以聽見他呼吸的聲音。

「我會回來。」他的語氣平板沒有起伏，彷彿對這句歌詞感到厭倦。

52

一束光穿過他們上方木頭地板的裂縫，他看著光束裡的灰塵在跳舞。他的襯衫像嚇壞的女人一樣黏在他身上，汗水刺痛他的嘴脣，泥土地的臭味讓他作嘔。不過煙管傳過來了，他一隻手抓住煙針，把黑色的膏塗在洞裡，然後把煙斗定定放在火焰上方，於是一切又圓融了起來。吸第二口之後，他們現身了，伊瓦·駱肯，吉姆·拉孚，希麗達·墨內斯。第三口之後，其他的也現身了。只有一個除外。他把煙深深吸進肺裡，讓煙停留，一直到他覺得快要爆炸了，她才終於出現。她站在陽台門口，陽光照在側邊臉上。兩步以後，她就浮到空中了，從腳掌到指尖形成一道黑色的彎弧，平緩的弧，無限緩慢。彎弧輕柔的一吻劃破表面，潛進水裡，愈潛愈深，最後水面在她身後闔上。水冒了泡，一道波浪拍打在池壁。接著一切靜止，綠色的水再次映照天空，彷彿她從來沒存在過。他吸進最後一口煙，往後躺到竹席上，閉上眼睛。然後聽見柔柔的汩水聲。

蟑螂 *Kakerlakkene*

作　　者　尤・奈斯博（Jo Nesbø）
譯　　者　謝孟蓉
封面設計　黃暐鵬
行銷企劃　林瑀、劉育秀
行銷統籌　駱漢琦
業務統籌　郭其彬、邱紹溢
責任編輯　吳佳珍
總 編 輯　李亞南
出　　版　漫遊者文化事業股份有限公司
地　　址　台北市 105 松山區復興北路 331 號 4 樓
電　　話　（02）27152022
傳　　真　（02）27152021
讀者服務信箱　service@azothbooks.com
漫遊者書目：www.azothbooks.com
漫遊者臉書：https://www.facebook.com/azothbooks.read
發行或營運統籌　大雁文化事業股份有限公司
地　　址　台北市 105 松山區復興北路 333 號 11 樓之 4
劃撥帳號　50022001
戶　　名　漫遊者文化事業股份有限公司

初版一刷　2016 年 05 月
初版四刷　2020 年 11 月
定　　價　台幣 380 元

國家圖書館出版品預行編目 (CIP) 資料

蟑螂 / 尤・奈斯博（Jo Nesbø）著 ; 謝孟蓉譯 . -- 初版 . -- 臺北市 : 漫遊者文化出版 : 大雁文化發行 , 2016.5
344 面 ; 14.8X21 公分
譯自 : Kakerlakkene
ISBN 978-986-5671-98-3(平裝)

881.457　　105005450

I S B N　978-986-5671-98-3

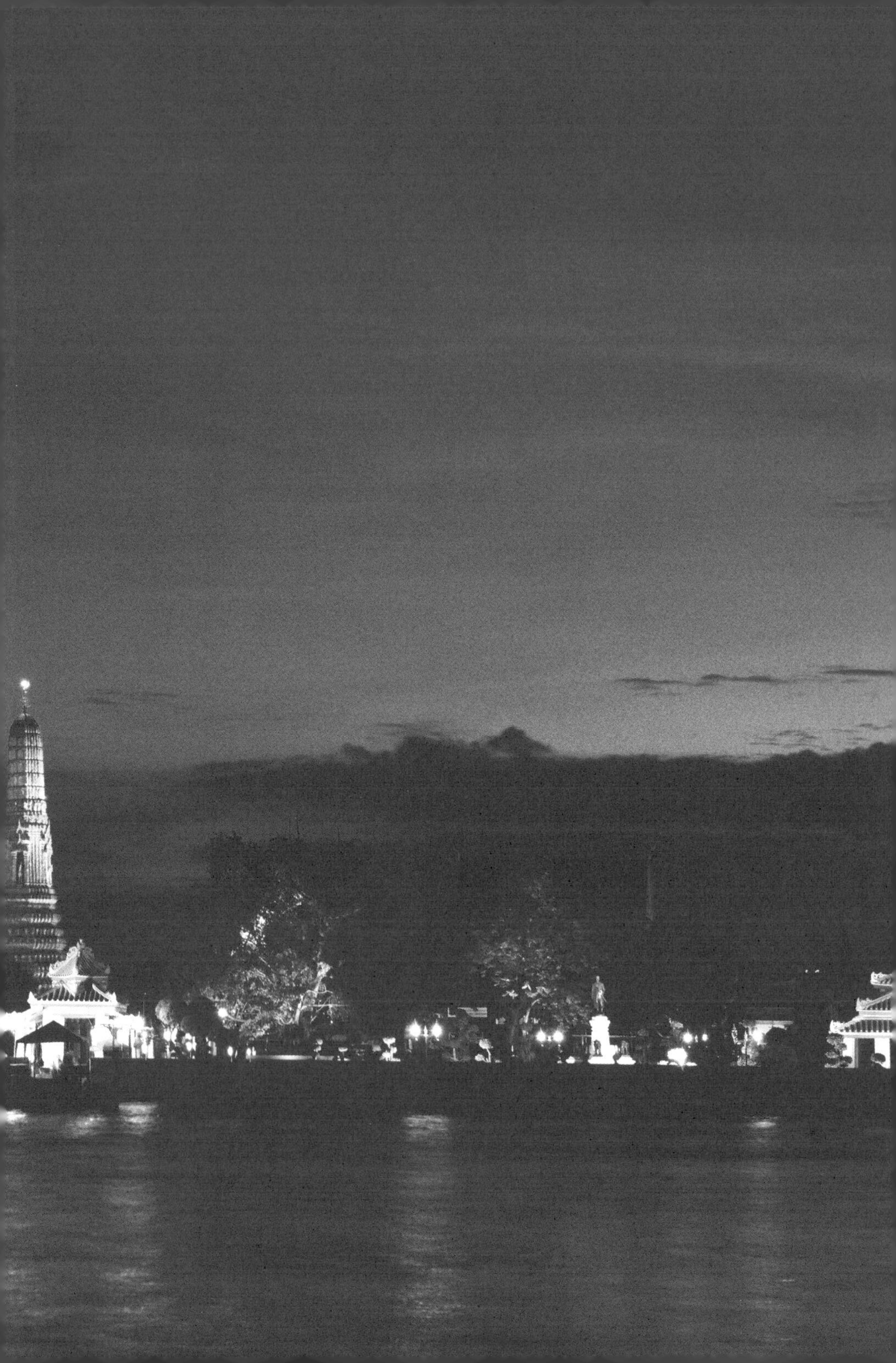